天下第一奇書
紫青雙劍錄
5
血影
開府
倪匡 新著
還珠樓主 原著

# 目錄

# 【本冊簡介】

本卷情節之豐富，更令人嘆為觀止，可說是全書精華的「峨嵋開府」，熱鬧得沒有任何小說可以比得上，出場的正、邪各派人物之多，數也數不過來。「血神子」鄧隱倏來倏去，魔法匪夷所思，震人心弦。而一開始時，佛門高人芬陀大師，令兩個「小人」在極短的時間內歷劫三生，也可以看出還珠樓主對佛學的修養——本書中這種看得人目瞪口呆，畢生難忘的情節，比比皆是。

小寒山二女在本卷正式登場，和忍大師相會的一段，也大有禪意

佛理在，不可忽視。

而開始一段，寫到謝山和葉繽的關係，是本書中最隱晦的一段，還牽涉到了一個神尼，似乎是一段三角戀愛，又帶出謝瓔謝琳這一對可愛之極的雙生女，還珠樓主如狂潮一樣的想像力，一旦發揮起來，當真無可抗拒。

——倪匡

## 【上卷提要】

易靜姪兒易鼎、易震追紫雲宮餘妖至南銅椰島，得罪島主天癡上人被擒。易靜往求情不果，神駝乙休出手相助，和天癡上人結怨。神鵰追妖人至崇明島，陷受火刑，英瓊、輕雲急往赴援，易靜隨後趕至，救出神鵰，窮追妖人至苗疆，誤傷紅髮老祖及門下多人。

瓊父李寧隨白眉和尚得成正果，帶神鵰往依還嶺剪毛洗髓，英瓊父女重逢。李寧指示女兒等往聖姑伽因生前修道的洞府幻波池，一方面取寶物，另一方面先行熟習路向，以為異日之用。輕雲又於一石室

中發現豔屍玉娘子崔盈煉體復生，成為另一禍胎。

凌雲鳳為白髮龍女崔五姑所渡，偶遇四個僬僥細民玄兒、建兒、沙沙、咪咪。五人發現無華古墓，內有三妖屍，另有一古神鳩殉葬。雲鳳與其中二小墓中遇險，幸得楊瑾相救。凌楊二人再闖古墓，不意冥聖徐完也覬覦此墓，遂結下仇怨，最後妖屍得誅，神鳩被擒，日後用以剋制徐完。

雲鳳遇鄭巔仙，協助同往元江取江底金船中的遺寶。妖屍谷辰欲奪寶物，玉清大師以神駝乙休所借旗門困著谷辰，分身對付另一妖人白骨神君。巔仙自金船中取得寶物十多件及谷辰剋星歸化神音。谷辰破旗門，幸得小南極金鐘島主葉繽、楊瑾及余英男趕來相助，葉繽仗佛門至寶散花檠擊退妖屍。各人分取寶物，葉繽、楊瑾及雲鳳自往參謁芬陀大師。

# 第一回　轉輪妙法　獨角神鳩

眾人走後，巔仙和葉、楊二人把將來應付九烈神君夫妻之事，商談了一陣，並允到日必往相助一臂。葉纘自是感謝。因巔仙師徒也要準備峨嵋之行，收藏金蛛，封禁庵洞，均待施為，便和楊瑾、雲鳳同起告辭，往川邊倚天崖飛去。

一路無事，到了龍象庵前落下，入內一看，芬陀大師正在禪堂靜坐。

三人上前參拜，大師命起，先對葉纘笑道：「賢侄一別多年，道力精進如此，不久功行圓滿，可喜可賀。」

葉繽覺著大師話裡有因，心中一動，方欲叩問，大師已轉對楊瑾道：「為使沙、咪二小成長，此事大干造物之忌，你如在側，隨侍照料，也還省事一些，偏又往元江相助巔仙取那『歸化神音』。雲鳳又已先走，庵中無人，雖只一、二日的功夫，竟生了不少變故。別的魔頭尚在其次，姬繁因我日前收去他的『天藍神沙』，恨如切骨，竟與妖婦許飛娘合流，得西崆峒老怪之助，當我正用佛門『小轉輪三相化生妙法』改造了小人成長，不能分身之際，恰值門人他出，庵中空虛，又當持法緊要關頭，不能分身抵禦，借了老怪兩件法寶，居然乘隙來此尋仇！」

（按：這裡一段「小轉輪三相神法」，玄之又玄，是寫沙、咪二小，在佛法之下，於極短時間度過三生經歷，等於預支三生應該做的善事，然後再來慢慢償還，就可以不必等三生之後，而是立時可變大人，情形有如「分期付款」。）

各人心知芬陀大師佛法高深，姬繁前來生事，必然自討沒趣，也想知經過。

大師又道：「我已默運禪機，算出究理，知道姬繁前次上了大當，此番知我不能離開法壇，再用神手幻化，嚇他不退，一切均有安排。當時身邊只有健兒，姬繁和妖黨趕來生事，健兒已被他們擒住，恰好極樂真人路過，一現身便將姬繁驚走，此時我也正事畢開壇走出，約他進庵小坐。見我用『小轉輪三相神法』，以絕大願力使沙、咪二小兩個福薄孽重、資秉脆弱的僬僥細民，在我佛門三相世中預積三十萬功德，移後作前，預修來世，於石火電光、彈指之間歷劫三生，自轉輪迴化生，僅僅七天功夫便即成長，變作緣福深厚、生具仙根仙骨的良材美質，極口讚我佛法精微奧妙之餘，又聽說還有一個小人現被韓仙子要去收為子弟，忽然動念，再經我一勸說，他本極愛幼童，成道之後以童身遊戲人間，難得天生小人，正好異日改造成與他一樣，便將健兒看中。欲帶他往長春岩無憂洞仙府之內，費三百六十五晝夜功夫，以玄門妙法使其成長，行法比我較難，但是後來卻容易得多，不至於常虞失墮。」

雲鳳聽到沙、咪二小已經佛法改造，心中大喜，大師微笑道：

「沙、咪兩小仗我佛法，七日便能成長，他年成就更是極大。可是他那三相虛境內預積三十萬善功，將來俱要一一實踐，始得完成功果。三生劫內所有誓願修持，更一毫也犯誤不得，否則功果難成，甚且立墮輪迴，復歸本來！這等萬劫難逢的仙緣，焉有再遇之日？擔子太重，非具絕大毅力宏願，萬難終始。

「我先也不忍使兩小肩負重任，只想使他們先歷一劫，將身成長，日隨雲鳳修煉，視他們自己積修內外功行如何，以定他年成就。雖然至少還要轉劫一世，此生既是修士，出生便有人度化。只要不犯大規，齊道友必樂玉成，決無任其昧卻夙因墮落之理。這樣雖然成就較慢，不特依次修為，水到渠成，負擔較輕，還可免去在小轉輪三相世中受諸苦難。

「兩小偏是向道心堅，甘受苦難。行法以前，聽我一說，竟然同聲苦苦哀求，一開口，便發三十萬善功宏願，執意要仗我佛法前後倒置，在今生世內便證上乘功果。我憐兩小向道堅定，應允之後，行法時只管運用心靈，化生人相，為他們解免苦難。無如此舉力爭造化，違逆運數，魔頭重重，意動即至，得我助力，也只減輕十之二三，依然備諸苦孽。終於仍仗兩小自己的信心毅力，於奇危絕險之中，將三重難關硬闖過來。那一切身受，便是修持多年的有道之士也未必能夠忍受，平安度過。尤其是所願愈宏，心志愈堅，抗力愈強，魔孽苦難也愈加重，但能度過，成就更大，自不必說。區區兩個秉賦根骨無不脆弱的小人竟能至此，豈非奇絕？

「健兒得李道友不惜心力，以玄門無上妙法助他成長，循序漸進，只要用功勤奮，一意修為，一樣能到上乘功果。比起沙、咪兩小雖然稍遜，但比玄兒要強得多。玄兒全由韓仙子以仙法妙術使其成長，防身禦敵本領雖高，本身根基未固，功行更淺，只能炫耀一時，異日成敗，尚在難定。即便能知自愛，不敢驕橫自恣，以師傳法寶、法術為惡，多積外功，也須兵解轉劫，方能有成，終究不及這三小人的成就高。

「尤可嘉者，健兒明知我和雲鳳均與他無緣，目前佛道兩門中只三、五人有此法力與造化爭，使其成長，內中還有高下之分。前見沙、咪、玄兒三小各有遇合，獨他一人向隅，好容易日夕背人悲苦焦思，眼巴巴盼到這等曠世仙緣，竟還不捨舊主恩深，渴欲等候雲鳳、瑾兒歸來一見。雖然膽小，不敢明說出來，我和李道友豈不是一望而知？我便代他求說。

「李道友見他天性甚厚，本就極端嘉許，又值要應今春謝道友所託之事，須往武夷引了謝道友拜訪一位神僧。便允他在此等你二人歸來告別，就便帶了他和沙、咪二小同赴峨嵋參見齊真人，以開眼界。到日李道友須往赴會，歸途再帶他同行。大約到明年十一月，便長得和李道友一般的身材相貌了。沙、咪二小，前途正多危，你且莫替他們太高興了！」

雲鳳聞言，謹慎以應，又請問峨嵋開府情形，芬陀大師又道：「那隻古神鳩經我佛法禁制，已漸馴服，到了下月望日，便是峨嵋開府之期，去今只二十餘日。各正派中，只我和白眉禪師等三數人因事不能親往，本來各正派中長幼三輩同道，均在期前趕到，但瑾兒得罪了妖鬼徐完，徐完自稱『冥聖』，神通廣大，吸神斂影之法除三仙二老和乙凌諸道友十餘人，和小輩中持有異寶防身寥寥七八人外，餘者都不能當。獨對沙咪二小因在我佛法三相世中過來，三屍已斬，神鳩更是他的剋星。你們開府前五日帶了此鳥趕往峨嵋，在去飛雷洞的要路二十六天梯懸崖之上搭一茅篷，將此鳥暗藏篷內，即命沙咪二小相伴防守，足可對付。」

（按：「冥聖」徐完在本書中是個十分奇特的邪派人物，是所有鬼魂的教主，身分怪異莫名。）

楊、凌二女聞言，知道二小甘冒萬難，以身殉道，居然成就，竟連日期也已縮短成七日，好生欣慰，俱欲早見三小，便即拜辭出殿。葉繽本欲叩問適才大師言中深意，因欲一觀二小化生奇蹟，便隨二女一同拜謝，趕往後洞石殿觀看。

龍象庵也是背崖而建，外面兩層殿堂，法壇建於盡後面崖洞之內。還是楊瑾前生凌雪鴻初修道時，大師因她先前出身旁門，又嫁追雲叟多年，仇敵更多，恐其初入佛門，道心未淨，邪魔外道時來侵害，自己不時出外修積，難於防救，特就庵外危崖叱石開山，另建一層石殿，令其在內虔修。

自從五十年前凌雪鴻在開元寺遇劫兵解，直到楊瑾劫後重來，再入師門，大師說以前諸般設施俱是下乘功夫，今生恨行緣福，以及他年成就，無不深厚遠大，已經用它不著。為令繼承衣缽，日夕隨侍在大師自居的禪堂以內，到奉令下山行道之日為止，連大師出外雲遊也都在側，片刻不離。始而因大師正果已無多年，日夕領受心法，勤於修為。

後又為了報答師恩，踐前生宏願，急於積修那十萬善功，洞門又經大師封閉，非經請命將禁制撤去，不能輕入，所以一直也未去過。這時舊地重臨，休說本人，連葉繽以前常向此間來往的人也甚感慨。想起人事無常，數限所定，連仙人也是如此。晃眼之間，昔年仙侶，便隔一世。若非夙根深厚，身雖兵解，一靈不昧，又得師門厚恩，始終將護，兩生玉成，一墮塵凡，何可逆料？

互相談了幾句，便到行法之所。楊瑾剛剛撤去禁法，同葉、凌二人走入，忽聽一聲驚呼，金光閃動，殿門現處，健兒口喊：「師父和楊大仙師來了！」首先如飛迎出，滿面喜容，跪伏在地，叩頭不止。

雲鳳命向葉繽行禮以後，步入殿中一看，一、二日之隔，沙、咪二小已換了形象，由兩個矯健精悍的小人國中健士，變成兩個粉雕玉琢，比他們原身成人還大得多的八、九歲幼兒，各守著那盞具有佛法妙用的長命燈，在心火神光籠罩之下，安穩端坐，合目入定。雖然看去幼小，卻也神儀內瑩，寶相外宣，仙姿慧根，迥非庸俗。

正互喜慰，楊瑾瞥見咪咪好似聽出雲鳳和自己到來，眉宇之間隱現喜氣。知道此時正是他的成長之交，心情鬆懈不得，忙喝道：「你二人再有三、四日便可功行圓滿，那時見面，多麼喜歡均可。此時動心不得，速把心思寧靜，不可大意。」

咪咪也自警惕，仍還莊嚴。

楊瑾因自己三人還要言笑，恐擾二小道心，說時將手一指，將法壇四外禁制，掩去一切聲音，使二小可以專心成長，無復聽聞，免受搖動，隨向殿角石墩上一同落坐。健兒早等不及，把芬陀大師留字呈上，並把昨夜今朝所遇所聞詳為說了。楊、葉、凌三女看完大師手示，再聽健兒補述未盡之言，俱各驚讚不已。

原來芬陀大師早參佛門妙諦，道法高深，與本書佛教中第一等人物白眉和尚幾相伯仲。自從四小來庵參拜，便知天機微妙，將欲假手自己助其成長。憑法力雖可辦到，無如僬僥微生，過於脆弱，恐其禁受不起，初意便是適才大師所說大概情形。及至昨夜子時行法以前，大師告以行法次序，及抵禦外魔苦難，以及此中利害輕重，二小竟跪地苦求，甘受無量苦難，今生成長之後，便要完成仙業，不再轉劫托生，以防再世昧卻本來，致遭墮落。

大師力說不會，二小仍然哀求不已。大師為他們至誠感動，也甘費心力，加以殊恩。事前對二小告誡道：「我那『小轉輪三相神法』，納大千世界於一環中，由空生色，以虛為實，佛法微妙，不可思議。說起來雖是個石火電光瞬息之間，而受我法者，一經置身其中，便忘本來。不特不知那是幻相，凡諸情欲、生老病死、與實境無異，一切急難苦痛均須身受。幻境中的歲月久暫無定，在內轉生一次，最少也須五、六十年，此一甲子歲月，更須一日一時度過，與那邯鄲黃粱的夢境迷離，倏忽百變，迥乎不同！」

大師說罷，令二小起立歸坐，將手一指，壇上一盞玻璃燈便飛起一朵金花，化為一團光霞，將二小全身圍繞，助長元神凝固，以俟時至行法轉輪。

到了子時將近，大師趺坐法壇之上、重又指示一遍，然後合掌三宣佛號，將手一指，滿殿金霞耀處，大師座前平地湧起一朵斗大青蓮，上面彩光萬道，虛托住一個同樣大小的金輪，由急而緩，懸轉不休。二小早把大師幾番叮嚀牢牢緊記，知是自身成敗關頭，等金輪轉勢略緩，各把氣沉穩，隨著心念動處，不先不後，在原來繞身佛火，神光簇擁之下往輪上飛去。

那金輪看去大只尺許，間隔甚窄。二小因大師曾說金輪一現，便須附身其上，念動自能飛到，無須縱躍，見輪小一人都不能容，何況二人？大師又未說明依附何處格內，既難容身，想是攀附在那五根金角上面？本擬各攀一角，及至飛近，才看出每一間隔以內各有一個金字，共分生、苦、老、病、死五根。忽然省悟，應該同附生格以內。格子不過三寸，如何能容？身子似忽被甚東西吸引，剛剛覺出，身已到了輪上，地方甚大，二人各不相見，也未見輪轉動，猛然心裡一迷忽，便把本來忘去。只覺命門空虛，身子奇冷，四肢無力，身子被人抱住，正在擦洗，疼痛異常！

（按：這一段寫佛經中輪迴之說，如曾經歷，其妙不可言。）

從此，二小便要在幻境中經歷三世。而他們所經歷的幻境，又都完全一樣，所以不必分開敘述。閒言少說，書歸正傳。

且說二小睜眼一看，身在一家茅屋以內，面前立著兩個中年貧婦，土炕上面圍坐著一個貧婦，室中黴濕薰蒸，臭氣觸鼻，再加上一種熱醋與血腥和成的臭味，中人欲嘔。想到外面透風，身早被人裝入一個中貯熱沙的破舊布袋內，臥倒床上，用盡力量，休想掙起。

只聽產母與炕前二貧婦悲泣怨尤之聲，淒斷欲絕。一會又聽屋外幼童三五，啼饑號寒，與一老婦勸哄之聲，室內是昏燈如豆，土炕無溫，越顯得光景淒涼，處境愁慘。自覺身有自來，以前彷彿與人有什麼約會，記得只要立志積修外功便可成仙，所遇都是仙人，不是這等貧苦所在。照這情境，分明已轉一世，投生到這家做了嬰兒，又好似經歷甚多，怎都想它不起？越想越急，越急越想不起，再見滿室愁苦悲戚之狀，不禁傷心，放聲大哭起來。

哭了多時，也無人理，只隔些時由一老婦將自己抱起，將那半袋土略為轉動，仍放炕上，先兩貧婦更不再見。

自覺皮膚甚細，老婦每一翻轉，膚如針刺，又痛又癢，難受已極。生母到了次日，好似憐愛嬰兒，渴欲一見，竟不顧病體，強忍痛苦，口中不住吟哦，緩緩將身側轉向裡，顫巍巍伸出一隻血色已失、乾枯見骨的瘦手來摸自己的臉。

二小雖不在一處，幻相皆同，見那產母年雖少艾，想因飽經憂患，平日愁思勞作，人已失去青春，面容枯瘦，更無一絲血色，這時兩眼紅腫，淚猶未乾，卻向著自己微笑撫愛，低喚「乖兒」，好似平日所受貧苦磨折以及十月懷胎帶孕勞作所受的累贅和產時的千般苦痛，都在這目注自己一聲「乖兒」之中消失。

自此起，二小在佛法之下，預歷來生，這一生之中，連遭水火刀兵與瘟疫之厄，無日不在顛沛流離出死入生之中，再沒享受過一天。但仍記住修積，中間落在乞討之中，仍以濟人為務，也不知歷盡多少艱難困苦，有時遇到危難，人謂度日如年，他比如年更甚。似這樣從初生起，一日有一日的疾苦悲愁，直到六十歲因為一件極煩冤愁苦之事而死。

（按：如此一生，雖屬幻相，而與真實無異。真實人生也與幻相一般，不過數十年生、老、病、苦、死的經歷耳！）

二小真靈不昧，始終持以至性毅力，堅忍不拔，從無一句怨尤，也沒做過一件錯事。此乃初次轉劫之相，如非本身天性純厚，善根不固，稍一失墜，立墮前功，看去容易，實則艱難。及至一劫轉罷，還了本來，方覺，元神重入轉輪，身已化生，此番仍由嬰兒起，中間所受痛苦又是一種滋味，比起上劫抵禦自越艱難。

似這樣一生一生，連歷三生，二小已由小轉輪中煉就元胎，肉身又經大師賜服自煉靈丹，兀嬰一歸竅便自緩緩成長。等楊凌葉三人進來一晝夜的功夫，已然長有八九歲大的幼童。體格面容更是珠輝玉映，神光煥發，仙骨仙根，迥與前次不同了。

芬陀大師並還留下兩件法寶，乃是兩柄月牙形的戒刀和兩粒念珠。楊瑾知此二寶一名「毗那神刀」、一名「伽藍珠」，均是大師昔年初次成道所用防身之寶，威力靈效雖比本山「法華金輪」等四寶稍遜，也非尋常法寶飛刀所能比擬，尤其是專制魔鬼妖魂，另具一種妙用，便和葉、凌二人說了，俱都嘆為異數，各代二小忻幸不置。

楊瑾見健兒滿面羨妒之色，笑道：「自來大器晚成，李真人法寶最多，自成道以來輕易不見他用。你異日好自修為，還怕得少了嗎？」

葉繽笑道：「話雖如此，我看他終覺可憐可惜。我的法寶他多不能使用，謝道友近四甲子以來煉了好些法寶，被他仙都山中兩孿生義女討去不少，大約身邊還有，等到峨嵋相見，我慷他人之慨要了來轉贈健兒做見面禮吧。」

健兒聞言喜出望外，忙上前叩謝不迭。

雲鳳也覺他向隅可憐，想起前在白犀潭得了兩柄錢刀，本意沙、咪二小一個一柄。今見二小各得兩件佛門異寶，本欲中止前念，賜一柄與健兒。及聽葉繽一說，又想健兒尚無甚法力傳授，來時巔仙又曾說此寶和那「神禹令」均須加功修持，自煉一次，方不致被外人覬覦，乘隙奪去，恐健兒拿去不能保持。又是雙的，不便分拆。還是將來再說的好，話到口邊，又復縮住。

楊瑾奉命代師行法，陪著葉凌談了一陣，自去法壇上施為，行時笑向雲鳳道：「你這兩個高足三、四天內即可成就，你是要高要矮、要胖要瘦？說出來我好照辦。」

雲鳳還未開口，葉繽笑道：「謝道友在百十年前收了兩個義女，因他素喜幼童，二女仍是十二、三歲少女形貌，十分天真美秀，實是引人疼愛。聽說峨嵋門下盡多仙童，既然其權在你，何不把他變得乖巧好看一些。仙家不比凡人，要那魁梧身體形貌何用？」

雲鳳也覺身為後輩，未入師門先自收徒，已屬不合，再帶兩個比自己還要高大徒弟前往參謁師尊，未免不稱，易為同門所笑，聽余英男說李英瓊、齊霞兒的徒弟也是矮子，便在旁附和，最好長到十幾歲的幼童，太高大了倒不好看。楊瑾含笑答允了，隨令雲鳳陪伴葉繽，自去壇上主持行法。

葉、凌二女本是一見傾心，這時晤言一室，促膝談心，一個見對方道法高深，備極傾慕。一個見對方慧根夙具，吐屬嫻雅，意志高超，雙方又都容華美秀，清麗入骨，由不得互相愛重，她們越談越投機，頃刻之間便成密友。

光陰易過，不覺滿了七日期限，忽見金霞飛起，一閃不見，同時現出整座法壇。楊瑾手掐法訣，面向裡立，口中梵唱之聲剛住，再看沙、咪二小，低眉合眼，端坐原處，人已長成十五、六歲幼童形相，面前卻各多了一身道僮裝束。隨聽楊瑾道：「現在佛法已然圓滿，等我三人走開，速速換好衣服相見。」說罷，便與葉、凌二人同往前生居處的小石室內相待。

沙、咪二小也真勤謹，自從元神歸竅，便照大師所傳，運用玄功，靜俟成長，一毫都不曾鬆懈。楊瑾再施展佛法相助，長到預擬身形，方始停歇，專做骨髓堅凝功夫。

到第七天上，二小自覺大功告成。因原著衣履已在嬰兒剛成長時被大師行法脫卸，身上只圍著一片布單，正愁沒有穿的，聞言大喜，連忙睜眼欲先謝恩時，三人已回身走去，喜洋洋縱下座來，拿起新衣匆匆穿好。

健兒在旁，見二小七日內居然成了大人，雖然不免妒羨，也代二小歡喜不已，一面忙著詢問經歷，一面幫著二小穿戴。二小見他仍是貌躬小弱，同來四人只他最為本分，所遇獨最落後，相形之下好生不安。健兒見二小喜容遽斂，對己關切，也頗心感，便把日前遇合略為告知，二小聞言大慰，重又喜氣洋洋，你一言我一語，互相勸勉問詢，亂了一陣。

跟著穿著停當，忙同趕往隔室，見了三人納頭便拜，伏地不起。因是感恩太過，二小俱都涕笑相連，淚流滿面，話反一句說不出來，連帶健兒也不禁淚下。

楊瑾見狀笑道：「你們志誠心意，我已知道，不消說了。日內便帶你們同往峨嵋，師祖還賜你二人各有兩件法寶，少時便須傳授，且和健兒到外面談一會再來吧。」

二小越發大喜，又叩了一陣頭，方始起立，轉身欲行。楊瑾看出二小想要出洞，便問往哪裡去？二小顫聲答道：「還沒有向太師祖謝恩呢！」

楊瑾笑道：「師祖轉輪妙法大千造物魔鬼之忌，除法壇外，全洞均經佛法封鎖，我還未撤，你們怎走得出？並且師祖此時已應人約，出山未歸，佛緣只此。就能見上一面，也須將來，在去峨嵋以前是見不著了。健兒已蒙極樂真人收錄，他此時正把你二人當著識途老馬，急欲一問幻相中的情景，向道堅切，可愛可憐，故此好多話未說，你們到外面暢談，莫辜負他盼望，我們也有話談，快些去吧！喚你們再來好了！」

三小領命走出。

雲鳳見二小肩披鵝黃色荷葉雲肩，頭綰抓髻，短髮拂額，甚是疏秀。身穿短袖衫，下穿短褲，腰圍湖色緞戰裙，足穿芒履。一個劍眉星眼，英姿韶秀；一個靈秀異常，精悍現於眉宇。俱就原形放大，只多了一身仙風道氣。本來貌相英俊，加上這身裝束一陪襯，直和想像中的天府金童相似。好生喜歡，直向楊瑾稱謝，葉繽也是讚不絕口。

楊瑾便問：「比仙都二女如何？」

葉繽笑道：「這個難說，二女乃是孿生，我自出世以來就沒見過這樣生具仙骨仙根、美秀靈慧的少女，異日一見自知。除這二女外只見到這兩小人，所以讚美。聽說峨嵋頗有幾位年輕的道友，不知如何？前見三英中的余英男，根骨自是上品，如論容貌尚似少遜。即便能有比她更還強的，要像二女的天真可愛卻恐未必呢！」

楊、凌二人聞言好生驚異，便都記在心裡。然後喚進二小傳授法寶，撤禁出洞。去到前殿一看，芬陀大師尚未歸來，只剩那隻惡骨已化的獨角神鳩守在殿裡。

此鳥本已通靈，自經大師連日佛法度體，業已悟徹前因，知道楊瑾是牠主人，見面即長鳴示意，甚是親暱，只有周身仍被「牟尼珠」所化金光彩虹圍繞未退，似耐不住法寶威力克制，以前兇焰盡斂，楊瑾過去一撫弄牠，便現乞憐之色。

楊瑾笑道：「我師父因你夙孽太重，意欲挽回，本定為你代去惡骨之後再用十日苦功玉汝於成，不料你孽重難挽，適有要事出門，不能如願。今藉此寶之力助你脫難，你無此寶防身，眼前一場大劫便躲不過。為此使你暫受磨煉，再有兩、三日便能以自身元丹與此寶相合運用，恐你惡骨未化，野性猶存，難於忍受，一有反覆，不堪造就，因此不曾明說。今我見你果能心念純一，不生惡念，實堪嘉許。現時忍受，關係目前大劫與他年成敗，難道還不明白麼？」神鳩聞言好似省悟，又歡鳴了幾聲。大小六人便在殿中落坐。

守候了幾天，神鳩忽由金虹中脫身飛出。

楊瑾知牠到了火候，便照大師手示，命牠吐出元丹，一面指揮金虹，教以臨敵運用之法。次早兩童一鳩俱都訓練純熟，雲鳳嫌二小名字不雅，沙沙賜予名「沙佘」，咪咪賜名「米佘」，二名均係「二小人」三字合成，以示出身僬僥，不敢忘本，兼寓二人合力同心，不可分拆之意。楊瑾本想多訓練兩日再走，葉、凌二女心切觀光，俱欲早往，略為商定，便將賀禮帶好，連同神鳩一齊上路。

飛行迅速，不消多時便抵峨嵋後山。那二十六天梯在凝碧仙府的東南，算計快到，便把遁光降落，正在查看沿途地形，忽見右側相去里許，有一簇淡煙飛揚。

如換旁人，早已疏忽過去。楊瑾因見當日天氣格外晴明，那煙搖曳空中，看去稀疏，煙中景物卻被罩住，什麼也看不見，只管隨風飄蕩，並不揚去。運用慧目細一查看，那煙果是人為。

葉繽也自看出，對楊、凌二人道：「那簇煙霧分明是異教中『散睛迷蹤藏形』之法，能做到這等似煙非煙的輕靈地步，必非尋常人物。開府盛會在即，峨嵋諸位長老怎會容人在此賣弄玄虛？我們既然路過發現，何不上前查明來路，少效微勞，將他除去，免在仙府左近惹厭！」

楊瑾略一沉吟，忽然省悟道：「我想起來了，那有煙的所在正是二十六天梯那座危崖。姊姊請再細看，此煙雖是旁門法術，但是正而不邪，聞得峨嵋門下盡多出身異派之士，也許奉命來此有什麼佈置也未可知。否則此崖原為應付妖鬼徐完之地，怎會容異派中人在此逗留作怪？我們近前一問，自知究底。如真是個異派妖邪，以我們三人之力，除他也非難事。」說罷，各將遁光一偏，連人帶神鳩，往那有煙之處飛去。

三人飛近，忽見煙中飛射出幾道光華，對面迎來。三人一見知是峨嵋門下，忙把遁光降落相待，來人也自然飛落，互相引見。

禮敘之後，來者共是五人，除余英男曾在元江見過外，餘下一是三英中的李英瓊、一是元元大師弟子「紅娘子」余瑩姑、一是「墨鳳凰」申若蘭、一是「女神嬰」易靜。同奉師命，率了齊霞兒的弟子米明孃、李英瓊的弟子米鼉、劉裕安來此修建茅篷，為古神鳩和沙、咪二小藏伏之所。並在二十六天梯下面烏龍嶺脊上分五方八面設下禁制，以備誅戮徐完帶來的三千妖魂。

申若蘭在紅花姥姥門下多年，深知各異派妖邪虛實禁忌。知道徐完所經之處，一切凶魂厲魄無不俯首皈依，與仇敵交手事前，常命門下妖鬼四出窺探，來去飄倏，瞬息千里，防不勝防，是以在此佈置演習卻敵之法。

此時各人迎來會合，便由易靜領路，指說妖鬼來的途徑與應付機宜，往煙中步行走去。雙方多半初見，均互致傾慕。一會行近，易靜、申若蘭各自行法，將手一指，楊、葉、凌諸人便由嶺脊上移向淡煙之中。

葉繽這才看出，裡面還有一層禁制，如非易靜用「縮地移形」之法進去，自己和楊瑾雖然不怕，雲鳳等不知誤入，便吃不住，外人更是休想闖進！再一細看，這五人個個仙根深厚，尤以二英、易靜為最，峨嵋弟子才見數人已是如此，無怪門戶光大，冠冕群倫了！

劉、米兄妹見三人到來，知是尊長，慌忙一齊拜倒，又與沙、咪、健兒分別禮敘。英瓊、若蘭都是天真爛漫、稚氣未除，一見健兒小得稀罕，又見了古神鳩形態，比起神鵰鋼羽還要威猛得多，俱讚賞不絕。

# 第二回 仙都二女 毒手摩什

楊瑾視察一遍，埋伏的人雖都是峨嵋最小一輩人物，料無疏失，便將二小同神鳩留在當地。

李、易等五人須回山覆命，便陪了楊、葉、凌三人，帶了健兒同往凝碧仙府飛去。到了後洞飛雷徑外落下，對面的髯仙飛雷洞已被華山派中妖人上次攻打峨嵋時用妖火震毀，自從妙一真人夫婦回山，知道各派群仙好些都要先期趕來，特地行法，驅遣丁甲，將飛雷故址殘破山石全數移去，削出一片平崖，建了一座廣大亭子，每日命眾弟子分在亭內洞口兩處輪流守候，延接仙賓，並防妖邪乘隙闖入。

眾人到時，正該金蟬、石生二人值班延賓，見眾人飛落，金蟬、石生都愛健兒，搶著引路延客。

李英瓊笑道：「原來客人新來，才命你們分出一人接引，現有我和諸位師姊妹陪客，還要你們何用？你兩個不是因為我說那姓謝的孿生姊妹要來，怕有妖人隨後追趕，特地向大師姊討令，情願在此守望為她打接應嗎？等了半日，怎又想離開了。」

金蟬道：「我真上了你的當！只說那兩個姑娘小小年紀，竟有這大本領膽子，敢和軒轅老怪為敵！惟恐萬一被人追到此地，他義父未來吃了虧，特意把眾同門新傳的『七修劍』和文姊的『天遁鏡』都借了來，準備給來的妖人一個下馬威，試試『七修劍』的威力。哪知等了大半日，連和石弟在空眺望了好幾次，只把客人接到了幾位，妖人和那雙胞姑娘不見一點影子，還不如在裡面和諸位師兄師妹說笑有趣呢。」

英瓊搶口說道：「小師兄，虧你說的，說人家小！照爹爹說起來，人家生相看去年小，真論年紀，比你大得多呢！拿妖人試新傳的法寶，這是多好買賣，我誰都沒有說，只告訴玉清大師，被你聽去，總共等了半日就埋怨人，還是修道的呢，一點耐性也沒有！」

葉繽本隨楊、凌、易、余諸人要走，一聽二人鬥口，心中一動，忙把眾人止住，在旁靜聽。

英瓊偶一回望，見來客尚在守候，雲鳳尚可，楊瑾與峨嵋兩世至交。葉繽外客新來，當人爭執，自覺失禮，不禁羞了個滿面通紅，賭氣對金蟬道：「我請易姊姊代為覆命，你們都走，由我自和英男妹子接班輪值好了！」

金蟬未及回答，葉繽見英瓊不往下說，接口問道：「瓊妹說那姓謝的孿生雙女，何處相識？如何知她與軒轅老怪為敵，能見告麼？」

楊瑾也聽出英瓊所說好似葉繽至友謝山昔年恩養的仙都二女：謝瓔、謝琳，便請眾人各就亭內玉墩上落坐，道：「葉姊姊不是外人，此來專為觀光，並無甚事，遲見教祖無妨。那謝家二女卻與她有淵源，瓊妹請說此事經過。如真為妖人所延，我們也好早為接應，免有疏失。」英瓊便把前事告知。

書接前文，當日英瓊和周輕雲、「女神嬰」易靜三人追趕妖婦，誤傷紅髮老祖門下，惹出亂子。逃到中途，又遇李寧帶往依還嶺絕頂幻波池底，仗著李寧佛法相助，深入聖姑寢宮，得了許多法寶。

神鵰佛奴又仗佛力脫胎換骨，轉了一劫，換了一身白毛。由李寧率領四人一鵰正往峨嵋飛行之際，忽見兩道紅光，簇擁著兩個白衣幼女，由南而北，往斜剌裡山谷中飛落下去，容貌不及看真，身材甚是秀美。

四人飛行甚高，又在後面，無甚破空聲息。兩女飛行特急，其去如電，一點也未覺察。

英瓊見二女身材幼小，最多十二、三歲，卻有這深厚法力，劍光又是正而不邪。知道各正派中劍光除卻本門金蟬的霹靂雙劍一紅一紫，還有凝碧仙府新出世的「七修劍」中有一口火紅色外，似這樣宛如朱虹的飛劍卻未聽說過！首先覺得奇怪，想跟蹤下去看個仔細，強要乃父停住一同降落。

李寧只把遁光停住，笑道：「我已不喜種因，我兒怎如此喜事！」

英瓊笑道：「不是女兒多事，只為常聽師長說，如今正邪各派都在物色門人，有許多人入了歧途，造孽無窮。我們如能度到一個好資質的新同門，免被妖人物色了去，便無異多積好些善功。那兩個女孩比女兒還小，有此本領，根骨必然甚厚。這點年紀，在妖邪橫行之時輕易出遊。聽說近來散仙修士為避四九大劫，故意兵解者頗多。萬一此女師長新逝，妄自下山，遇見妖人強擄收去，豈不可惜可憐！好在離開府還有些日，也不爭這片時耽擱，先看明了路數，相機行事。果如女兒所料，由爹爹援引入本門，豈非佳事？」

李寧笑道：「既你二人一定要去，我和輕雲在前面山頭相候也可。不過現在異人甚多，極樂真人便是幼童形相，就你易姊姊也是生來矮小，宛如女嬰，切不可以形貌長幼定人高低。此去先莫露面，只由易姊姊用隱形之法暗中窺伺，等你走後，我往前面山頭入定默查前因，自知究理。決不致令其陷入旁門便是！輕雲隨我護法，你們去吧。」

李、易二人大喜，忙即隱形尾追下去。落地一看，那地方乃是一條寬長山谷，當中一段最寬，林木也最多。內有十幾株素不經見的奇樹，那樹下半幹粗皮厚，蒼鱗如鐵，高約三丈；上半不生旁枝，卻生著數十百張長達丈餘的翠葉，紋理形態俱與芭蕉無二，只是寬大得多。葉叢中心有一獨莖挺生，色如黃金，莖頂上開著一朵大碗公大的紅花，蓮瓣重疊，色甚鮮豔。圍著花底，生著一圈長圓六棱、與莖同色的拳大果子。

易靜認得此樹名為「佛棕」，又名「陀羅蕉」。此樹冬夏常青，每十二年結實一次，色、香、味三絕，服了可長生。只是此樹秉磁鐵精氣而生，除銅椰島有百十株外，只南海大浮山有一落星原，因為隕星所化，所產獨盛，不知怎會在此生長？

正尋思間，前見二女忽由林內走出，紅光已然斂去，各人手上拿著十多枚佛棕果，一同跳躍而來。內中一個從身畔取出一條薄如蟬翼的小網兜，向空一擲，立時烏雲繚繞，展布開來，約有丈許大小，撐空懸在路側大杉樹上。然後喜孜孜走向佛棕林中，飛升樹梢翠葉之上，揀那成熟肥大的果實往網中投去，互相往來，縱躍於紅花碧葉之上，輕靈已極。

英瓊、易靜見二女年只十二、三歲光景，俱生得粉妝玉琢，美秀絕倫。各穿一身極淡雅的古仙童裝束，羅裳霞帔與冰肌玉骨交相映襯，寶煥珠輝，清麗絕塵。

最奇怪的是，二女不但裝束一樣，宛如本是一人化身為二，尤妙在每人臉上各有一個酒窩，神情舉止又極天真，滿面俱是喜容，稍一說笑，頰上淺渦便嫣然呈露，使人見了加倍愛憐！不禁看呆了。

英瓊更自覺出生以來也沒有見過這等美妙少女，同門師姊妹雖有好幾位極美的，一則沒有這小年紀，多少總帶一點成人氣味。只管一樣明珠美玉，光采照人，總不如這兩少女子極美麗中帶著幾分憨氣，一見便恨不得常與相聚才對心思，越看越喜歡，幾次想要現身相見！

易靜畢竟見多識廣，上來也和英瓊一樣詫為僅見，憐愛非常，再定睛仔細一查看，二女舉止縱跳雖極天真，但那一身仙根道氣，決非十二、三歲少女所能到此。如說是已成道散仙的元嬰，神情體態又都不似，與峨嵋諸新進弟子和自己的路道迴乎不同，分明循序修煉，自然修積，並非法寶靈藥之助。少說也有百十年功力，年紀偏又這麼輕，如說是天上金仙孕育靈胎，豈非笑話，萬無此理！怎麼查看也看不出究理，易靜斷定大有來頭，想起來時李寧叮囑，恐英瓊喜極忘形，冒失出去說錯了話，遭人輕笑，再三攔住，仗著隱形神妙，在側窺伺。

二女一會便將成熟的果子摘完，投入網中。又把秀髮披散，禹步行法，手掐靈訣，繞樹三匝，手向樹根連指。樹頂花心一縷青煙冒過，那些生果立即成熟，二女一一採下，投入網中。見樹上已空，手揚處，網兜飛下，那果共約百枚，每枚長有四寸，本是一大堆，及到網中取下，看去不過拳頭大小。

二女看了看，由一個將網兜繫向腰間的絹帶之上，同聲笑道：「主人必當我們由大浮山犯險得來，一送禮便是客，不愁門上人不放我們進去！」語終人起，手揚處便是兩道朱虹破空飛去。

英瓊不捨要追，易靜道：「這雙生女休要看她年幼，實年當在百歲左右，我也不少知聞，竟沒聽說有此二女。此事太奇，且等見過伯父再說，免被外人見笑。」說罷，前面金光一閃，李寧已率輕雲降落，不等問便先笑道：「你們探出二女來歷嗎？」易靜說了前事。

李寧道：「難怪賢侄女不知底細，我適才靜中參算，此二女乃是一母雙生，受一姓謝的散仙恩養，修煉已逾百年。謝道友向不收徒，況係女子，一向由她在浙江晉雲縣仙都山中虔修，知此事的只三數人，這次乃是背了恩父，用法寶裂石開山，闖出禁地，欲往峨嵋觀光。無如外面山川途向全都不曉，以為峨嵋在西方，一逕西行。此地名為『靈樹谷』，崆峒老怪軒轅法王第四門人毒手摩什知道谷底藏有無限磁鐵，特由大浮山強奪了十三株佛棕移植於此，每十三年採果一次，被二女無心走來闖見，知是珍品，先採幾個吃了，想起忘備禮物，正好現成，全數摘走！」

英瓊聽說此果是軒轅法王弟子毒手摩什所有，知道西崆峒老怪神通廣大，門下弟子，各有所能，首先代那兩女孩著急起來。

李寧又道：「此果離樹越久香氣越濃，老遠便可聞到。毒手摩什妖巢在大咎山絕頂，高出雲表，金碧輝煌，窮極壯麗。二女初次出門，眼力不高，山又正當她們西行去路，膽子更大。望見宮闕巍峨，必疑是峨嵋仙山樓閣，上前問詢。這等美質，便無故遇上妖人也不肯放鬆，何況又盜了他的珍果。香氣一透，又不知隱藏，如何還容她們脫身？照我推算，此時想已與妖徒們對面了。」

英瓊不等說完，便失聲道：「這怎麼得了！好爹爹，我們快救她們一救吧。」

易靜雖知軒轅老妖為方今各異派妖邪中第一等厲害人物，便是他的手下五個惡徒，也各煉有一身極惡毒的妖法，非同小可，入耳未免心驚。及見李寧神色從容，知他不會坐視，不是二女道法高強，能夠脫身，便是別有救星。

見英瓊滿臉惶急，輕雲也跟著力請：「伯父快去救援。」正想開口說：「伯父佛法高深，早已前知，二女必可無害。」

李寧已笑對英瓊道：「我兒總是性急，好插嘴。我話還沒說完呢。我雖然不喜種因多事，卻照我法隨緣行事，既然遇上，便是緣數，焉有漠視之理？不過我以漢代高僧，一念之差，輪迴七世，全仗恩師超度，今生垂老，始完塵孽，得返本原。已在師前發下宏願，從此不開殺戒，專心度世，以修善業。但二女所遇妖徒均是極惡窮凶，便我佛慈悲，也須任其化為蟲沙，始能度化。我既不開殺戒，正好由二女先去除掉幾個，等到二女快要受陷，再去救援，豈非一舉兩得？」

英瓊仍不放心道：「謝家二女人小力微，怎是妖人對手？萬一我們去晚一步，就不送命，受一點苦也叫人心痛，何況還危險呢！

爹爹不開殺戒也好，我們早點趕去，隱在旁邊，連女兒和二位姊姊也不動手。專等她兩個殺完妖徒，快要被困時，救走多好，還是快快走吧。」

李寧笑道：「我不殺人，卻等二女殺了人之後再去，已算是啟了殺機，再要目睹其事，成何道理？我佛家『心光遁法』，快慢由心。你就磨著我先走，到彼也恰是時候，不會在先，何必忙呢？」

英瓊央告道：「女兒實愛極那兩個，擔心極了。連叫她受個虛驚都捨不得。情願爹爹快慢由心，只按時到，莫要錯過便好。總比在這無趣的山谷裡呆等放心些！女兒先只見她照直飛起，飛得極高，晃眼不見，如看出方向，知道那山所在，已和易姊姊先追去了！」

李寧道：「你三人先走也好，神鵰佛奴可留在此。由此往西北過去百餘里，望見山中宮闕，便是妖巢，你們須小心。」

英瓊一聽路隔這麼近，越發心急，如非周、易二人靜聽李寧吩咐，不等說完已自先走。當下李、易、周三人一聲招呼，同往前飛去。

飛不一會，遙望前面高山矗立，聳出雲外。當中頂上現出一所宮闕，果然光霞燦爛，看不出一點邪氣，如非事前知底，誰見了也必當是正派中仙人第宅！

易靜運用慧眼一看，二女紅光正在雲煙繚繞的殿外廣場之上和兩道烏光、一條綠氣馳逐爭鬥。隨見一蓬花雨由紅光中飛射出來，兩道烏光立時了賬消滅，緊跟著耳聽龍吟之聲，宮門內倏地飛出千萬朵烏金雲團，各自旋轉如飛，由小而大，旋起無數漩渦，由高空飛起，晃眼連成一張其大無匹的天幕，向紅光罩去。知是妖人所煉成的邪法「金烏障」，二女紅光已落羅網，危機瞬息，忙喝：「二位妹妹速將雙劍合璧，隨我同上！」

說時遲，那時快，三人劍遁迅速，當發覺時已然飛近山頭，到了金烏雲光邊緣，剛剛會合深入，一眼瞥見地上倒著三堆血肉，二女紅光被兩條綠氣雙雙絆住。

天幕雖未下落，一經罩定便如影附形，萬難脫身。易靜明知危險，一則恃有紫郢、青索雙劍合璧，又自有七寶防身，更有李寧大援在後，三人救人心切，便闖了進去。見大殿臺階上站定一個形態醜惡，面如鍋底，穿著非僧非道的矮胖妖人，正在手指妖雲恫嚇二女降服，免得雲光一合，化為膿血。三道劍光由外闖進，妖人知道內中雙劍來歷，又驚又怒，忙把右手一揚，五指上各射出一道極強烈的烏光，隨著手指動處，朝三人射去！

謝家二女機警非常，一見烏光雲幕飛起，身被罩住，妖人再一通名，早知厲害。乘著妖人恫嚇喝降之際，表面裝作被綠氣絆住，暗中各將一件法寶取到手內，故任綠氣纏繞拖曳，猛運用玄功，兩道紅光忽同暴漲，綠氣驟不及防，立被震散。同時揚手，每人五道五色星光，照準妖人打去，緊跟著收回法寶，兩道紅光並為一條，由光中發出一聲霹靂之聲，兩頭射出萬點雷光，星馳電掣，往雲幕外飛去！

妖人因後來三人飛劍厲害，只顧先下手為強，做夢也沒想到前來二女詐敗誘敵，那五色光華捷如雷電，相隔只有數尺，寶光飛到，忙即遁開，已自無及！肩頭和胸前各中了一下重的，憤急之下，忙運玄功去抓，敵人已用法寶護身衝出圈外遁去。

易靜一見二女打傷妖人，逃出險地，乘機又發了三粒「滅魔彈月弩」。一任妖人玄功變化，依然湊手不及，又中了一下重的。

妖人心也真狠，兩起同是仇敵，故將後來的捨去，只朝三人獰笑一聲，雙手朝空連指，腳頓處連身隱去，天空雲幕便急逾奔馬，朝二女身後追去！

易、周、李三人正待上前攔阻，忽聽李寧在耳邊低喝：「往右方速退，候我同行！」三人忙即依言行事，晃眼功夫，頭上妖雲已離開宮前上空，到了前面天邊。三人身被佛光托住，卻不見李寧人影，微覺眼前一花，再看已在妖宮百里以外高峰之上。李寧合掌正立前面，佛奴飛停空中，似在護法。

晃眼二女紅光星馳而過，緊跟著後面妖人的金烏色光雲團已鋪天蓋地而來，眼前首尾相銜，快要追上。忽見李寧一面口中念了幾句，右手朝二女去路一揚，同時左手朝前一指。倏地眼前奇亮，萬重金霞自天直降，化為一片光牆，將妖人光雲攔住。精光萬丈，霞彩千尋，立時大地山河全成金色，大放光明，一股旃檀香味瀰漫天空。妖人光雲來得快，去得可更急，未等接觸，便風捲殘雲一般收退回去。

易靜見佛法威力竟如此不可思議，好生驚服。

李寧道：「謝姓二女雖脫毒手，但是今日連傷了三個妖徒，妖人也為法寶所傷，必不干休。妖人乃左道中有名人物，受傷乃是一時疏忽所致，傷並不重，適才因我放起旃檀佛光，誤以為白眉恩師駕到，當時雖然驚走，恨決不消。因恐恩師作梗，必往西崆峒老怪那裡私用老怪萬里傳真環中縮影之法查看仇敵下落。二女一進凝碧仙府便可無事，偏生二女匆忙中又把方向走錯，被妖人查出行蹤，趕來尋仇。妖遁迅速異常，終久仍被追上，只不妨事罷了。」

英瓊失驚道：「妖人如此厲害，除非爹爹相助，反正同路，爹爹佛光迅速，何不把她追上，帶往峨嵋，見著諸位師長，共商除妖之策！」

李寧道：「你們哪知此中因果！二女修煉已逾百年，根骨緣福均極深厚。此次出山，正是將來成就之機，前途正有一個與她父女極有淵源之人相待。而這位道友差不多與謝道友同時出家，不過她乃佛門弟子，早已成道多年。最難得是她道法十分高強，自修行起便沒開過一次殺戒。遇上惡人全以堅忍毅力感度。如今願功皆完，住在峨嵋西北小寒山山麓一座自搭茅篷之中閉關潛修。業已五十三年不曾出庵一步，靜等完了初出家心念便即飛升，二女便是所完心念之一。那地方上有萬年不消的冰雪，下面山窮水惡，亙古仙凡不到，她一向隨緣，永不強求，如非二女把途向走錯，怎得相遇？」

英瓊等聽了，方始默然，仍由李寧用遁法飛行，片刻便到峨嵋，進了仙府，拜見妙一真人夫婦和諸長老之後，英瓊將幻波池所得法寶、冊子一齊獻上。

妙一夫人見她道行精進，甚是嘉勉，隨對易靜道：「我日前曾見令師，你的來意我已盡知。適才已然禮拜過了，且等開府那日隨新進諸同門重行拜師大典，再定班次罷！」

易靜造就本深，見多識廣，目睹仙府盛況，氣象萬千，師長多有無邊法力，眾男女同門無一不是仙根仙骨，福緣深厚，暗中好生欣幸。本意想等師父到來作主，聽妙一夫人這樣一說，看出期愛頗深，越發感慰，當即拜謝，改了稱謂。

英瓊終不放心謝家二女，便退出來，正遇玉清太師，知她智深道高，料敵如神，拉向一旁，告以前事。

玉清大師笑道：「是謝家二女麼？我以前聽師父說起，真可愛極了！如論追她那妖人，眾同門除了三英二雲備有仙劍異寶護身，不致為他所傷，餘者均恐難敵。只有本門『七修劍』合璧是他剋星，最好得福澤深厚、永無凶險的一、二同門將七劍帶在身旁，必能將他逐走。」

英瓊道：「那『七修劍』自從莊師兄來，已然齊全。但聽大師姊說，內中有好些妙用還尚未傳授，佩帶的人僅憑本門心法練習，不知一人獨用能發揮否？」

玉清大師笑道：「你來晚了，掌教師尊日前已將此劍用法、口訣一齊傳授，只你和輕雲不曾在場。靈雲一口『天嘯劍』改給了金蟬，但那用法一樣，一傳便會，你只把人找到便行。」

正說之間，金蟬、石生恰巧走來，英瓊知他最為相宜，頭一口「天嘯劍」又在他手，聞言故作尋思，委決不下，玉清大師也只微笑不言。

金蟬、石生自從紫雲宮大開殺戒，好似得了甜頭，新近又得了口「七修劍」，早恨不能找個妖人試手，忍不住插口道：「你們要是沒人，我去如何？再令石師弟幫我，他也是個有福的。」

英瓊笑道：「這一說，小師兄便是有福的人了？但你私自出洞行嗎？這輪班的事歸大師姊和秦師姊調度，你和她討令前往佇雲亭代人輪班，聽家父說，二女到洞前才被妖人追上，無須遠去，只多留心，以防措手不及好了！」

金蟬喜諾，英瓊隨把自佩的一口「陽魄劍」先交金蟬。

正談之間，師令忽傳英瓊、易靜、申若蘭、余英男進去。

各人入內，妙一真人說：「妖鬼徐完即行來犯，必須預先佈置。你四人可領我符柬前往二十六天梯搭一茅篷，以備古神鳩棲身之用。妖鬼機智絕倫，來去如電，黨羽極多，休要洩露機密。此外朱師伯還另有安排，可將英瓊新收二弟子和米明孃帶去。佛奴、袁星毋庸同往，事完即同三小弟子在篷內和新來沙、咪二小伏伺，你五人可回洞。我和諸位道友談到明早，便須閉關開讀師祖洞壁所藏法諭，在內祭煉，須等庚辰日午正五府同時開闢方能出洞。在此期間，各方仙賓早到者甚多，我已另派有人接待。但來人中尚有好些不速之客，意欲暗中作祟，由今夜起，便須指示一切機宜，除值班諸弟子外，俱應守候在外聽召，不可遠離！」英瓊等領命自去。

金蟬尋到齊靈雲，一說值班之事，竟自應允。又把輕雲的「水母劍」、紫玲的「金黿劍」、朱文的「赤蘇劍」、若蘭的「青靈劍」、莊易的「玄龜劍」一一要來，連同英瓊的「陽魄」及自有「天嘯」，共是龍、蟾、龜、兔、蜈蚣、雞、蛇七口。臨出洞時，又把朱文的「天遁鏡」、司徒平的「烏龍剪」借來，與石生二人分帶身上，一同到洞口佇雲亭守候。滿擬妖人不久追到，哪知越等越沒有蹤影，眼看各地連識也不識的長幼兩輩同道和一些散仙修士相次飛來，想起洞中佳賓雲集，不知要聽到多少新奇物事，不由心動。好不容易等英瓊等回來，便和石生爭著引路。

英瓊、金蟬二人至交，說笑無忌，恰被葉繽聽去。暗忖昔年問謝山何不令二女出山歷練，曾聽極樂真人說二女另有機緣，不是玄門弟子，成就極佳，李寧乃白眉禪師高弟，佛法高深，諸事前知，既已救過二女一次，仍命她受妖人追迫，必有深意存焉。妖人追到時，二女已在峨嵋仙府門前，決無吃虧之理！越想越放心，聽完只向金、石二人謝託了兩句，說二女乃至友義女，諸勞相助，容當後謝，便自起立欲行。雲鳳愛屋及烏，想勸楊、葉二人暫緩入內，且等二女到來，除去妖人之後，一同進見。

楊瑾笑道：「你多慮了！這二位道友俱是峨嵋之秀，又持有仙府奇珍，區區妖人何足為慮？你原為專誠拜師而來，雖然崔五姑尚還未到，豈可未見師長，便在洞外與人交手！齊真人閉關在即，現正忙磃，葉姊姊遠方生客，初次登門，終以先見主人為宜！」說罷，仍由英瓊等引進。

金、石二人俱都好勝，見楊、葉二人一稱讚，心中高興，好在客已有人引導，便各息了前念，自在亭中等候。

光陰易過，一直守到子夜，休說妖人和謝家二女，連客也接不到一個。計算該是師長指示機宜的時候，也不見命人來喚進去。恰好秦紫玲、廉紅藥走來代值，二人攔住一問，適知妙一真人、玄真子、「髯仙」李元化各位師長連同一些與本門有深交的前輩仙賓，還有金鐘島主，已早在中洞升座。

除三英、二雲和齊霞兒、諸葛警我等人侍立外，餘人俱在室外候召。挨次召進，有的面示機宜，有的還附有法寶、靈符、柬帖之類，各有一定職司，只等一位老前輩來商談之後，諸位仙長便要閉關行法。靜俟到日，運用玄功無上法力，裂地翻山，開闢五府等情。

石生聽了還不怎樣，金蟬便發起急來。

石生笑道：「蟬哥哥，你急什麼？這次開府為千古以來神仙未有之盛，大遭異派妖邪嫉恨。各位師長因事關重大，只管籌計周詳，仍是如臨如履，眾同門各有專責，不許擅自行動一步。你看今夜分配職司，只有限幾位師兄、師姊侍立，得知全域，餘人多半單獨傳見，可見各做各事，不能混淆。事情一有專任，便不能由己心意行動。現時眾同門俱已派定，我和蟬哥獨未奉使命。據我看來，定是別有重任無疑。即或不然，到日有好些左道旁門乘機作祟，我們如有職司，便不能隨意鬥敵。何如這樣無拘無束，遇上可以出手的機會，便拿他試試新得的法寶飛劍，豈不是好！」

正說之間，忽聽東南遙天際有極輕微的破空之聲遠遠傳來，行甚迅速。二人知有仙長到來，忙即飛身迎上前去。才見遙空金星飛馳，晃眼面前金霞閃處，來人已自現身。乃是一個白髮飄蕭的老道婆，手裡拄著一根鐵拐杖，生得慈眉善目，神儀瑩朗。只是周身並無光霞雲氣環繞，好似就這麼凌虛飛來神氣。同來另有一十二、三歲的少女，是御著玄門劍遁飛來，一片精光耀目的金霞剛剛斂過。

金蟬雖沒見過，卻早聽師長說過，知道來人乃方今數一數二的老前輩劍仙：江蘇太湖西洞庭山妙真觀老觀主瑛姆。同來少女便是她唯一衣缽傳人姜雪君。看去年只十二、三歲，實則成道已有三百年，和極樂童子一樣以道家成形嬰兒遊戲人間。師徒二人和長眉師祖俱早認識，近年和諸師長也常往還，瑛姆道法高深，劍術精奇，自成一家，諸位師長均以老前輩之禮相待。便此番下帖，也由醉道人親往西洞庭奉帖延請，甚是尊崇。忙和石生就空中便要禮拜，瑛姆師徒已含笑說道：「下去再行禮吧！」

話才出口，金、石二人便覺身似有什麼大力牽引，隨同降落，越發驚佩，重又通名跪拜不迭。

瑛姆一面喚起，笑對金蟬道：「你便是齊道友前生的令郎麼？仙根道骨，果自不凡，和你這師弟真稱得起是一對金童，可愛極了。令尊二女二子前均見過，略見薄贈，只你一人初會，連你這師弟石生均極可愛。我也無甚好東西，前在川邊青螺峪外昭遠寺收了蠻僧『九九修羅刀』，回山之後又經你雪君師叔親加祭煉，化為三套，各為二十七把。一套賜給紅藥，餘兩套贈你二人，備異日之用好了。」

金、石二人聞言大喜，忙又拜謝不迭。說時對面洞口輪值的廉紅藥見恩師降臨，早飛身趕進亭內，禮拜之後，侍立在側。

瑛姆隨命姜雪君將「修羅刀」分賜三人，傳以口訣用法。一面笑對紅藥道：「你師姊和我飛升在即，為此將你引進齊道友夫婦門下。」紅藥聞言想起師恩深重，會短離長，不禁又感激又傷心，痛哭起來。

姜雪君笑道：「好一個修道人，怎還如此癡法？還不起來傳了飛刀，引侍師父進去！」

瑛姆道：「此女天性至厚，傷感自是不免，對面洞口立著秦紫玲，我得了一寶，名喚『太乙五煙羅』，要送她姊妹，她妹煞重，不宜使用，正好給她，可去喚來！」言還未了，金蟬已高叫道：「秦師姊快過來參見太師伯和姜師叔。」

紫玲已聽紅藥說了來客是誰，早想上前拜見，因適在洞中聽師父面諭，各人職司一經派定，決不許擅自離開。素來謹慎，見紅藥已去，只自己一人把守洞口，明知瑛姆師徒近在咫尺，決可無慮，仍是緊遵師言，不敢走開。聽瑛姆叫她過去，這才飛過亭來跪拜。

瑛姆隨將「太乙五煙羅」取出交與，並說此乃五臺派混元祖師故物，因許飛娘、司空湛等五臺派中能手均知用法，遇上時恐被奪去，另傳紫玲一種用法，照此勤習，異日遇上還可將計就計。

紫玲拜謝領命後，金、石、廉三人飛刀也自傳授完畢。正擬由紅藥引導入內，忽見對面洞口內飛出兩道金光，正是諸葛訾我和追雲叟的大弟子岳雯雙雙現身上前拜見。

瑛姆已知來意，笑對姜雲君道：「峨嵋諸道友如此謙和禮敬，其何以當！」雪君也笑道：「所以弟子要催請恩師早來呢。」說罷，兩人已拜罷起立，恭身稟告道：「諸位師長得知太師伯與師叔駕到，亟欲親出恭迎，適值乙師伯自前洞降臨，親交禮物，分身稍遲，特命弟子等先來稟報，家師和諸師長隨後就到！」

秦、廉二女一聽師長俱要出迎，忙即拜辭退向洞口侍立，剛剛站定，妙一真人、玄真子等峨嵋本門長老，早率領好些男女弟子迎將出來，直到亭上各自見禮之後，將嚴瑛姆師徒迎進洞去。岳雯傳示金、石、秦、廉四人小心守候，自隨師長回洞。不提。

金蟬、石生正看著新得的法寶說笑高興，又一道青光帶著破空之聲飛降，來勢迅疾，更勝於前。二人定睛一看，來者是前輩散仙「青囊仙子」華瑤崧。才一現身，便對二人道：「二位賢侄不必多禮，後面妖人追趕仙都二女，不久即至。如非小寒山佛女孫道友法寶靈符妙用，已被追上遭了毒手！現時妖人屢傷不退，仇恨越深，必欲生擒二女回山荼毒，連這裡也不再顧忌，眼看即至，我先見令師去了。」說罷，便往洞口飛去。

紫玲、紅藥忙即施禮，待要分人引導入洞，華瑤崧道：「毋庸，妖人即至，你們人多些好。洞中十九知交，當不嫌我冒昧。」

華瑤崧進洞還沒盞茶光景，便聽天空異聲如潮接連不斷，由東北遙空傳來，聲勢甚盛。秦紫玲一聽，便知來了異派妖邪，金、石二人早在戒備，聲一入耳，便自飛起。金蟬首先運用慧眼，定睛往怪聲來路一看，只見雲淨天高，碧空如洗，月光之下，兩道紅光似流星過渡一般直往峨嵋飛去。紅光後面一片烏金色的雲霞，展布甚廣，濤崩潮湧，電也似疾向紅光簇擁上去，看去來勢可比紅光快得多，晃眼首尾相銜，猛瞥見紅光中發出千萬道金星，朝後面烏雲中打去。

烏雲好似知道厲害，待要縮退，無如雙方勢子都是猛迅異常，未容逃避，金星已自爆裂，散了半天金雨。前半妖雲立被震散好些。隨著星光明滅，化為無限縷游絲，嫋蕩空際，甚是好看。那烏雲也真快得出奇，就這麼略為縮退，計算空程，至少已被遁出百里以外，同時那兩道紅光也似驚弓之鳥，只管得勝，並不回身追敵，反乘妖雲微一頓挫之間，催動遁光，加急往佇雲亭這一面飛下！

金、石二人本意上前接應，因近數日來連經大敵，學乖許多，不似以前輕率。又聽說妖人厲害，不可遠離洞府，加以紅光飛落迅速，二人剛要上前，瞬息之間，已自飛近。紅光中擁著兩個美如天仙的孿生幼女，面上微有驚恐之色，對面遇著金、石二人，只雙雙含笑把頭一點，便往亭中飛降。

二人見二幼女貌相如一，身材嬌美，難得還有這大本領，心中欽慕。又知妖人不可輕敵，斷他必要追來，意欲向二女略問經過，再行迎敵，便隨了一同下落。

誰知那妖雲去得快，回來更快，二人足才著地，剛向二女詢問姓名來意，猛覺空中一片烏霞閃過，二女忽然搖手示意噤聲，跟著平空落下一個妖人，怒沖沖朝著對面洞口立定，朝著紫玲、紅藥將手一舉，說道：「我乃西崆峒軒轅法王座下第四尊者毒手摩什，與貴派素無嫌怨，本來不想到此驚擾，只為昨夜我教下男女弟子在我大咎山絕頂宮闕外面閒眺，忽有兩個賤婢無故上門生事，接連暗算了我三個弟子，適才查出她由小寒山左近往峨嵋飛來，追到此地，快要追上，忽被兔脫。此時料已逃入洞內，我不能不打個招呼，有煩速進洞去告知令師長們，最好將二賤婢逐出，憑我擒回處治！」

毒手摩什正說得起勁，忽聽身後嬌聲罵道：「不識羞的狗妖人！我姊妹只是赴會心急，懶得和你糾纏，當是真怕你麼？我姊妹自在小寒山拜訪一位前輩仙師，你枉偷老怪『傳真縮影』之法，如非我們故現形跡，引你趕來上當，你做夢也休想看出一點形影！休說我們來歷不知，如今人就在你面前，你都看不出來，還說什麼千里萬里，真沒羞呢！知趣的快滾回去靜候天戮，否則我姊妹就不願與你一般見識，不想殺你汙我仙劍，你在仙府門前胡鬧發狂，這四位哥哥姊姊容忍不得，要你狗命，我卻不管！」

妖人聞聲回顧，洞口立定二女，正是所追仇人，那兩個孿生女孩！才對人發狂，說了大話，仇敵近在咫尺竟未看見，不由又驚又怒，又急又愧！切齒痛恨之餘，決計拼著樹下峨嵋一處強敵，說什麼也要將仇人生擒回去，報仇雪恨。聽這等口氣，估量必有大來歷，現在峨嵋門口，一發不中，夜長夢多！改了初遇時輕敵之念，只管耳聽譏嘲，心中憤極，並不還言辱罵，卻在暗中運氣，等到天羅地網布就周密，再行下手！

仙都二女來時前本已受了高人指教，胸有成竹，一到峨嵋，心便早已放定，你一言我一語，說個不休。

紫玲等人先聽妖人發話，本要還言，因見對面佇雲亭忽然連人隱去，跟著平空現出「二位姊姊不要理他，少時愚姊妹說完了話，將手一舉，再請諸位哥哥姊姊相助」一行拳頭大的紅字，一閃即滅，金、石二人與二女在亭內，更看得逼真。

後來二女出面，人既生得玉貌珠顏，比花解語，嬌麗無儔，語聲更如出谷春鶯，笙簧互奏，怡情娛目，好聽已極。再又形貌穿著俱都一樣，無獨有偶，好似造物故顯奇蹟，聚匯靈秀之氣鑄了一個玉雪仙娃，鑄成之後，尤嫌不足，就原模子再鑄了一個出來。同門少女雖然有幾個天仙化人，只惜比她少了幾分憨氣，又都少了一個配對的，便沒有這樣可人憐愛。方信李英瓊那麼眼界高的人，居然愛如奇珍，讚美不絕，實非虛譽！

四人俱對二女愛極，因見妖人滿面獰厲之容，眼露凶光，怒目相視，不發一言。二女卻是出語尖誚，使對方無以自解，知道妖人必有詭謀，一面覺著二女天真有趣，一面惟恐妖人驟下毒手，二女雖然道法高強，看來時慌迫神情，到底不可大意！各有暗中戒備，靜俟迎敵。

妖人邪法發動極快，只瞬息之間，便即完竣。二女還待往下說時，妖人突將手向空一揚，一片烏金雲光先往空中飛起，一晃天便遮黑。緊接著手向四外連指，一面朝金、石二人厲聲大喝道：「我已設下天羅地網，你二人如非賤婢同黨，可急速避入亭內。只不往空中飛起，心無敵念，便可無害。等我捉到仇人，立即撤去法寶，決不傷你們一草一木！」

金、石二人一般心急，見二女手老不舉，妖人又向四外亂指，每指一處便有千百縷極細游絲射出，晃眼無蹤。

惟恐妖人先發制人，落後吃虧。石生新聽米鼉、劉裕安和佛奴、袁星以及新近投到拜在「女殃神」鄧八姑門下易名袁甦的老猿無事時，在一齊互以各地俚俗之言譏笑嘲罵，學會了幾句罵人的話，聞言忍不住先縱身出亭，指著妖人大罵道：「放你娘的春秋屁！哪個要你容讓？不管你和二位姊姊有仇無仇，在我仙府前放肆，便叫你吃不了兜著走！看我先破你這些烏煙瘴氣的鬼門道！」

聲才出口，手揚處，「天遁鏡」放出百丈金光，先朝妖道手指之處照去。適見妖煙立即由隱而現，成了片片烏雲，雜著無數魔鬼影子，慘嘯如潮，隨著寶光照處，跌跌翻翻，重又化為殘煙飛絮，由現而滅。

妖人一見，方自急怒交加，金蟬見石生動手，更不怠慢，喊一聲：「大家快上，莫放妖人逃走！」也將「七修劍」化為七色七樣彩光，連同自有霹靂劍齊朝妖人飛去。

二女也各將手一舉，跟著紅光飛出，身劍合一，待要上前。對面秦紫玲惟恐二女有失，忙喝：「二女道友遠來是客，妖人既敢來此猖狂，自有我們除他，無須動手！」一聲隨人起，「彌塵旛」一晃，一幢彩雲朝二女飛去。

果然妖人一見亭中敵人所用法寶飛劍無一不是至寶奇珍，才知峨嵋門下果是不凡，幾個後輩已有如此威力，少時諸位長者得信趕出，更難討好！益發把仙都二女恨如切骨，一面放起數十道烏光抵禦「七修劍」，一面運用玄功，把未破的魔光收了回來，緊跟著施展本門極惡毒的「玄陰神煞」，千百朵暗碧色的焰光直朝二女飛去。

恰值紫玲飛到，一見不好，忙把彩雲往前一擋，就勢將二女擁住，口喊：「二位道友暫且觀戰！」逕往洞口一同飛回。

妖人拼著損耗精血，猛下毒手，如非紫玲久經大敵，長於知機，幾遭不測！就這樣，雖未受傷，那一簇血焰撞往雲幢，全都爆散，宛如千百霹靂同時爆發，「砰砰」之聲震得山搖地動，崖側飛瀑俱都倒湧驚飛，「彌塵旛」連人帶雲幢被蕩開老遠！妖人天空的「玄陰神幕」也似天傾一般罩將下來，立時星月無光，如非寶鏡、飛劍精光照耀，對面幾不相見！這才知道實是不可輕敵，隨定紫玲在彩雲圍繞之中，觀戰不前。

紫玲見金、石二人等法寶、飛劍均在滿空飛舞，與妖人相持不下，「七修劍」又吃妖人所放的烏金色光華絆住。雖然我強彼弱，急切間仍難合璧，「天遁鏡」金光也只能將天空妖雲阻住，不能破他，忙喝：「廉師妹，你那修羅神刀還不放起除妖，等待何時！」

紅藥為人本分，身負守洞之責，惟恐妖人乘機侵入，一意謹守戒備，沒想到放刀助戰，聞言剛把飛刀放起。金、石二人一個想將七修合璧，偏吃妖光絆住，暫難如願；一個是惟恐妖雲壓下，壞了仙景，手持寶鏡，也是全神貫注。聞言齊被提醒，各照瑛姆師徒傳授，將三套九九八十一口「修羅刀」相繼飛出手去！

只見八十一道血焰金光，已分三面夾攻而來。正是妖人剋星，只被刀光裹住，不死必傷，弄巧還要壞去一個元神和數十年苦煉之功。料定當日之局萬難討好，把滿口鋼牙一挫，一聲怪嘯，匆匆收轉飛叉，運用玄功變化，打算駕了頭上妖雲遁走。哪知金蟬始終記住七修合璧的妙用，見飛刀出去，敵人飛叉一收，無了牽絆，立把七道劍光一指，飛身上去，身劍合一，化為一道七色彩虹，連同自己和石生的飛刀，一齊追上前去。

妖人一見兩般剋星俱都趕到，那多年辛苦煉就的「玄陰神幕」已被二女佛門法寶損毀了好些，再被此劍截住絞散，太過可惜。只得忍痛用「化血分身遁法」自斷一指，收了妖雲，由血光中借遁逃去。

金、石二人正追得急，方恐妖遁神速，追趕不上，忽然妖人身上一片煙光閃過，滿身都是血光火焰圍繞，惡狠狠回頭撲來。還當又是玄虛，自恃七修合璧、寶劍神光威力，石生為備萬一，又將「離垢鐘」取出護身。彩虹金光方往前一合圍，猛覺妖雲盡退，星月重明，清光大來。耳聽下面紫玲高呼：「師弟回來，妖人已逃走了。」對面妖人火焰血光也被劍光絞散，紛紛下落。再細一查看，殘焰消處，只有幾縷極細碎的血肉零絲，知果受傷遁走。

（按：由此處起，一大段寫謝氏雙女的來歷，和謝山、小寒山神尼、葉繽、二女之間的關係。這是本書中最有趣的一段，全用十分隱晦的筆法寫出，有關各人之間的關係，全都若隱若現，讀後掩卷思索，其味無窮。因為是本書中最具特色的一段，所以決不改變其原來的特色，只在每一隱晦處，加以指出。）

當下由紫玲行法，引來瀑布，將洞岩山亭洗刷一遍，然後和二女相見，敘談以前經過。

原來武夷散仙謝山，自從昔年成道隱居武夷絕頂以後，因是生來性情沖淡，所修道業與別的散仙不同，道力高強，早證長生，煉就嬰兒，既不須防禦尋常道家的天災魔劫，又沒打算超越靈空天界，飛升紫府，永為散仙，介於天人二境之間。靈山修隱，自在逍遙，長此終古，本來毋庸物色門人，承繼道統。又鑒於好友「極樂真人」李靜虛功行早已修到金仙地位，只為收徒不慎，為惡犯戒，累他遲卻多年仙業，還受了好些煩惱。倒不如自己這樣逍遙自在，雖然金仙位業難於幸致，畢竟長享仙家清福，不須終日畏懼，惟恐失墮之憂，所以始終沒打收徒主意。

他在散仙中交遊最少，也和人永無嫌怨，除極樂真人等有限四、五好友外，只一女道友葉繽最為交深，曾經勸他道：「你所居洞府景物清妙，樓閣宏壯，花木繁植，平日又喜遨遊，須有人看守，服役其間，方能相稱。專憑法力驅遣六丁為你服役，蒔花補竹，引瀑牽蘿之類，全是仙家山中歲月的清課，一切俱以驅役鬼神行之，雖然咄嗟可致，無事不舉，反而減了許多清趣閒情，有煞風景。何如物色幾個好徒弟，於傳經學道之餘為你焚香引琴，耕煙鋤雲，偶出雲遊，仙府也有人看守照料！豈可因李真人收徒不佳，便自因噎廢食？」

謝山未成道前便和葉繽是世交至戚，情分深厚，素來推重，聞言笑道：「我只是一切隨緣，不去強求，沒為此事打主意罷了。真要遇上根骨深厚、福慧雙修的少年男女，也無棄而不顧之理，我以後出遊多留點心罷了。」

葉繽笑道：「此言忒不由衷！你生性高潔，遊蹤所及，都是常人足跡不到的仙山靈域，有仙根的童男女多在人間產出，你足跡不履塵世，何從物色得到呢？」

謝山當時含笑未答，兩次勸過，便自動心，覺著所說也實有理，於是稍稍留意，不時也往人間走動。

這日行經浙江晉雲縣空中，俯視下面大雪初霽，遙望仙都，群山玉積銀堆，琪樹瓊枝遍山都是。一時乘興飛落，觀賞雪景，踏雪往前走去。

仙都本是道書中的仙山福地，峰巒靈秀，洞谷幽奇，再被這場大雪一妝點，空中下望不過白茫茫雪景壯闊，這一臨近，南方地暖，山中梅花頗多，正在舒萼吐蕊，崖邊水際，屢見橫斜，凌寒競豔，時聞妙香。空山寂寂，纖塵不到，更有翠鳥啾啾，靈禽浴雪，五色繽紛，衝寒往來，飛鳴跳躍於花樹之間，彩羽花光，交相掩映，越覺得景物美好，清絕人間。

只顧盤桓，漸漸走向山的深處，忽見危岩當前，背後松檜干霄，戴雪矗立，凌花照眼，若有勝境。剛要繞過，忽聞一股幽香沁人心脾，走過一看，乃是一大片平地，地上一片疏林，俱是數十丈高合抱的松杉檜柏之類大樹。

前面崖頂一條瀑布，下流成一小溪，上層已然冰凍，下面卻是泉聲琤瑽，響若鳴珮。溪旁不遠，生著一樹梅花，色作緋紅，看去根節錯盤，總在數百年以上的古樹，花光明豔，幽香郁馥，端的令人一見傾心，不捨遽去。

正在樹前仰望著一樹繁花，流連觀賞，偶一低頭，瞥見樹後大雪地裡有一尺許大的包裹，剛要走近去拾，便見包中不住亂動，微聞「哇哇」之聲自內透出。

謝山暗忖大雪空山何來此物？忙運慧目，定睛往包中透視，裡面竟是兩個女嬰！錦襁繡褓，甚是華美，再看嬰兒，不只生得玉雪可愛，美秀絕倫，根骨秉賦之厚從來未見。尤妙在是一胞雙生，從頭到腳俱是一般模樣，想係在冰雪中凍久，聲已發顫，甚是細微，互相緊貼一起，手足亂動。因恐人家棄嬰，血污未淨，隨將手一指，放出一股熱氣將那錦包護住，先為禦寒。然後默運玄功，潛心推算，立即洞徹前因後果，喜慰交集，不暇再看雪景，伸手抱起，便往回走！

（按：什麼「前因」？原作者始終未正面寫出。而參照後文，這一段雪中遇嬰的寫法，也大類《紅樓夢》的「太虛幻境」，在似真似幻之間。）

嬰兒得暖，漸漸哭出聲來，謝山邊拍邊走道：「乖兒莫哭，現時我尚不能養你，且給你就近找個安身處去，平時仍來看你好了！」嬰兒經此撫慰，哭聲忽止。

謝山便照適才推算，往相隔數十里的仙都勝地「錦春谷」趕去。一面尋思：二女不能帶回武夷撫養，尤其在襁褓之中，自己孤身隱修，又是男子，撫養女嬰諸多不便。本山又是她倆安身立命之所，不應離開，難得有這現成的保姆，也真是實在湊巧。只是這位女道友出身旁門，近始改邪歸正，來此潛修，不久便該兵解；和自己又是素昧平生，如不許以酬報，未必答應。此外再無適當之人。她偏前孽甚重，為此二女，說不得只好逆數而行了。

# 第三回　檻內檻外　屠龍師太

主意打定，便縱遁光飛去，晃眼到達。

那錦春谷危崖外覆，彷佛難通，內裡卻是泉石獨勝，春來滿山花樹，燦如錦雲。谷當中有一高崖，崖腰以上突然上削，現出一片平面，嘉木疏秀，高矗排空，占地約有數十畝。向陽一座極寬大的石洞，洞內隱居著一個麻面道姑，名叫「碧城仙子」崔蕪，便是謝山為二女所尋的人。

剛由空中往洞前雪地上飛落，崔蕪便走了出來。初出頗似含有敵意，及朝來人細看了看，忽改笑容問道：「何方道友，有何見教？」謝山便把自己來歷淵源告知，欲煩她代為撫養數年，自己也常來探望，視若親女，傳以道法，為她異日成道之基。「冒昧奉托，明知不情，但與二女夙緣深厚，此外又無人可託，如蒙俯允，必有以報。」

崔蕪先時頗有難色，末了把謝山請進洞內，打開包來一看，二女生得一般相貌，首先觸目便是一雙又黑又亮、神光湛然的眸子，再襯上淺疏疏一叢秀髮，兩道細長秀眉和瓊鼻紅櫻，端的是粉滴酥搓，不知天公費了多少心力揑就這麼一對曠世仙娃！別的相貌相同，獨獨頰上各有一個酒渦，一是在左，一是在右。好似天公恐人分辨不出次序，特地為她打出來的記號。尤妙在是仙根仙骨，智慧與生俱來，見人絲毫不驚，反各睜著一雙烏光灼灼的眸子，搖著粉團一般的雙手向人索抱，梨渦呈露，一笑嫣然，越添了好些天真美麗，由不得愛憐已極，立時接抱過去，引逗起來。

謝山剛問：「道友，你看此二女可還使人憐愛麼？」

崔蕪道：「如此佳兒，我便為她遲轉一劫也所甘心！只是貧道法力淺薄，大劫不遠，仇人三年以內必至，不能始終其事。二女在我這裡受了仇人侵害，豈非罪過？」

謝山笑道：「這個無妨，到日必效微力助道友避去此劫便了。」崔蕪原因早年誤入旁門，後雖改參玄門正宗，無如功夫駁而不純，元嬰不能出竅，只有兵解。偏生對方是生平仇敵，每一念及仇人勢強，吉凶莫卜，便自憂急。一聽謝山肯為出力，知他道法高深，不特仇人非其對手，還可相助元嬰出竅，免受一刀之厄，不由喜出望外，當時拜謝應諾。

二女形貌相同，只以面上梨渦略分長幼，謝山便以在左的為長，並從己姓，一名「謝瓔」，一名「謝琳」。因二女託崔蕪撫養，惟恐仇敵萬一來犯，還贈了她兩道靈符和一件遇變告急的法寶，才行走去。

不久，葉繽聞知此事，趕來看望，見二女生得那麼靈秀美麗，也是愛極。如非謝山告以二女和自己的夙世淵源和異日的歸宿，竟直恨不能帶回小南極去代為撫養。由此二人無事便來看望，二女生具仙根仙骨，靈慧絕倫，又得謝、葉、崔三人時以靈丹仙果為餌，周歲便解修持。第三年上仇人尋來，聲勢十分猛惡，謝、葉二人為使崔蕪應此一劫，以滅前孽，故意遲來，於萬分危急之際飛臨，合力將妖人殺死，永除後患。

由當年起便教二女正經修煉，二女用功也極勤奮，進境神速，年才十歲便煉到了飛行絕跡，出入青冥地步，貌相更出落得和紫府仙娃一般，冰肌玉映，美秀入骨。只是天真爛漫，性好嬉戲，崔蕪珍愛太過，不忍稍加苛責，未免放縱了些，益發慣得憨跳無忌。日常用功之外，盡情淘氣，花樣百出。始而只在山中捉弄猿鹿之類作耍，日久則生厭，漸去附近各寺觀中去尋那些庸俗僧道作鬧。

仙都離城甚近，為道家有名勝地，寺觀甚多。錦春谷地介僻險，雖然遊蹤不至，但不時仍有樵採之跡，春秋二季常有採藥人往來其間。二女有時作劇太惡，竟被對方跟蹤尋上門來，仗著大人憐愛，每出生事，照例一人上前，事情若犯，總把小臉一板，叫人去認。二女形貌衣著無不相似，不到憨笑時現出面上酒渦，誰也分辨不出誰長誰幼，一經認錯便不肯受罰。即便受罰，關了不到一日，便姊妹雙雙抱住崔蕪，軟語磨纏，不到撤禁放出不止。過不兩天，又去生事。

崔蕪無法，惟恐日久傳揚生出事來，自己功行又將圓滿，坐化期近，想使二女學點防身本領，便去告知謝山。謝山本因二女將有大成，意欲使其循序漸進，靜候機緣之來。除三歲以前給她多服靈藥仙果，使其骨堅神凝外，一交四歲，傳授都是紮根基的功夫，此外僅傳些隱身遁形以及御氣飛行之法，別的均未傳授。崔蕪因謝山外溫內肅，憐愛二女，恐受訶責，從未告訴。二女又是心高志大，見了義父、葉姑，總是守在身側專心請益，恨不得當時便把所有道法一齊學會，所以淘氣的事一點也不知道。及聽崔蕪一說，剛把面色微沉，二女妙目微暈，淚珠晶瑩，裝著十分害怕，倒在謝山懷裡，同喊：「爹爹，女兒下次不敢了！」

謝山本是假怒，心方一軟，囑令下次改過。哪知二女一副急淚也是半真半假，謝山剛一低頭，二女也在懷中偷眼看他，早「嘻」的一聲，一人玉頰上現出一個淺渦，笑將起來。謝山慈父威嚴，竟無所施。決計把錦春谷封鎖，並將各種貴藥自產地行法移植到谷外平坦之處，以防斷了藥戶的生路。一面傳授二女一些應用法術，免得崔蕪去後難於自立。

二女覺著學習法術新鮮，每日用功，連洞外都不走出一步。轉瞬經年，因崔蕪坐化在即，以後無人照看，謝山傳授頗勤，葉繽更恐二女將來受欺遇險，又賜了兩件防身法寶。於是二女本領大進，凡是淺近一點的法術，全都學會。

不久，崔蕪坐化有了準日，二女從小便受崔蕪撫養，忽然永訣，自是傷心。自聽說起便守在旁邊隨進隨出，寸步不離。崔蕪本就鍾愛二女，見如此依戀，越發感動。一算日期還有十天，便對二女淒然道：「我愛撫你姊妹十歲年，今將遠別，再生相遇尚屬難知，意欲乘這幾天餘閒，擇你們能用能行的法術，一一傳授，永留紀念。」

崔蕪先取出兩件法寶，那兩件法寶一名「洞靈箏」，長才數寸，乃漢仙人樵公伏魔之寶，專制山精海怪，如法彈奏，怪物聞聲立如癡醉，周身棉軟，任憑誅戮，更能裂石開山，通行絕海。一名「五星神鉞」，專能破旁門五遁邪法。崔蕪將兩寶贈與二女，又傳了不少法術。

不多久，崔蕪坐化，謝山將二女帶往武夷山仙府住了些日，才減去了哀思。

由此謝山為二女訂下日課，仍令在錦春谷中修煉。每隔半年前往探看一次，每隔三年許往武夷省親住上十天半月，但須有人來接，不許親往。二女再三請求長在武夷山隨侍，謝山只是不允。屢請不獲，日久也就不再提起。二女除卻每三年作一次武夷之遊外，一步不能走出，沒奈何，只得靜心修煉，不再外騖。

一晃百年，二女自忖根基早固，每見謝山必要強求另傳道法，謝山總是說：「女兒將來與我路徑不同，此時多加傳授，反而誤你。」

二女無奈，又請傳授法寶，謝山吃她們糾纏不清，方始允諾寶物。於是二女每一歸省，必要索討寶物。謝山見二女功力與日俱進，道心堅純，根基尤固，愛極不忍拂意，身邊又沒有那麼多法寶，便隨時物色，得暇現煉些來傳授，遂成慣例。年月一久，二女得了不少法寶，欣喜非常，只苦無法試用罷了。

這年武夷歸省，恰值葉繽來訪，與謝山談起峨嵋開府盛事。二女聽了忻羨非常，恨不能當時飛往才對心思。但謝山堅不答應，二女力求未允，又氣又急，回山籌計了好些日，忽然想起崔蕪所賜「洞靈箏」來，暗忖：「何不就用此寶裂石穿山，逃往峨嵋赴會？父親、葉姑都愛自己，當著那多外人，決無訶責之理！」

二女雖然修煉多年，從未與外交接談說，外邊的事一點不知，童心稚氣猶是幼時，想到便做。先取「洞靈箏」走向谷口一試，哪知禁法神妙，箏上神弦響處，禁法反應，遍處金光紅霞，只管地動山搖，停手仍是原樣未動，封禁依然，休想走出。二女急得跳腳，幾乎哭出聲來，連試幾次均是如此。

二女已心灰氣沮，回到洞內，忽想起禁制俱在洞外，洞倚崇山，父親行法時決想不到會由後洞攻穿十來里路的山腹逃將出來，也許可以一試！重又對著後洞如法施為，果然生效，隨著神弦彈處，山石倏地逐漸裂開。漸漸朝前裂去，約有個把時辰，竟將原有一座石山裂成一條峽谷，直通過去，脫出禁制以外！

二女只慶脫身，洞雖毀壞，也不顧惜，知父親來有定日，葉姑卻是難說，來得又勤，平日惟恐其不來，這時卻恐走來遇上！匆匆回洞將平日衣物覓地藏好，所有法寶全帶身上，立即破空飛起。只知峨嵋是在西方，不知途徑，心想專往西飛，見了高山美景就留心查看，遇上人就打聽，沒有尋不到的！

誰知誤打誤撞，將西崆峒老妖座下毒手天君摩什尊者的大咎山妖宮，當作峨嵋仙府，若不是李英瓊、周輕雲、易靜三人加以援手，當時便無倖理。二女在大咎山脫險之後，仍往西飛，因為逃時匆忙，將方向走偏了一些，中途又值陰天，沒有看出方向，不覺竟由峨嵋側面飛過，到了川藏邊界的大雪山界內。

二女看看景象不對，大是起疑，謝琳道：「聽說峨嵋靈山勝域，每年朝山的人甚多，極具林泉之勝，就說後山仙府一帶素無人跡，風景應該格外靈秀雄奇才對！我們飛行了這些時，按說早該飛到，為何所過之地全與爹爹平日所說不似？這時索性飛到這滿布冰雪的亂山中來了！我看此山少說方圓也有兩、三千里，峨嵋在四川省內，書上載著天府之國，人民富庶，決不會當中夾著這大一片冰山雪海之理！莫非我們把路走錯，走到西藏大雪山來了吧？」

謝瓔答道：「你說得對，我也正在疑心，此山俱是萬年不化的冰雪，怎得會是峨嵋？最奇怪是我到了這裡，心中老動，彷彿往日葉姑帶我們去見爹爹一樣！所以老想和你說往回飛另尋峨嵋下落，總是戀戀想到那山頂上去，你說怪不？」

謝琳道：「誰說不是！我也是從初見這雪山起便心動，活似有個極愛我們的人在那裡等我一樣，不然早喊姊姊回頭了。」

說時二女遁光已然停住，謝瓔道：「這事真奇，停下來，我心更動，真恨不能飛將過去。難得到此，何妨上去一次，不管有人無人，好歹也開一回眼界。」話未說完，忽聽遙空一聲清磬，竟似由對面高出雲天的雪山之上傳來。二人聞聲，雙雙「走」字都未說，不約而同，朝前飛去。

越往前，冰雪之勢越發雄奇。因山太高，須迎著罡風向前斜飛，沿途俯視，只見到處冰崖千仞，萬峰雜遝。天公老是那麼陰沉沉的，日月無光，青蒼若失，一望數千里俱是愁雲漠漠，慘霧溟溟。只管四外雪光強烈，眩人雙目，並不覺出一點光明景象。加上悲風怒號，雪陣排空，匯成一片荒寒，休說人獸之跡，連雀都沒見一隻飛過。

忽然一陣狂風吹過，好些千百丈高的冰崖雪壁忽然崩塌，當時冰花高湧，雲霧騰空，「轟隆轟隆」之聲響徹天際。跟著數千里內的雪山受了震動波及，紛紛響應，相繼崩塌，聲巨而沉，恍似全山都在搖撼，端的光景淒厲，聲勢驚人。二女暗忖這等窮陰險惡之區，除了冰雪，什麼景致都沒有。尤其山嶺之上，罡風凜冽，景更荒寒，任是鐵建的廟宇也為吹化，怎會有人在此居住？但那一聲清磬，又分明是山頂上發出來的，真個奇事。

一路尋思，越飛越高，不覺飛到頂一看，那山竟比下面所見還要高出兩倍，滿山俱是萬年前的玄冰。因受罡風亙古侵蝕，到處冰鋒錯列如林，人不能立足。通體滿是蜂窩一般的大小洞穴，其堅如鋼。乍摸上去，並不甚冷；等手縮回，只覺寒氣侵肌，其冷非常。

二女巡行了一遍，除卻黑鐵一般的冰峰冰柱，毫無所遇。罡風寒氣酷虐異常，雖然修道多年，時候久了也覺難耐。失望之餘，還沒商量飛回，謝琳道：「我怎麼只一想退回去，心便吃驚？一想前行，便自寧帖？這樣絕頂，本來不會有人。山那邊又被半山雲霧遮住，何不下去看看？那邊背風向陽，天氣好些，也許雲霧之下有人居住。如找不到，索性繞山而回，免得迎風上下費力。」

謝瓔點了點頭，又同往山後降落。剛把上層雲霧穿過，便覺出下面冰雪漸稀，山勢傾斜得多。俯視居然見到土地和一些耐寒的矮樹短草，料有希望，好生高興。

本定照直飛下，不知怎的，到了山頭，無故偏向東南方角上飛去。前半仍有冰雪，山勢也極險峻，百里以外方見林木。二女一口氣飛出三百里，又有一山前橫。謝瓔方道：「我們人沒遇見一個，就這樣亂飛一氣，有什麼意思？」

謝琳忽然驚喜道：「姊姊你聞見香麼？」說時謝瓔也聞到一股旃檀香味。姊妹二人一樣心急，不顧再說，搶著往前飛去。

前面這山本已林木森秀，及至飛越過去，忽然眼前一亮，大出意外。原來山的對面還有一座較小的山巒，四外高山環繞如城，此山獨居其中，宛如宗主。那景物的靈奇清麗直是從來未見，主山四外平原如繡，芳草連綿，處處疏林，不是綠蔭如幄，便是繁花滿樹，嫣紅萬紫，儷白妃黃，多不知名。天氣更是清淑溫和，宛如仙都暮春光景。並有雲峰撐空，平地突起，石筍叢生，苔痕濃淡，蒼潤欲流。

再往前去，便是一片水塘，碧水溶溶，清可見底。塘側多是千百年以上的松杉古木，下面綠草成茵，景絕清曠。還有一樁奇事：舉凡虎、豹、熊、羆、羊、鹿、猴、狼、兔以及各種禽鳥蟲蛇之類，隨處都是，遊行往來，見人不驚，也不互相侵害。照例平時形如世仇，見必惡鬥，或是弱肉強食，見必吞噬的，到此都化去了惡性，只有親暱，全無機心，各適其適，意態悠然。林枝樹杪，只見佛禽浴日，靈蛇吐焰，翠鳥嬌鳴，如囀笙簧。見了人來，有那大一點的怪鳥，以及鵑、鶴、孔雀之類，偶還偏著個頭，傲然看上一眼，多半直如未見。

二女覺著這裡景物自然美妙，已是難得，似這樣羊虎狼鹿、蛇鳥鷹燕等本性相剋的生物竟會棲息一地，互可狎習，各不相驚，更是極其稀罕。明明群動之境，耳目所及，偏感到一種說不出的靜中之趣。自然心移神化，相對無言，把平日好尋生物戲弄的童心全收拾起。遂將遁光停落，一路觀賞美景。由水塘側繞過，見生物鳥獸更多，到處琪花瑤草，嘉木繁陰，泉石之勝，更是目不暇接。卻沒見到一個人影。行約五里，方到對山腳下。

初降落時，因見對面山上白雲如帶，霧繞煙籠，只顧觀看那些珍禽奇獸，不曾留意。這時走到山腳，才看出山勢險峻，四外都是樹色山光，花香鳥語，山卻宛如天柱矗立。儘管玲瓏剔透，通體空靈，石色蒼古，有似翠玉，卻不見一草一木。全山僅下半近中腰有一塊突出的平石，此外都是嵯峨峭立，無可著足。

那平石廣僅畝許。由下望上，只聽泉瀑之聲，洋洋盈耳，宛如鳴玉。方欲飛身上去觀看，猛瞥見一片祥雲由頂上飛起，直朝來路高山之上飛去，其疾如電，晃眼無蹤。料知有異，忙飛到石上一看，緊靠崖壁，還搭有一座極寬敞的茅篷。左右一邊一道飛瀑，如白龍夭矯，貼壁斜飛，到了平石附近，順著山勢，繞山而流，逕往後山轉去。適見白雲橫亙，便是此處，所以不曾看出。

如此靈境，斷定篷內必有高僧駐錫，不顧再看景物，忙往篷中走進。還未進門，便看出篷內空空，只當中蒲團上端坐著一個未落髮的妙年女尼。身側地上插著一根樹丫杈，上懸一磬。面前有一小木椿，放著一個木魚、一個香爐和幾本經卷。此外更無長物。除幾根木架外，無甚遮攔。當中正門卻橫著一根木頭，離地約有三尺。說是門限，又覺太高，防人進去，上下又是空的，不知要它何用。

二女自上來心更跳得厲害，再定睛一看，見那女尼生相竟和自己相似，正在閉目入定，神儀內瑩，寶相外宣，氣象體態，雖然莊嚴已極，面上卻流露出無限慈愛的容光，由不得又敬又愛。始而為她威儀容止所懾，肅然起敬，後來越看越像素識，直似本來極熟的親人多年未見，倏地重逢，無形之中真情流露，自然感動，難於遏制，直恨不能當時撲向懷抱中去！

二女先在橫木之外立望了一會，由敬生愛，不約而同雙雙跪倒在門外，口稱：「弟子等巧涉靈山，許是注就福緣，望乞大師指點迷途，加以造就。」

話還未畢，忽見女尼頭上現出一圈佛光一閃即隱，隨即睜開一雙神光瑩瑩的妙目向二女微笑道：「你姊妹此來原非偶然，不過此時還是檻外人，難進我門檻內來，不必多禮，可各起立，聽我先說一個大概。」二女聽女尼口音好似以前聽過，十分耳熟，心中早已敬服到了極處，聞命拜了幾拜，忙即起身，立侍於側恭聽。

女尼道：「我在此閉關已三百年，如論修行歲月尚不止此。因在我佛座前發下宏願，誓參上乘功果，立無邊善功而不殺一生物。即遇極惡窮凶，也以慈悲智慧、堅忍恆毅之力度化，雖具降龍伏虎無上法力，只用以為救世之用，從未以之傷害一命。苦行多年，忽然大徹大悟，本早功行圓滿，只為當初佛前發願之時偶然動一塵念，我佛不打誑語，有因有果，念即是因，有此一因，必須實踐始得解脫。為了此一段世緣，雖遲我百餘年功果，但我佛法度人功德勝於度世，說解脫便解脫，何論遲早！這些話也不必多說，休看你姊妹學道多年，生具靈根慧質，不到那自在境地時候，任多饒舌也是不得明白！」

二女聽了，似明非明，只覺敬愛孺慕之意有增無已。

女尼又道：「我為你姊妹已可算是破戒，這個報應由我自去身受，其實我仍是我，受不受沒甚相干。至於我的來歷，你回去對你義父說，小寒山有一女尼，他未必能夠得知，如說他的青梅舊友就知道了。你那葉姑卻是我俗家第一良友，雖然彼此出家，一則道路不同，她又遠居海外，自聞我當年噩耗，屢經苦心尋訪無著，以為歷劫多年，難於尋覓，峨嵋會後可邀同來此一晤。」

二女越聽越是不明，只盼女尼再講多些，女尼忽又改口道：「毒手摩什正在找尋你們，是我用佛法將本山真形隱去一半，未被看出。否則他必追來此地，我雖不怕，因我不開殺戒，他又緊記殺徒之恨，難免糾纏不清，我正閉關，無緣度化。等明日再往峨嵋，那裡自然有人接應，中途妖人追來，我再賜你姊妹靈符神香，足可從容趕到，決無疏虞了。」

二女一聽神尼佛法如此高深，忽然福至心靈，重又跪倒拜請收錄，並示法號。女尼笑道：「我俗家姓孫，自從出世以來便是獨身修道，禪功佛法均由靜中參悟，佛即我師，並非尋常師徒授受，例有賜名，哪有名號？你本我門中人，又有好深因緣，拜我為師與拜佛一般，原無不可，只是正式收你尚還不是時候。這個時候，說早就早，說晚就晚，全在於你，且等峨嵋歸來再說罷！」

二女見那神尼笑語晏晏，由不得起一種依戀之思，雖只片時之聚，竟覺似慈母當前，親愛已極！無奈中間隔著一根橫木，不能進去。始因初見敬畏心盛，不敢違逆，勉強侍立在外，心中老嫌不能親近。談得時候一久，覺著神尼雙目瑩瑩，不時看定自己兩姊妹，好似含蓄著無限的慈愛，越發感動，不禁把平日糾纏謝山的孺慕稚氣使將出來，雙雙手扶橫木，跪地哀懇道：「好師父，弟子不知怎的，敬愛師父，老想到篷裡去挨著師父侍立一會，好在師父又沒入定，不怕弟子驚擾，請開恩允許弟子進內吧！」

神尼見二女懷切依戀之狀，微笑道：「癡兒癡兒，這條門檻古往今來攔住了多少英賢豪傑，你不到時候跳得出麼？」（**按：跳得出者，都已成正果。**）

二女情急入內，也沒細辨神尼為何把「跳進」說成「跳出」，便道：「這麼一根木，只師父不見怪，弟子不論上跳下穿，或是取下，都能夠去。」

神尼笑道：「休看一根木，過去卻難過呢！不信你就試試。」

二女聞言，心想：「師父忒小看人，也許有什麼禁法。當著師父不好跳進，且鑽過去。」隨同把頭一低，意欲鑽過，暗中偷覷神尼雙手和口角神情，看在暗中阻止沒有。哪知那神尼神色自如，手和口全未動，身子明明鑽在空處，卻似有萬千的阻力擋住，休想得進。

二女自覺不好意思，不由犯了好勝的童心，又想這樣好好過去大概不行，反正師父答應的，不如冷不防來一個硬衝。想到這裡，隨駕劍氣飛起，意欲由橫木上飛過。不料來軟的還好，這一硬衝，竟被潛力震彈出老遠！當時又驚又愧，跑至篷前，手扶橫木，望著神尼，眼淚汪汪，撒起嬌來，埋怨道：「師父不念弟子真誠，有心見拒，卻不明說，只在暗中使法！」

神尼微笑道：「這本是三教中最難過的一關，自我設此木起便沒動過，我也何嘗不願你姊妹過來！」說時二女淚珠點點，全都滴在橫木之上，還待求說，神尼面上忽然一驚，微嘆道：「我本意只完前因，不再入世，只在門檻外看你們，時至再行接引。不料世緣一起，便有許多牽累，仍是難免不得！至少又須多遲我一甲子功果。門橫巨木已為至性至情所動，可知聖賢仙佛、英雄豪傑，都不免為情字所累！情之所至，防備無用，如今門木已解，只是虛擱在兩旁框子上，你二人進來吧！」

**（注：這一段，借忍大師之口宣揚佛法，和世俗對佛義的粗淺瞭解大不相同，是真正的大乘佛法，心即是佛的真諦。）**

二女未見神尼有甚動作，還不甚信，只輕輕一抬，竟是隨手而下，心中高興，立即破涕為笑，搶著撲進身去，雙雙倒在懷裡。猛想起這是初見面的師父，不應如此冒昧，惟恐忤犯，神尼已一手一個抱緊，一邊為二女拭著眼淚，嘆道：「乖兒，你們已歷三生，怎還如此厚的天性，致我所設大關均為你破！我本打算見面談上幾句，傳了你們退敵之法，仍即入定，即已遲了數十年功果，索性同你們聚到明日再分手吧。」

二女見師父不但沒有見怪，反倒摟緊撫慰，心中正在舒服，聞言忽然醒道：「弟子初見恩師便似見了極親愛的尊長一樣，一切聲音笑貌均似極親極熟的人，只想不起哪裡見過。恩師成道已數百年，弟子姊妹出生才只百年，聽恩師這等說法，莫非弟子姊妹前三生是恩師心愛的女兒吧！」

神尼微把面色一沉道：「今生便是今生，前生的事說它則甚？你兩個也修道多年，以後還要在我門中，哪有這許多的世情煩惱！」

二女見神尼忽見有了不快之容，同時在口氣裡已明白了大半，不禁悲喜交集。

因恐神尼真個不快，仍使故技倒在懷裡，仰面向上，卻把一雙秀目虛合，試探著嬌聲說道：「恩師不要見怪，弟子怕看恩師生氣的臉，還是帶笑的臉好，女兒再也不敢亂說了！」一邊說，卻在暗中偷覷神色。

（按：前面曾提及，原作者在這一段的人物關係上，用筆最是曲折隱晦。謝氏二女，看起來當然是神尼忍大師的女兒，忍大師和謝山又是青梅竹馬的好友，連葉繽算在內，其中一定還有一段極其曲折的「三角戀愛」故事。而忍大師又有「當年曾傳噩耗」之言。可是原作者始終未加評述，也未見在原作者其他作品中提及，所以這幾個人的關係，都只好在疑真疑幻之間，由得讀者自己去體會了。）

神尼忍不住微笑道：「癡兒，隔了三生還是這等頑皮。今日初見，峨嵋歸來正經拜師之後，須以苦行修持，卻不可如此呢，那等稱呼尤其不可。」

二女道：「弟子也是孺慕太深，不知如何是好，到了修行之時自然是要規行矩步。還有弟子實不捨離開恩師，既非玄門中人，峨嵋不去也罷。」

神尼道：「這又不對了，難道你義父教養之恩，與葉姑照拂關切之厚，以後別遠會稀，都不稟告一聲？」二女連忙認錯不迭，由此師徒三人越談越親切。

一直相聚到次日，神尼算準時辰將至，才由香爐內取了兩把香灰，拿在手裡一搓，立變成一捧豆粒大小的舍利子，金光閃閃，耀眼生輝，分給二女，傳了用法。又在二女雙手各畫靈符一道，吩咐道：「妖人追近時，由一人將手一揚，同時另一手發出舍利，便可把他驚退老遠，並還稍受創傷。有這四次阻擋，足可從容趕到。此寶一發，即與魔光並盡，固然發出越多敵人受傷越重，須防後難為繼。如多與你，白白糟蹋，此行小心為妙。」

二女平日心高膽大，獨對神尼比謝山還要信服，領命拜辭，一路上便有了戒心。

二女一離雪山，毒手摩什便自知覺，立時追趕，妖遁迅速，二女飛出不遠便被追上。厲聲起處，妖光煙雲由遠而近，潮湧追來。

謝琳心想：峨嵋群山畢集，自己卻被妖人趕上門去，仗人家接應才得無事，到底面上無光。師父曾說這佛香神沙專破妖光魔火，發得越多妖人受傷越重，此時離峨嵋尚遠，何不把自己這一份勻做三回卻敵，姊姊這一份等快到峨嵋妖人追上之時，給他一個狠的？

主意打定，也沒和姊姊說，剛把手中神沙取了三分之一在手，未容再想，那烏金的光雲已然首尾相銜，不敢怠慢，慌不迭將手一揚，發將出去，立時便有萬點金星朝後飛去。

妖人驟不及防，頗受了一點創傷，妖光也被神沙炸毀了一些。可是神尼原經算定用法多少，如按四次發放，妖人每中一次必要遁退老遠，等神沙在空中與當前妖光相撞爆滅，重整殘餘，始能再進，逃到峨嵋足可從容。

這一分少減去好些威力，妖人受創不重，又看出法寶只能使用一次，第二次神沙發出，妖光逃遁更速，一沾即退。第三次更糟，竟連妖光都未損滅一點，神沙飛出，吃妖人放出一片綠黃色的火星迎在頭裡，一撞全消，晃眼又追來！尚幸最後一次，謝琳將神沙全部發出，毒手摩什猝不及防，受了重創。再盛怒追來，又飽受二女奚落，對方一個有名人物也未出現，竟為幾個無名小輩所傷，末了還是自殘肢體，才得借著本門血光遁法逃去，如何不恨切心骨！由此便與二女諸人結下深仇，立誓報仇。不提。

各人聽二女略說前事，又見二女一雙仙容玉貌，俱都佩極愛極。雙方正談得投機，崖下面「噗」的一聲，冒起一道白光，其急如矢，直向亭中射來，勢甚突兀。金、石二人慧眼神目，一見便認出是本門家數，剛說一句：「不是外人。」

白光斂處乃是一個貌相奇醜的小尼姑，眾人俱不認得。見那小尼姑滿頭上疤痕重疊，蜂窩也似，一張紫醬色的橘皮扁臉，濃眉如刷，又寬又密，底下卻瞇縫著一雙細長眼睛。扁鼻掀孔，配上一張又闊又大的凹嘴，未語先笑，即配著一口細密整齊得發亮的牙齒和一雙厚而紅潤的垂輪雙耳，身更矮胖，與仙都二女並立一處，越顯一醜一美各到極處。

仙都二女剛剛出世不久，人到峨嵋便見著金蟬、石生、秦紫玲、廉紅藥這幾個極秀美的少年男女，以為峨嵋門下俱是這等人物，休說還要參與開府盛典，便見到這些人也是高興。方自忻慰，忽然平地冒起這麼一個醜怪物來，金蟬不說是自家人還好，這一說是自家人，由不得多看兩眼，越看越忍不住，幾乎笑出聲來。

小女尼不等眾人詢問，便先向金、石二人笑嘻嘻道：「你兩個想必就是金蟬、石生兩小師兄了。」說時見眾人都在笑她，也不理睬，隨伸左手用食指指著自己扁而且掀的鼻子對眾笑道：「小貧尼癩姑，乃落鳳山屠龍師太善法大師的小徒弟，這兩位師姊呢？」

金、石、秦、廉四人雖未見過屠龍師太，卻早聽玉清大師和諸先進同門說起，知道此人當初原是本派前輩，只為嫉惡如仇，屢次妄啟殺機，致犯教規，師長屢戒不改，將她逐出門牆。賭氣出門，益發躁切，到處搜尋異派妖惡之徒為難，一被她遇上，便無倖免。彼時任性剛愎，誰說的話也不聽，同道中落落寡合，只妙一夫人和她至好。東海三仙始終關念舊日同門，未斷往還，知她這樣下去，殺孽日多，樹敵太眾，早晚必有禍患。這四人勸她雖還能勉強聽從，也只當時，見了惡人，依然故態復萌。便不再勸，公推妙一夫人暗中為她防護。

屠龍師太本是峨嵋派中有名辣手，道法高強，永遠獨來獨往，向來不要人助。妙一夫人暗中將護不久便被發覺，雖然不願，良友苦心好意，也只聽之。表面不加拒絕，暗中卻想盡方法掩飾，避道而行。

這年長眉真人飛升，她雖然氣憤師父薄情，處罰太過，出門以後不再參謁，也不略露悔意，託人求說，畢竟師門恩厚，永世難忘，到日前往拜送。因是棄徒，不敢再齒於眾弟子之列，只在洞前伏跪遙拜。哪知只聽傳說，時日說得不對，連跪伏了三日夜，終不見真人仙雲飛起。心想自離師門，便未見過，此後更是白雲在天，去德日遠，越想越覺依戀。又見連舊日同門和師門一些知交俱都陸續到來，飛升之事一定無訛，決計無論再跪多少天，也候到師父飛升才罷。立心誠敬，明知同道身前走過，只把雙目垂簾，虔心相候，既不招呼，也不探詢。

似這樣跪到第六天上，真人方始飛升。拜送之後，妙一夫人忽持真人柬帖和一件法寶趕來，告以真人因她不知悔過，一意孤行，這多年來雖經眾弟子求說，不曾允准。教規謹嚴，師徒之分已絕，師徒之情尚在。此次飛升，眾門徒弟子各有法寶遺賜。所賜屠龍師太白柬一張，到時現出形跡，自有應驗。又外附戒刀一柄，以為異日之用。

屠龍師太此時原是道裝，名叫「沈瓊」，聽完心中難過已極，知道寶物不過留念，那張白紙關係他年成敗，必不在小。感激涕零，方要回山，三仙等一干舊同門和許多平輩道友相繼走來看她，並約入洞少聚。屠龍師太知道曉月禪師尚在洞內，平素不投，犯規被逐一半由他而起。這次師父將道統傳給妙一真人，心正氣憤，自己偏和三仙諸人情厚，進去難免受他譏嘲，看些冷臉，此時也實無顏進洞，便自謝絕。

三仙諸人知她與曉月不和，也就不再相強。那曉月禪師，本是長眉真人首徒，原本法號「滅塵子」，因長眉真人將峨嵋道統傳於妙一真人，心中妒恨，一怒之下，倒行逆施起來，勾結妖邪，後文自有詳敘，不提。

屠龍師太回山不久，以前所樹諸強敵便自聯合尋上門來，苦鬥了三日夜。末了敵人請來軒轅法王和九烈神君等師徒多人，將她困在妖陣以內。偏生三仙、妙一夫人等幾個至交不曾來援，眼看和弟子眇姑要為「陰雷」魔火煉化，同歸於盡。一時情急無計，想到真人所賜無字素柬。

剛由懷中取出，未及細看，便見紙上朱篆突現，如走龍蛇，霹靂一聲，衝破千重魔火妖光破天飛去。這時屠龍師徒護身神光已快煉盡，再有個把時辰便無倖理。心念此柬必是一道求救靈符，正盤算來人是誰，煙氛洶湧中，一幢祥光紫焰忽自天空降落，直罩頭上，護身的神光竟被壓散！方拿不定吉凶，同時平地突湧起三丈許大一朵金蓮，將身托住，與那祥光上下一合，將師徒二人一齊包沒，騰空而起。慧目外望，滿空四外的「陰雷」魔光如狂濤怒奔般紛紛消散，一干妖人更是手忙腳亂，四散飛逃。祥光金蓮其去如電，只望著一眼，已飛出數百里外！

一會落下一看，身在一個海島之上，景甚荒寒。祥光斂處，對面山石上坐定一個衰年老尼，短髮如雪，面容黑瘦，牙已全落，雙目卻是神光炯炯。猛想起被逐下山以前，曾聞師言，東海盡頭居羅島神尼心如，新近島上相遇，說她想收一個女弟子。因在荒島坐禪多年，無暇到中土來，託他代為物色。並說她以前便是最惡的人，忽然悟道，所收弟子只要資質好些，放下屠刀，立即是佛，不問以前善惡，自能度化。這人如已在佛道兩門修煉多年的尤妙。聽那口氣好似把師父門人要一個去更對心思。今日靈符才得升空，便被接引來此，兩人印證，分明預先有約！久聞神尼以前所習乃是專一伏魔功夫，近始參修上乘功果，佛法無邊，不可思議，如蒙收錄，豈非幸事！立即跪伏謝恩，並請收錄。

神尼先問：「戒刀帶來也未？」屠龍師太聞言，立即將刀獻上，神尼即用戒刀為之披剃，再述前因。果然長眉真因她殺孽太重，非得神尼這等法力宏深之人為師，終不免禍。並算出她與佛門因緣，前次逐出實是有心玉成。拜師之後，在島上苦修了十年，神尼便自飛升。因曾在東海一日之內連殺了二十三條修煉千餘年的毒龍，因此人都稱她「屠龍師太」。

屠龍師太除眇姑外，還收有一個患癩瘡痲瘋，眼看要死的一個貧家棄女。師徒三人雖都醜得一般出奇，但道法卻極高強。尤其是這位癩姑，曾得過半部道書，煉就穿山行地之能，如魚游水，比起南海雙童還強得多！

峨嵋眾小聽說過屠龍師太師徒的來歷，所以聽完癩姑自報家門後，立時改容致謝，互通完了名姓，正要給仙都二女引見，癩姑道：「我知她們是仙都二女，剛被那臭巴掌妖人趕了來，人家看不起我，犯不上巴結，我正經話還沒有說呢！」

這話一說，仙都二女被人揭了短處，自身是客，不便發作，嘟著兩張小嘴直生氣，暗罵：「醜禿子！」金、石二人也覺發僵。

癩姑全不在意，隨對眾道：「因我來路與別位不同，要路過二十六天梯，過時覺著危崖頂上有點異樣，下去查看，才一落地，便現出一個和我醜得差不多，只頭上沒長癩瘡的女道友，自稱是米明孃，知我是客，見面便催請快走，後被我逗得發急，她見事變快到，才說是妖鬼徐完要來惹厭，她已覺出驚兆，恐我不走，誤了他們的事。還怕萬一客人受傷，更受師長責怪。我很愛惜此女，又想看妖鬼到底有多少鬼玩意，剛答無妨，妖鬼說來就來，這一來卻熱鬧了，差不多世間什麼樣的壞鬼全都來齊，外加許多魔頭。連我也跟著打了一陣鬼架，覺著我是勝負兩難，他們那幾個卻未必是人家對手。既然早有準備，怎會只派幾個後輩和大猴子去應付？不是誘敵，便是別有良策，好在禁制重重，妖鬼一時衝不到此，他們忙著和鬼打，都不愛理我。想到此打聽一個行市再回去，好多少出一點力，就便歇歇腳。因天空已被禁制橫亙，齊師叔仙法神妙，竟隨著人往上長，到哪裡都攔住，我飛不過來，只得改做穿山甲到此！」

金蟬見她嘻著一張大嘴，詞色神情無不滑稽，強忍著笑，告以經過。癩姑笑道：「原來篷裡還埋伏著古鳩，又有矮老前輩暗中佈置，這就莫怪了。不過這些鬼東西太氣人，多除他幾個省得留在世上害人，你們除卻真個奉命不能離開的，誰敢跟我打鬼去？上空飛不到，我會帶他做穿山甲，到了那裡，卻是各顧各！」

仙都二女知道此言明是為己而發，不禁玉容微嗔道：「要去我們自己會去，哪個要你來領！四位哥哥姊姊們奉命延賓，不能離開，做你的穿山甲去，不管我們怎走，準定奉陪就是。」

癩姑笑道：「二位女檀樾生氣了，我只當笑才現酒渦呢，嘟嘴也現，真好看。以後我只要見到你們兩姊妹，不叫你們笑，就叫你們生氣！」

二女嗔道：「我們沒有那大功夫和你生氣，偏不現出你看！」

癩姑笑道：「這又現了不是？」

二女氣道：「少說閒話，你不走，我們先走了。倒看看你不被人趕上門的有多大本領。」

癩姑笑道：「我小癩子沒甚本領，實不相瞞，方才由地底鑽出便是那鬼玩意趕了上來的。不過我和人動手照例沒完沒了死纏，當時打不過，繞個彎又去。到此一打轉，再回去打時，好說並非真敗，只為打到中間，忽然想起這裡有兩個妙人兒，特意抽空跑來看酒渦來的，省得妖鬼說我！」

這幾句話一出口，休說金、石、廉三人聽了好笑，連秦紫玲那麼老成的人也忍不住笑出聲來，仙都二女更是笑不可抑，怒氣全消。癩姑反板著醜臉，只望著二女面上酒渦，一言不發。眾人見狀，又是一場大笑，這才知是有心作耍，本無芥蒂。二女也猜嫌悉泯，反覺癩姑有趣，紫玲再一重為引見，更覺親近起來。

二女見只說笑不走，重又催促，癩姑道：「我是逗著玩，要去現在時候還早呢。」

紫玲也說：「米、劉諸人無妨，朱師伯另有安排，須俟妖鬼全軍出動，始可前往。縱不全滅，也須去他一半，不必著忙。」於是眾人便在亭中說笑。

候到子初，司徒平忽出傳令：「師尊閉洞前留有仙示，命金、石等人一交子正，速往二十六天梯，各用新得法寶四面截戮妖鬼，陣中已有神鳩，無須近前，來客如願相助，悉聽自便！」

癩姑首先喊聲：「再見！」一道白光往地下穿去。仙都二女隨了金、石四人同行，到了二十六天梯上空，自用法寶裂地開山入陣，不提。

且說顏姑未到前，米、劉、沙諸人在茅篷中守望，忽聽破空之聲，一道白光飛落嶺上。米明孃看出是本門中人，出去問明來歷以後，怎麼勸說癩姑也是不走。明孃出身異派，覺出妖鬼快來，入門日淺，不知來人根柢，再說恐其不快，只得使眼色，米劉二人方將來人一齊隱去，便聽空中啾啾嗚嗚鬼聲如潮，忙將禁制展開。

剛把禁制展開，便覺眼前陰風颯颯，一陣旋沙起處，嶺頭上平空現出兩個面容慘白瘦骨嶙峋的妖人。都是身著麻衣，鬢垂兩掛紙錢，一手執著一柄上面黑煙繚繞的鐵叉，一手持著一面上繪妖符血污狼藉長約二尺的麻旛。身子凌虛而立，若隱若現，正當四山雲起月黑天陰的子夜，那神情說不出的陰森淒厲。

二妖人才一現身，便睜著鬼火般一閃一閃的碧綠眼珠，不住東張西望，忽然同聲喝道：「我二人奉『冥聖』徐教主法旨，來尋那日在白陽山古屍陵墓中毀去教祖陰符敕令的賤人。」

二妖人言還未了，忽聽有一女子粗聲莽氣笑罵道：「不要臉的無知遊魂妖鬼，人在面前都看不出，還敢吹大氣呢。妙一真人如把你們當玩意，也不會只派幾個再傳弟子收拾你們了。他們奉有師命，不到時候不會收網，我來作客卻可隨便，我也會吹氣冒泡，卻是真吹，不在口說，且先試試你是什麼玩意！」

這女子說時身並未現，二妖徒聞聲只在近側，不由犯了兇橫氣焰，自恃真陰元靈煉就的形體可分可合，能聚能散，又善玄功變化，不畏暗算，沒等對方說完，勃然暴怒，雙雙厲嘯，將手中妖旛連連晃動，朝著發聲之處亂指。由旛上飛起一片碧熒般的鬼火，立時陰風滾滾，鬼影幢幢，每一點碧熒之上托著一個猙獰鬼頭，其大如箕，千形百態，猛惡非常，各張著血口獠牙，發出各種極慘厲的鬼嘯，怒濤一般飛舞上前！

明孃雖然在暗處，未被發覺，因立較近，也覺陰寒之氣侵肌，由不得機伶伶打了一個寒戰，忙即暗中遁到茅篷下面去與米、劉諸人會合。

正待合力下手，癩姑話也說完，自破隱形法，突然現身上前，手指妖徒笑嘻嘻罵道：「你這惡鬼都沒用處，這些鬼腦殼有甚相干？還是讓我吹口氣試試吧！」

二妖徒見那上千凶魂厲魄煉就的惡鬼，枉自口噴碧焰陰火，磨牙吮舌，只在四外環繞，不能近她的身，出現的敵人偏生得又醜又矮，一點看不出有甚奇處，越發憤怒，剛把手中妖叉一搖，待化血焰飛出，癩姑口已先張，只見一團赤紅如火的光華電射飛出！

二妖人一見癩姑忽然噴出一團火光，知是佛家降魔真火，和少陽神君師徒所煉內火一樣，恰是自己剋星，不禁鬼膽全消。忙欲遁逃時，已自無及，那火來勢如電，眼未及瞬，忽自分散化為一片火雨，將二妖徒全身圍住再行爆散。只聽一片輕雷之聲，密如貫珠，連妖徒帶所持旛叉全數消滅，連煙都未起一縷，那些惡鬼失了憑依，紛紛悲嘯欲逃，米、劉諸人早把禁制發動，「太乙神雷」上下四外一齊合圍，晃眼間全都了帳。

明孃這才知癩姑真個法力高強，好生敬服。正要致謝，癩姑道：「實不相瞞，我因你一見投緣，同醜相憐，意欲助你一臂，不惜損耗元氣，除了兩個為首妖魂，此事可一而不可再，妖鬼徐完見妖徒元命燈一滅，立即趕到，我能敵與否，尚難斷定。我在此現身誘敵，你們仍照原定，可不要管我。」說時米、劉諸人早把陣法重新佈置，以為妖鬼遠在北邙山，連癩姑也覺幾句話的工夫未必就到。

不料話還未完，二人便覺陰風撲面，肌慄毛豎，同時千萬枝灰碧色的箭光夾著一股極烈的血腥當頭撒下，眼前一花，一個面如白灰，身穿白麻道裝，頭戴麻冠，貌相陰冷獰厲的妖道，帶著二十多個和前兩妖徒同樣打扮的男女妖魂忽然出現。想是恨極，身還未落，先下毒手。陰風才到，癩姑手一指，先放出一道白光、一片金霞，擋在前面。明孃也放起一片青光，不約而同，互相將身護住，遁退一旁，準備看清來敵再行應戰。

篷下面，米、劉諸人見徐完已到，便不再等明孃退回，先自發動。妖鬼徐完因在妖宮看見妖徒本命神燈一滅，知遭慘死，不由暴怒，立即趕來猛下毒手。及見「幽靈鬼箭」未將敵人打中，隨將收斂萬千凶魂厲魄煉就妖術邪法，全數施展出來。

恨毒之下，見敵人共只幾個無名小卒，越發憤怒。看出對方所恃是暗藏「太乙神雷」的玄門「生滅兩相禁制大法」，此法雖然玄妙，卻奈何自己不得，就殺眼前幾人太不消恨，決計施展全力一拼，至少也將敵人門徒殺死一半才可。暗用鬼語，密令手下的妖徒，在自己所放「血沙旗」紫焰護身之下，率領萬千惡鬼，冒著雷火寶光，乘虛攝取敵人真魂，還打算獨自衝破禁制，趕往敵人洞府，乘首要諸人無暇迎敵，將門下男女弟子一網打盡！

誰知陣中禁制雖阻不住他，如想前進，卻被一重佛光阻住，無論飛左、飛右、飛得多高，只往峨嵋一面便被阻住。這才省悟，敵人埋伏之外，還另約有佛法高深的能手，用佛家「須彌神光」將前路阻住！不敢硬撞，急怒交加，瞥見陣中雷火亂發如雨，打得那些惡鬼欲前又卻，無法連攻，同時手下妖徒又吃小癩尼暗算了一個，受傷退下，當時恨到極處，便朝癩姑撲去！

原來陣中諸人多出身左道，識得厲害，互相合在一齊，只把雷火連連發放，以待時機，只守不攻，又在法寶仙法護持之下，妖鬼無隙可乘，簡直奈何不得。只癩姑一人自恃具有降魔法力，不畏汙邪，不時在法寶神光護身之下乘機出沒，傷害妖徒惡鬼。正興頭上，忽見妖鬼徐完由隱復現，知他動作如電，便留了神。

眼看白影一晃，先飛起一團灰白色的冷焰，緊跟著右手一揚，又是千條慘碧綠光同時射到。這是徐完多年心血煉就的「阿鼻元珠」與「碧血滅魂梭」，不遇大敵輕易不用，癩姑身外寶光只被碧焰掃著一點芒尾，立即機伶伶打了一個寒噤，知道不妙，立時穿地逃走。徐完正指二寶下擊，癩姑忽然不見，徐完知那地面有玄門禁制，鬼都難入，竟會被她遁走！怒不可止，便尋米、劉諸人發洩。

諸人法力雖然不濟，「太乙神雷」威力極大，彼此俱難傷害。相持了一陣，妖鬼覺著區區小輩都不能勝，反傷了上千妖鬼和心愛門人，氣得暴跳如雷，忽然發狠，竟將準備抵禦三仙二老諸人的「碧磷沙」發將出去。

米、劉諸人正用神雷抵禦之際，忽見妖鬼取下身佩葫蘆朝外一用，猛飛起百丈綠火，碧熒如雨，當頭壓下。「太乙神雷」只管連發，卻只稍為一擋，不能打退，反倒一分即合，越聚越多，潮湧壓來。離身還在十丈以外，已覺陰寒刺骨，直打冷戰。心正憂急，沙、米二小同了神鳩伏身篷內觀戰，早就躍躍欲試。

那隻古神鳩已有多年不啖生魂，也恨不能早飛出去。二人再往外一看，米、劉諸人已漸敗退，便將號令發動，古神鳩「呼」的一聲飛起，直上高空。身子立即暴長十餘丈，飛將出來，一聲厲嘯，飛撲上前，張開丈許大小的尖鉤鐵啄，噴出筆也似直一股紫焰，長虹吸水，首先射向前面熒濤之中，只一吸便把那極汙至穢、頻年聚斂無數腐屍毒氣、汙血陰穢以及萬千凶魂厲魄合煉而成的「碧磷沙」全數吸了進去，跟著伸開那大約丈許的鋼爪，便向徐完師徒抓去！

說也奇怪，眾妖徒多是生魂煉成的形體，能分能合，尋常的飛劍法寶俱不能傷。只被神鳩那帶著灰光黑氣的利爪一抓便被裹住，再張開鐵喙一吸，立化黑煙進了肚內。當前兩妖徒驟不及防，首先了帳。

徐完以前雖曾聞說白陽山古妖屍鳩乃無華父子所豢神鳩，生前便具啖鬼之能，又在陵墓地底潛修了數千年，越發成了惡鬼的剋星。

但一想到自己師徒道法高強，此鳥連幾個峨嵋後輩俱敵不過，無甚可畏。這時正在兇焰高張，自料轉眼得手之際，猛瞥見對陣兩個仙風道骨，通身佛光繞護，各指著一道朱虹的道童突然出現，才知敵人身後還有一層埋伏，鬥了半日竟未覺察。方自愧忿，未及施為，猛又聽陣外一聲雷震，緊跟著「轟隆」一聲，一座茅篷倏地掀起，直上高空。

由篷內飛出一個大鵰般的奇形怪鳥，才現身，便暴長了十餘丈，周身俱有五色煙光圍繞。尤怪是五色煙光之外，由背腹到嘴邊還隱隱盤著一圈佛光。瞪著一雙奇芒四射、宛如明燈、大碗公大的怪眼，爪喙齊施，勢疾如電，照面先把千重碧焰吸進了肚，緊跟著兩個愛徒又自送終，聲勢猛惡，從來未見！

妖鬼做夢也未想到古神鳩有此厲害，不由驚急毒恨，一時俱集。又見門下妖徒惡鬼紛紛傷亡，敵人的神雷、法寶、飛劍連珠飛來，後出現的兩童所用更是佛家降魔之寶，稍差一點的妖徒遇上便被朱虹斬斷，真氣一散，匆迫中不及遁回，凝合成形，吃神鳩所噴紫焰飛來，捲住往回一吸，立被吞入腹內，晃眼又斷送了好幾個！情知遇見剋星，萬難討好，把心一橫，一面暗發號令，命眾妖徒收轉惡鬼，速用本門遁形之法，隨著自己往來路衝出陣外，遁回山去，一面拼著損耗數十年苦煉之功，運用玄功取神鳩的性命，如能除去此鳥，再與敵一拼！

說時遲，那時快，心念一定，立率妖徒惡鬼往外飛遁，那逃得稍慢一點的做了神鳩口中下食，一任妖鬼逃得多快，也傷亡了不少。剛帶妖徒惡鬼衝出陣外，神鳩已然追來。不再顧陣外還有什麼埋伏，把滿口鬼牙一錯，重又回身。迎著古神鳩，猛將口一張，噴出一團雞卵般大小的暗綠光華，照準神鳩打去。

這是妖鬼運用玄陰真氣煉就的內丹，能發能收，可分可合，比起九烈神君的「陰雷」還要厲害得多！

# 第四回 群仙齊集 靈嶠宮主

神鳩貪功心狠，哪知厲害，眼看上當。恰巧癩姑與仙都二女一由地底穿行，一由空中飛到左近，用「洞靈箏」裂石開山，先後由地底冒將上來。見妖鬼已然慘敗逃出，正助米、劉諸人向前追殺。

癩姑識貨，知道妖鬼回鬥，必有毒手，一見暗綠光華噴出，忙喝：「此乃妖鬼內丹煉成的『陰雷』，神鳩小心！」

神鳩已快將之吸到口邊，忽然警覺，忙張大口一噴，飛出一團骷髏大的金光，迎頭一撞，綠光立即爆散，卻不消滅，隨著徐完心靈應用，避開正面金光，化為一篷綠雨，朝神鳩全身包去。神鳩仗著機警，將暗含口中的一粒「牟尼珠」噴出，沒有妄吸入肚，炸傷肺腑，免去大劫，卻沒料到「陰雷」散後，妙用猶存，得隙即入，迅速非常！等到覺出不妙，將身上百零七顆「牟尼珠」齊化金光飛起圍繞全身，一片爆音過處，綠雨化為腥風消滅時，已吃陰毒之氣乘隙而入。雖只少許，又非要害，一經察覺便運用玄功暗中抵禦，不使陰毒之氣深入骨髓，受傷已是不輕了！總算生性強悍，依舊奮力撲上前去，毫未退縮。

妖鬼一見「陰雷」打中神鳩，直如未覺，反現出一身佛光，將「陰雷」破去，這才有了畏心。敵人一個未傷，就此敗退，終是不甘。一眼看到對陣除那先遁走的癩姑重行出現外，又添了兩個仙根仙骨的少女，報仇之外頓起貪心，一縱妖光，避開正面神鳩來勢，隨手發出「阿鼻元珠」，意欲出其不意，一下將二女打倒，攝了生魂就逃。哪知二女早把「辟魔神光罩」放起，一個施展「碧蜈鉤」，一個施展「五星神鉞」，雙方恰好同時發動。

癩姑在側，恐二女無備受傷，揚手一雷。妖鬼「阿鼻珠」化成灰白光華剛剛飛出，忽見二女被一幢寶光罩住，光中突又飛出兩道翠色晶瑩的長虹和兩團具有五色彩芒角、飆轉星馳的奇怪寶光，電掣飛至！

妖鬼心想：「二女年幼無備，相隔又近，妖珠萬無不中之理，十拿九穩可以將生魂攝去。」百忙中下手，一心只在防備神鳩，沒有留意二女。萬不料自己倒吃了太近的虧，這兩件法寶俱非常物，妖鬼驟不及防，相去不足三丈，容到精芒耀眼，想逃已自無及。

四道寶光一齊夾攻，雙雙繞身而過，竟將妖鬼斬為數段。同時那「阿鼻珠」先吃癩姑一神雷，打偏了些，神鳩正追妖鬼趕來，看出便宜，上了一次當，不敢亂吞，竟伸雙爪藉著「牟尼珠」的佛光威力抓抱下去！

這些原只瞬息間事，米、劉等人始終追殺，並未停手。只為妖鬼變化神奇，長於閃避抵禦，不能傷他。這一受傷，斬做數段，正好眾人的雷火、飛劍、法寶也紛紛趕到，一齊加急施為，俱想在此把這些殘魂餘氣全數消滅。一時雷火金光，蔚為異彩。

正興頭上，俱覺神鳩此時上來正好吸取妖鬼報仇，為何縮退不前？忽然癩姑喊道：「妖鬼已然受傷逃走，你們還鬧些什麼！」

眾人聞言抬頭一看，空中滿天光華交織之下，一片妖煙比電還急，正往東南方飛去，一晃無蹤，適才合攻之處哪有蹤影！那隻古神鳩身已縮小還原，在佛光環繞之下直打冷戰。

各收了法寶趕過去一問，癩姑道：「這不妨事，誰叫牠心狠口饞，差點沒被『陰雷』炸死！現仗佛光和牠自有內丹，只一日夜便可將身受陰毒煉化復元了。那粒妖珠已被我代為收存，到了仙府交牠主人。」

眾人一看，只是龍眼大小一丸白骨，上面滿是血絲，隱泛灰白光華。正談說間，石生忽自空中飛落，令眾陪了三位來客返回仙府。並說適才對敵這一會兒，還來了好幾十位仙賓，因被芬陀佛光所阻，吃白、朱二老在對面高峰接住，陪同觀陣，今已飛往仙府。

原來白、朱二老知道徐完劫運未終，能使重創，已是幸事。一面暗中佈置，設陣誘敵；一面暗請神尼芬陀在遠處山上，暗用佛家「大須彌如意障無相神光」，將往仙府的路阻住，以防萬一。

雖然三仙算出仙機，終恐米、劉諸人力弱道淺，又以連日仙賓雲集，不時到來，遇阻失禮，特在對面數十里外高峰上遙為監防，就便迎候來客。也是徐完晦氣，那麼厲害的妖鬼，竟吃幾個後進打得落花流水，末了還損失了若干元丹，受傷逃去。

妖鬼本來玄功奧妙，但一時疏忽為二女所傷，又不知神鳩重傷，以為有敗無勝，又聽空中鬼嘷慘厲，知道仇敵上面還有埋伏，休說手下妖徒，便那萬千凶魂厲魄也經自己多年苦心搜羅，攝取祭煉而成，好容易得有今日，如被一網打盡，異日復仇更是艱難！情急悲憤，不敢戀戰，就放下幾段幻影，連原身都未收合一起，便自向空遁去。

妖鬼遁逃最為神速，眾人就追也追他不上。神鳩神目如電，雖然看出，身中邪毒，已退了下去。等癩姑在旁識破，妖鬼早飛到空中，數段殘魂一湊便合，四下一看，對方雖只幾個少年男女，所用法寶如「天遁鏡」、「七修劍」、「修羅刀」、「太乙五煙羅」之類，幾無一不是妖鬼的剋星！

尤其是各有至寶護身，無隙可入，滿天奇輝異彩，上燭霄漢，只殺得妖徒惡鬼紛紛傷亡，能逃走的不到一半，餘者也正危急。沒奈何，只得強捺毒火，一聲號令，拼捨為紫玲「五煙羅」所困的一些妖徒惡鬼，施展玄功，化成一片妖雲，護住殘餘鬼眾，遁往北邙山而去。朱梅隨用「千里傳聲」，將金、石等四人喚往峰上，命石生傳示米、劉諸人分別回山。

這一場惡鬥雖只兩個多時辰，到的仙賓卻是不少。計有「矮叟」朱梅的師弟「伏魔真人」姜庶同了門下弟子「五嶽行者」陳太真，「金姥姥」羅紫煙同了門下弟子「女飛熊」吳玫、「女大鵬」崔綺、「美仙娃」向芳淑，江蘇太湖西洞庭枇杷村隱居的散仙黃腫道人，岷山玄女廟「步虛仙子」蕭十九妹，同了她惟一愛徒「梅花仙子」林素娥，武當山半邊老尼門下武當七女中的「照膽碧」張錦雯、「姑射仙」林綠華、「摩雲翼」孔凌霄、「縹緲兒」石明珠、「女崑崙」石玉珠等。至於峨嵋本派趕來的是雲靈山「白雲大師」元敬同門下女弟子郁芳蘅、萬珍、李文衎、雲紫綃師徒五人。

卻說石生和一干人等到了後洞降落，一同走將進去。妙一真人等本門諸長老俱在以前長眉真人收藏「七修劍」的中洞以內，閉洞開讀仙示，準備施展仙法，開闢五府。太元洞內只有妙一夫人、元元大師、頑石大師等本門幾位女仙，陪了嚴瑛姆師徒、「青囊仙子」華瑤崧、「神駝」乙休、葉繽、楊瑾等仙賓在內談說。後輩來客俱由齊靈雲、霞兒、岳雯、諸葛警我四人為首，率領一干暫時沒有值司的男女同門，分別接收禮物，陪往別室相聚，或往仙府各地遊覽。

眾弟子各上前參拜覆命，妙一夫人嘉獎了幾句，命將神鳩留下。紫玲、金蟬領眾弟子除有事外各去別室相聚。楊瑾說：「眾仙聚談，神鳩不宜在此，最好仍交沙、米二小擇一靜室調養。」

乙休接口道：「此鳥今日居然給妖鬼一個重傷，使他大傷元氣，功勞不小，不要虧負了牠。我生平不喜歡披毛戴角的玩意，獨於這裡的神鷲、神鵰卻是喜愛，這隻古神鳩尤為投緣。令師想使牠應此一劫，故此任其身受『陰雷』寒毒，一粒丹藥也不肯給。我偏不信這些，昔年為一好友，受了軒轅老怪『陰雷』之災，曾向心如老尼強討了幾丸專去『陰雷』之毒的靈藥，不曾用完，恰有幾丸在此。待我送牠一丸，醫好了牠的苦痛，再令人領去，與牠兩個鳥友同在一起。牠們俱是通靈之物，也無須人看守，包我身上，決沒有事。我知那兩個小人生自僬僥之邦，好容易遇到這等福緣，正好任其到處遊賞，飽點眼福，何苦給他這苦差使，守在室內不能離開！」說罷，便遞了一丸色如黃金的靈藥過去。

神鳩這時伏身楊瑾膝頭上，正在通身酸痛、麻癢、寒顫，難受萬分，聞言猛睜怪眼，張口接住咽了下去。

嚴瑛姆笑道：「乙道友意思甚妙，我也索性成全你，早免這場苦痛，好去和你那幾個同伴仙禽說笑閒談吧！」隨說把手一招，神鳩便縱向瑛姆手腕之上，目視乙、嚴二人，大有感謝容色。

瑛姆道：「叫你復元容易，再遇妖孽，如要抓他，一下便須抓死，免留後患！」隨伸手連撫神鳩全身，忽然往起一抓，忽見尺許大小一片暗綠色的腥煙隨手而起，似是有質之物，聚而不散。

姜雪君在旁忙道：「師父給弟子吧，不要毀掉，將來也許有用。」

瑛姆笑道：「你也真不嫌污穢，你要便自己收去。」

雪君笑道：「還請師父還原才好，省得又用東西裝。」

瑛姆笑道：「你真是我魔星！」說時手指尖上忽起了五股祥光，將那一片腥煙裹住略轉了轉，祥光斂處，變成米粒大小十五粒碧色晶珠。

雪君接過，塞向法寶囊內，同時神鳩也疾苦全消，朝著乙、嚴、楊三人長鳴叩首示謝。

妙一夫人便命沙、米二小將神鳩送往仙籟頂旁鵰巢之內，與神鵰、神鷲、神鶴等仙禽在一齊，並囑鵰、猿等不許無事生非，沙、米二小如欲遊玩仙景，可令虎兒引導。楊瑾也囑神鳩務要安分，須知做客之道。

追雲叟笑道：「這倒不錯，鳥有鳥友，獸有獸友，各從其類，同是一家，自己鳥決打不起來。」楊瑾哪知別有用意。瑛姆、乙休卻都明白，因都生性嫉惡，沒肯說破，只當閒談放過。

這時一干後輩多往別室去尋同輩友好相聚遊玩，只仙都二女尚在室內。葉繽已問完了二女此行經過，聞知多年尋訪無著的故交至好，竟在小寒山閉關虔修，並有如此高深的法力，忻慰已極，決計開府之後告知謝山，同往相見。

妙一夫人道：「前聞瑛姆大師說起小寒山神尼佛法高深，久意拜訪，只為她終年坐禪清修，只芬陀、瑛姆二位老前輩偶往一見，未便驚擾，遲遲至今。鐵門巨木一撤，此後不特更要多積無量功德，異日道家四九重劫，又可得一大助了。」

葉繽道：「孫道友實是至情中人，異日如有相需之處，可以一招即至，夫人隨時見示，當必應命。」在座諸仙均愛仙都二女，留在室中獎勉了一陣。妙一夫人特將李英瓊及易靜二女喚進，命領二女各處遊玩，俱各忻喜辭出。不提。

因是開府期近，那本在仙府坐鎮以及陸續到來的，或是奉命出外，去而復轉的老一輩中人物是：峨嵋掌教乾坤正氣妙一真人夫婦、東海三仙中的玄真子、嵩山二老「追雲叟」白谷逸、「矮叟」朱梅、「髯仙」李元化、成都碧筠庵醉道人、近年移居西天目山的「坎離真人」許元通、羅浮山香尋洞元元大師、雲靈山白雲大師、陝西太白山積翠崖「萬里飛虹」佟元奇、雲南昆明開元寺「哈哈僧」元覺禪師、貴州香泉谷頑石大師、黃山餐霞大師，以及「神駝」乙休、嚴瑛姆、姜雪君、「青囊仙子」華瑤崧、「金姥姥」羅紫煙、黃腫道人、「伏魔真人」姜庶、李寧、楊瑾、葉繽、「步虛仙子」蕭十九妹等正派中前輩。

本門晚一輩的，男的是：諸葛警我、岳雯、嚴人英、金蟬、石生、莊易、林寒、「白俠」孫南，石奇、趙燕兒、「苦孩兒」司徒平、

「易家雙矮」易鼎、易震、「南海雙童」甄艮、甄兌、「獨霸川東」李震川、「靈和居士」徐祥鵝、周雲從、商風子、章虎兒、張琪、黃玄極等；女的是：齊靈雲和霞兒兩姊妹、李英瓊、余英男、秦紫玲和寒萼姊妹、「墨鳳凰」申若蘭、「女神童」朱文、「女殃神」鄧八姑、周輕雲、「女空空」吳文琪、「紅娘子」余瑩姑、「女神嬰」易靜、廉紅藥、凌雲鳳、裘芷仙、章南姑、郁芳蘅、李文衎、萬珍、雲紫絹、陸蓉波、金萍、趙鐵娘，以及由「金姥姥」羅紫煙轉引到本門的「女飛熊」吳玫、「女大鵬」崔綺、「美仙娃」向芳淑等。

外客方面以及打算另立宗派，未將門人引進到峨嵋門下的是：青城山金鞭崖「矮叟」朱梅的門人「長人」紀登、「小孟嘗」陶鈞，「伏魔真人」姜庶的門人「五嶽行者」陳太真，西藏派「窮神叫化」凌渾的門人「白水真人」劉泉、「七星真人」趙光斗、「陸地金龍」魏青、俞允中，素因大師和門人戴湘英，「玉羅剎」玉清大師和門人張瑤青，武當山半邊老尼門下「武當七女」中的「照膽碧」張錦雯、「姑射仙」林綠華、「摩雲翼」孔凌霄、「縹緲兒」石明珠、「女崑崙」石玉珠，屠龍師太的門人癩姑，小寒山神尼的門人謝山義女謝琳、謝瓔，金鐘島主葉繽的門人朱鸞，「步虛仙子」蕭十九妹的門人「梅花仙子」林素娥。

峨嵋再小一輩的是：齊霞兒的門人米明孃，李英瓊的門人米鼉、劉裕安、袁星，鄧八姑的門人袁化，凌雲鳳的門人沙佘、米佘以及李英瓊的神鵰佛奴，紫玲姊妹的獨角神鷲，「髯仙」李元化的坐騎仙鶴，楊瑾的古神鳩，金蟬所培植的芝人、芝馬等。好在凝碧仙府廣大，石室眾多，長幼兩輩賓主各有各的住所，本山就出產不少靈藥異果，新近又由紫雲宮移植了許多珍奇果品，加上海內外島洞列仙所贈仙釀、果實，堆積如山。靈雲等為了開府，又自製了各式美酒甘露，由裘芷仙、米明孃、袁星掌管仙廚，隨時款待仙賓，井井有條，一絲不亂。

到了第二日，先是宜昌三峽洞「俠僧」軼凡命兩弟子持了一封親筆書函來見妙一真人，說自己功行將完，二人俱非佛門子弟，擬轉引到峨嵋門下，請求破格收錄。隨後便是長沙谷王峰的鐵簑道人帶了「朱沙吼」章彰的門人「湘江五俠」虞舜農、木雞、林秋水、董人瑜、黃人龍前來赴會，也是將五俠引進到峨嵋門下。俱先參拜妙一夫人等各位師長，靜候掌教真人開洞後重行拜師之禮。不提。

到了傍晚，輕易不與人相見的「百禽道人」公冶黃忽然趕到，見到太元洞諸仙，便把前在莽蒼山陰風洞得來的冰蠶交給妙一夫人，轉還金蟬、石生，並告用法和一切靈效。

正談說間，後洞值班弟子忽然入報：「嶗山『麻冠道人』司太虛求見。」異教中不速之客在期前趕到的尚是頭一個。

「神駝」乙休道：「這種人理他則甚？」

「青囊仙子」華瑤崧道：「此人深知悔悟，好些妖人約他出與正教為仇，他都不允，似是一個悔禍歸正之士，此番不請自來，必有原因。他與別的旁門左道不同，既來作客，不妨給他一點禮貌，進來看是如何，再作計較。」

妙一夫人深以為然，便欲出迎，追雲叟道：「正主人無須前往，由我和朱矮子今日本該到前山守望，他又和朱矮子前有過節，不如由我二人去接他進來。他要好呢，便和他把前賬一筆勾銷，交個朋友，引來洞中，我二人再到前山看看去；不好，當時打發他走，我二人就往前山去。」說罷，不俟答言，往外便走。

妙一夫人還恐二老把來人得罪，方欲請轉，公冶黃道：「道友放心，此人來意不惡，兩矮子只是故意裝瘋，他們比誰都知分寸，決無妨害。」

一會又有幾位仙賓進來，眾人一看，乃是元江大熊嶺苦竹庵的「大巔上人」鄭巔仙同了門下弟子辛青、慕容賢、慕容昭、歐陽霜等師徒五人，眾人連忙離座，分別禮見、歸座。

巔仙四下一看，道：「玉清道友不是早來了麼，怎也未到？」

妙一夫人道：「她先還在這裏閒談，因她性情和易，法力既高，見聞又博，一些後輩個個和她親密。此時想在頭層左偏大石室內與這些後輩新進高談闊論呢，道友如欲相見，命人去請好了。」

巔仙正要開口，看了神駝乙休一眼笑道：「貧道只是隨便一問，並無什事，何必阻撓眾高足們談興，少時自往前面看她好了！」

乙休何等機警，聞言立笑道：「巔道友，我已訪出『伏魔旗門』下落，只為開府事重，受齊道友之託來此，無暇分身。你尋玉羅剎，必是為了此事，真人面前不說假話，我就知道妖賊藏處，也不會立即趕去，隱瞞則甚？」巔仙笑道：「如此最好。」

眾人問起，才知乙休的「伏魔旗門」在元江取寶之後，交由玉清大師應用，對付「妖屍」谷辰，但被谷辰攻破，後又不知所終一事。

「青囊仙子」華瑤崧問道：「道友來時可曾見過洞口有一穿黃麻衣冠的道者麼？」

巔仙道：「是司太虛麼？這位道友近年實已痛改前非，來時曾見他和白、朱二老在佇雲亭內聚談，好似商量甚事，朱道友令轉告諸位道友，說他和司道友要往本洞上面去辦一事，辦完即陪司道友同來。」

眾人聞言料知前洞必有事發生，妙一夫人方想命人去喚佇雲亭值班的門人來問，隨見岳雯進洞稟告，說二老在上面用「千里傳音」，命岳雯尋到南海雙童少時前往上洞門外候命，去時蹤跡務須隱秘，並令告知妙一夫人，說「神駝」乙真人曾將由洞頂到下面的山石一齊打通為仙府添一美景，後來雖經仙法暫時隱去，真正對頭仍不免看破，卻須留意，以防妖人混入。還有，以後來客更多，哪一派人都有，不能一例往太元洞內延款，最好將仙籟頂附近兩處石洞收拾出來，專備那些心存叵測異派中人棲息。太元本洞也用仙法另開出兩洞門戶出入，以分賓主，各位道友也可自在遊散，各自結伴分居，無須都聚一室等語。說罷，拜辭走出，去尋南海雙童。不提。

乙休笑道：「兩個矮子話倒不差，只是齊道友和我們商議時，他們沒在此，沒有聽見罷了。」

妙一夫人道：「此次開府，不知多少阻難，如非諸位道友前輩鼎力相助，事情正難意料呢。還是乘著外人一個未來，早時準備為是，省得他們看出我們有厚薄之分，多生惡感。」

乙休笑道：「這些旁門中的蠢物，誰還怕他不成！如說歧視，我先不住此洞，逕去仙籟旁小洞穴內棲身好了。」

妙一夫人道：「那洞高只容人，大才方丈，地甚狹隘，如何可容仙屐！」

乙休笑道：「那洞雖小，位居半崖腰上，獨具松石之勝，尤其洞外那塊磐石和兩個石墩，恰似天生成供我下棋之用，既可拉了令高足們據石對弈，又可就近照看我新闢出來的通路，免被妖人混進，令朱矮子說我冒失！」

「百禽道人」公冶黃道：「乙道友說得極是，我就知道有好些異派能手特意在期前兩三日趕來相機作怪，主人自不便和他明鬥，既有諸位高明之士在此，樂得裝著不知，由諸位來賓各自認定來人，分別相機應付。主人不動一點聲色將他打發，並還顯得嶽負海涵，大度包容，豈非極妙？」

眾人聽了，齊皆稱善，妙一夫人再三稱謝。「百禽道人」公冶黃於弈也有同好，便說在這裡後輩中頗有兩個國手，議定以後，便同出去尋岳雯覓地對弈去了。二人走後，鄭巔仙逕去尋找玉清大師，商量前事。不提。

「青囊仙子」華瑤崧笑道：「乙真人道法高深，散仙中有名人物，不料弈棋這等愛法，人之癖嗜，一致於此。」

妙一夫人道：「此老如非結習難移，神仙位業何止於此！他於弈如此癖嗜，還不是好勝之心太重所致。」

頑石大師笑道：「華道友，我還告訴你一個笑話。此次開府弟子多有職司，齊道兄一為防備乙道友這幾天在外自尋苦惱，萬一吃對頭用計一激，趕上門去，又蹈前轍；二為這裡也實須他，向他力說，開府以前有好些異派妖人擾亂，一干主腦俱要閉洞，參拜行法，白、朱二老照顧不來，非他來此坐鎮不可，強約了來，又恐日久不耐。派給岳雯的職司便是陪他下棋飲酒，對他本人卻未明言。他知開府事忙，岳雯又貪圖和諸新舊同門快聚，先一二日還不好意思，適才見了岳雯，不覺技癢，終於忍不住借題發揮。他不知怎的，只愛和這岳雯、諸葛警我這倆後輩對弈，分明已有了公冶黃做對手，還不時要找岳雯。齊道友神仙也講世故應酬，豈非可笑之事？」

葉繽笑道：「乙道友玄機奧妙，遇事前知，下棋原是對猜心事，這樣高深法力，對手有什麼殺著，全可算出，下時有什麼意趣！」

頑石大師道：「道友哪裡知道，他們下時各憑心思學力，決不用玄功占算取勝。據說岳雯近來棋道大進，只要他讓一子，往往弄成和局，輸得最多也只四、五子之間；諸葛警我仍要讓四、五子才能勉強應付；司徒平更差。所以他最愛和岳雯相對，岳雯心高志大，為了陪他下棋，雖然得到不少便益，仍恐誤了修為，老是設法規避，真是可笑。如果神仙下棋還要運用玄機占算，有何意思？那爛柯山的佳話也不會有了。」

群仙言笑晏晏，不覺子夜將近。瑛姆大師和姜雪君便起身告辭，自歸靜室，妙一夫人親自陪往後洞靜室之內，一面喚來廉紅藥，令在室內隨侍候命。

紅藥自從瑛姆師徒一來，心念師門厚恩，又知會短離長，本就萬分依戀。無如仙賓眾多，俱在洞中聚集，除奉命輪值者外，門弟子無事不敢擅入。只逐走妖鬼徐完覆命時，匆匆拜見。

雖隨眾同門辭出，心仍戀戀，只在門外守候，難得離開一步。巴不得隨侍在側，稍解懷慕。

瑛姆笑對妙一夫人道：「此女天性至厚，福緣也復不惡，今歸貴派門下，自是她的仙福。只惜此女根基秉賦稍差，尚望道友加意栽成。」

夫人道：「老前輩法力無邊，稍出緒餘，她便受用無窮，後輩今日令她隨侍，也是仰望老前輩賜以殊恩，有所造就呢。」

瑛姆道：「此語尚不盡然，法與道不同，貴派玄門正宗，異日循序漸進，自成正果。愚師徒如論法術，自不多讓。論起道行，終因起初駁而不純，欲速不達，枉辛苦修為了幾百年，遲至今日始能勉參上乘功果。不如貴派事半功倍，既速且穩！長一輩的不說，即以連日所見眾弟子，入門才幾年，哪一個不是仙風道骨、功力都有了根柢？我師徒所賜只是身外之物與禦敵降魔之功，至於仙業造就仍仗諸位新師長！」

妙一夫人道：「老前輩一再垂囑，後輩敢不惟命。」姜雪君笑道：「是時候了，夫人請延嘉客去吧。」

妙一夫人隨即辭出，默運玄功一算，來人已在途中。便命輪值弟子召集全體門人，除有職司者，一齊出迎。眾弟子早已得信說有重要仙寶，由「怪叫化」凌渾、「白髮龍女」崔五姑夫婦帶來，齊集洞外候命，聞呼立至。在室諸仙賓多知來人是千年前人物，均未見過，俱欲先睹仙儀為快。當下除乙休、公冶黃外，由妙一夫人為首，率領長幼兩輩群仙，算準到的時刻，迎將出去。

一會兒到了後洞門外，時當子夜。雲淨天空，月明如晝，清輝廣被，照得遠近峰巒、林木、泉石、花草，都似鋪上了一層輕霜。天空是一望晴碧，偶有片雲飛過，映著月光，玉簇錦團，其白如銀。右有群山矗立，凝紫黃金，山容莊靜。左有危崖高聳，崖頂奔濤滾滾，浩無涯際，閃起千萬片金鱗，映月而馳。

到了崖口，突化百丈飛瀑，天紳倒掛，銀光閃閃，直落千尋；鐘鳴玉振，宏細相融，匯為繁籟，傳之甚遠。更有川藏邊界的大雪山遙擁天邊，靜蕩蕩地雪月爭輝，幻為異彩。端的景物清麗，形勢雄奇，非同恆比。

眾人指點山景，正說夜景清絕，「青囊仙子」華瑤崧笑指天邊道：「仙賓來了。」

眾人抬頭一看，天空澹蕩，淨無纖雲，只東南方天際有一朵彩雲冉冉移動，其行甚緩，與飛劍破空不同。

華瑤崧嘆道：「瑤島仙侶果自不凡，我們劍光如虹，刺空而渡，不用眼看，老遠便震耳朵，聲勢咄咄逼人，一動便啟殺機，哪似人家仙雲，遊行自在，通不帶一點火氣！諸位請看，仙步姍姍，連帶凌、崔二位煞星也跟著斯文了！」

眾仙聞言正覺好笑，忽見彩雲倏地加急，晃眼便近天中。白雲大師笑道：「都是華道友饒舌，被這位仙賓聽去，催雲而來。否則這等碧空皓月之下附上一片彩雲移動，再妙沒有，我們多看一會也好。」

華瑤崧未及答言，彩雲已簇擁著幾個羽衣霓裳、容光美豔絕倫的女仙人，冉冉飛來。

妙一夫人方要飛身迎上，猛瞥見雲中兩道金光宛如飛星隕瀉射將下來，現身一看，正是西藏派教主凌渾、崔五姑夫婦二人。

一落地，崔五姑首先朝妙一夫人舉手為禮，笑道：「我為齊道友代約了幾位佳客，只說事出意外，不料諸位道友竟早前知了。」

崔五姑說時，彩雲也自飛墮，現出全身。眾人見來客共是男女七人，一個年約十四、五的道僮，生相奇古，餘者多是道骨仙風，風神絕世。內中一個身著藕白色羅衫、腰繫絲絛、肩披翠綠色娑羅雲肩、羅襪朱履、手執拂塵、年約二十三、四的少婦，和另一個身著薄如蟬翼的輕紗、胸掛金圈、腰圍粉紅色蓮花短裙、年約十七、八歲的少女，雪膚花貌、秀麗入骨，尤為個中翹楚。

下餘還有三個少女，一色淺黃宮裝，各用一枝朱竹為柄、紫玉為頭的長柄鴉嘴花鋤，挑著一個形式古雅的六角淺底的花籃，扛在玉肩之上，雲鬢風鬟，仙姿綽約，都是一般美豔，年紀也差不多。男的除道僮外，還有一個羽衣星冠的中年道者，在同來諸人中年紀獨長，卻與三個肩挑花籃的少女做一齊，隨在後面，好似輩分尚在道僮之後。

妙一夫人等因是初見，連忙迎上，正要請問姓名法號，凌渾笑道：「賢主佳賓均不在少數，請至仙府再行禮敘吧。」

妙一夫人便向來客施禮，延請入洞，雙方略致謙詞，由白雲大師前導，妙一夫人等陪客同行，眾門人後輩則尾隨同入。到了太元洞中，仍由凌渾夫婦代雙方通名引見，賓主重又禮敘，互致欽慕，分別落坐。

原來這七位仙賓俱是東海盡頭，落漈過去，高接天界的海上神山，天蓬山絕頂靈嶠宮中主者赤杖真人門下兩輩弟子。

為首三人，那虎面豹頭、金髮紫眉、金睛金瞳乃真人嫡傳弟子「赤杖仙童」阮糾。那穿藕白羅衫的少婦名叫甘碧梧，那身著白蟬翼紗的名叫丁嫦，同為阮糾師妹。那三個挑花籃的少女，一名陳文璣、一名管青衣、一名趙蕙，乃甘、丁二女仙的弟子。那中年道者名叫尹松雲，反是阮糾的弟子。赤杖真人在唐時已然得道，成了散仙，自經過道家四九重劫以後，便在天蓬山絕頂建立仙府，率領兩輩弟子隱居清修，度那仙山長生歲月，不曾再履塵世。

因那靈嶠仙府地居極海窮邊，中隔十萬里流沙，高幾上接靈空天界，自頂萬四千丈以下，山陽滿是火山，終歲煙霧迷漫，烈焰飛揚，熔石流金，炎威如熾，人不能近；山陰又是亙古不消的萬丈冰雪，寒威酷烈、罡風四起，兩面都是寸草不生。要越過這些寒冰烈火之區，上升三萬七千丈，衝過七層雲帶，始能漸入佳境，到那四季長春、美景無邊的仙山勝地。真人師徒不喜與外人交往，所以仙凡足跡俱不能到。

凌、崔二人起初並不相識，還是新近「白髮龍女」崔五姑偶往東海採藥，忽在海濱發現一個魚面人身的怪物在海邊沙窟之內姦淫婦女。因那怪物口吐人言，並會妖法，身邊還帶有一根鳥羽，用禁法一拷問，才知是「翼道人」耿鯤的愛徒，背師遠出為惡。

怪物看出五姑神色不善，那根充作求救信符的鳥羽沒有用上，便被擒住。為求活命，又想引崔五姑去會乃師，便說天蓬山陽丙火真精凝成的至寶「雷澤神沙」近已出現，日夜發出奇光，照耀極海。乃師意欲採煉此寶，業已去了多日，並把取寶之法告知，以求免死。

五姑知他心存叵測，淫惡窮凶，問完前情便即誅戮。耿鯤妖法通神，又擅玄功變化，脅生雙翼，來去如風，本就厲害，再將這前古純陽真火蘊結孕育的奇珍得去，益復助長兇焰！反正無事，立照怪物所說途向趕去。以五姑的法力還飛行了一天多才到。

天蓬山遠望本是煙霧迷漫，終古一片混茫，輕易看不出山的全貌。這時趕去一看，老遠便見兩根大火柱矗立天際黑煙之中。因是煙霧濃烈，黑壓壓彷彿天與海上下合成一體，那火柱卻是顏色鮮明已極，海上萬重驚濤全被幻成異彩。

五姑練就一雙慧眼，大敵當前，更是留心，初看以為火山爆發，等飛近定睛細視，不特那火柱似有人在主持，並還雜有妖邪之氣，不是山上原有煙霧。

這時五姑相隔當地還有好幾百里，因覺對方是個勁敵，只知有人被妖法困在火柱以內，被困人不知是何路數。「翼道人」耿鯤自信還能抵禦，對手卻不知深淺，忘約凌渾同來，人單勢孤，恐有失閃。老遠便把身形隱去，掩蔽遁光，加急飛行，查看火中人的邪正。飛行迅速，不覺快到，猛一眼看出烈焰之中裹住兩幢彩雲，知是玄門有道之士。同時又看出火柱前面有一脅生雙翼的妖人，手持一劍，正在行法加增火勢。分明有二同道中人為妖邪所困，眼看危急，惺惺相惜，不禁起了嫉惡同仇之想，立時加急趕去。

才一提到，首將自己多年苦功採取五嶽輕雲煉就的「錦雲兜」放出，化為千百丈五色雲幕，罩向兩根火柱之上。同時取出「七寶紫晶瓶」往外一甩，立有一道紫金色光芒射向煙雲之中。

妖火已被煙雲裹住，金光又將煙雲吸住，直似長鯨吸水一般，「嗤嗤」兩聲，晃眼收淨。

「翼道人」耿鯤正在得意施為，猛覺彩雲金光相次飛射，知來了敵人，還沒想到勢子如此神速！怒吼一聲，朝金光來處將手一指，飛出一道赤紅色的光華。剛飛上前，忽聽聲音有異，回頭一看，兩根火柱齊化為烏有，火中敵人紛紛施展法寶夾攻而來。同時崔五姑也自現身，一面放出飛劍，將那赤紅光華敵住，大喝：「扁毛妖孽，膽敢欺壓良善，叫你今日死無葬身之地！」手揚處，「太乙神雷」雷火金光似雹雨一般迎面打去。

耿鯤見敵人一現身，便將自己運用五行禁制、連日所收「雷澤神沙」所化的火柱收去，知道厲害，心氣已餒。並見雷火猛烈，原困兩敵人法寶威力又非尋常可比，不由又驚又急，怒火中燒，把心一橫，厲嘯一聲，振翼飛起。到了空中略一展動，翅尖上便飛射出千萬點火星紅光，滿空飛舞，聚而不散，一面抵敵雷火和飛劍寶光，一面準備施展玄功變化，拼個死活。

崔五姑早已防到耿鯤要鬧鬼，將三枝「金剛神火箭」取出。這裡耿鯤未及施為，猛瞥見三枝火箭由滿天火星光霞中直射過來。知道此箭專傷敵人元神，只一射上，至少耗去二、三百年功力。如三箭連中，更無倖理！自料再延下去凶多吉少，急切間無計可施，只得自斷三根主翎，化為替身，抵擋三箭。倏地施展玄功，化為一片彗星般的火雲，橫空逝去，其疾如電，瞬息已杳。

崔五姑知他飛遁神速，追趕不上，見那三個化身已有兩個為火箭所傷，化為紅煙消散，知是鳥羽所化，忙將三箭招回，收下一看，那鳥羽足有三尺來長，鋼翎細密，隱泛異彩。不捨毀卻，行法禁制，免被妖人收轉。剛剛停當，被困兩人已飛身趕來相謝。

崔五姑見來人乃是兩個少女，俱都儀態萬方，清麗出塵，一望而知是兩個瑤宮仙侶，忙即含笑還禮。互相正要通名問訊，忽見一朵彩雲自空飛墮，倏地現出一個美麗少婦、一個少女。

二女見面便同聲禮謝道：「愚姊妹連日隨侍家師赤杖真人採取

靈藥苑的各種靈藥以及小藍田玉實，供煉靈丹，以為救度海內外有根行的散仙之用。不料小徒無知，偶然遊戲，撥雲下視，發現妖人在此取『雷澤沙』。此寶每七百年由本山火口內湧出一次，妖人心貪驕橫，意欲窮探火源，竭澤而漁，小徒恐他毀損本山奇景，洩了地肺靈氣，下來阻止。不料法力有限，反吃困住，多蒙道友仗義相救，家師赤杖真人隱居已逾千年，各方道友均少往還，道友也許尚未深悉，此地不是講話之所，家師所居靈嶠宮就在此山頂上，請到上面一敘如何？」

五姑雖不知對方來歷，一聽這等說法，再見來人神情風度，知是天仙一類，奇緣遇合，心中大喜。因見對方師徒似在憎嫌山腳下的硝煙火氣，匆匆略為謙謝便即起身。

行時二女笑道：「此山高接靈空，中隔七層雲帶，佳客遠來，待愚姊妹獻醜同以片雲接駕吧。」隨說，少婦羅袂微揚，便由袖口內飄墜一朵彩雲，晃眼展布開來。

崔五姑知道中途罡風猛烈，主人謙詞，故意如此說法，便隨四女飛身其上，同往頂上升去。飛出萬丈以上，罡風越來越厲，四女見五姑通如未覺，也頗欽服。

少婦笑道：「此山罡風實是惹厭，愚姊妹不願下山，也是為此。」隨手指處，腳底彩霞便反捲上來，將五人一齊包沒。眼望雲外黑風潮湧，冰雪蔽空，雲中通沒一點感覺，飛行更是迅速。似這樣接連飛過了好幾層雲帶，衝破三、四段寒冰風火之區，才到有了生物的所在。

漸漸林木繁茂，珍禽奇獸往來不絕。五姑見景物已極佳妙，仙雲還在上升，默算所經已然升高了七、八萬丈，心方驚異，身子已由彩雲擁著又衝越過了一處雲層，沿途景物益發靈秀，到處澗壑幽奇，瑤草琪花觸目都是，這才看見上面彩雲環繞中隱隱現出一所仙山樓閣。

隨又上升了千多丈，方始到達，早有些仙侶迎將出來。

仙雲斂處，腳踏實地。五姑隨眾前行，一看這地方，真是自從成道以來，頭一次見到的仙山景致。山頭上一片平地，兩面芳草成茵，繁花如繡。當中玉石甬路，又寬又長，其平如鏡。盡頭處，背山面湖，矗立著一座宮苑，廣約數十百頃。內中殿宇巍峨，金碧輝煌，飛閣崇樓，掩映於靈峰嘉木，白石清泉之間。林木大都數抱以上，枝頭奇花盛開，如燦爛雲錦，多不知名。清風細細，時聞妙香，萬花林中，時有幽鶴馴鹿成群翔集，結隊嬉遊。上面是碧空澄霽，白雲縹緲；下面是瓊樓玉宇，萬戶千門。更有奇峰撐空，清泉湧地，點塵不到，溫暖如春。端的清麗靈奇，仙境無邊，置身其中，令人耳目應接不暇。

正在沿途觀賞，對面走來一個中年道者，朝著為首少婦說道：「師祖現在玉真殿相候，請師叔陪了來客入見。」少婦將頭微點，逕引五姑沿著滿植垂柳的長堤走去。走約一步，忽見長橋臥波，橋對面碧榭紅欄，中間隔著一片林木。穿林出去，面前突現出一片極富麗的殿宇，殿前一片玉石平臺，氣象甚是莊嚴。

五姑雖然得道多年，到此也不覺心折。走到平臺瑤階之下，方欲以後輩之禮通名求見，忽一道童打扮的仙人走出來對五姑道：「家姑命我出迎，請崔道友不必太謙，逕到殿中相見。」

五姑謙謝了兩句，隨眾同進。見那殿甚是廣大，俱是瓊玉建成，一切陳設用具無一不是精美絕倫。殿當中並未設甚寶座，只東偏青玉榻上坐著一個貌相清古的仙人。除前見道童外，還有七、八個男女侍者在側侍立，知是宮中主者赤杖真人。因真人得道已逾千年，理應以後輩之禮拜見，剛要拜倒，真人便命眾女弟子掖住笑道：「我與道友並無淵源，如何敢當大禮！」

五姑道：「弟子自從先師飛升以後，從未向人執過後輩之禮。並非有意謙恭，只為真人先進真仙，弟子適才又是先與門下諸位道友接談訂交，論哪一樣也是後輩，尊長在前，怎敢失禮！」說罷，依然拜了下去，真人一面還著半禮，並令眾弟子扶起答謝，笑道：「道友如此謙恭，我也不便再為峻拒，請坐敘談吧。」隨命侍者往小藍田採取鮮果款客。

五姑聽真人說起來歷，才知真人姓劉，與唐羅公遠同時成道，本已修到天仙位業，只為到時差了一點火候，仍肉體飛升，便須再轉一劫，一則不耐塵世煩擾，又叫門下男女弟子苦口攀留，真人師徒情重，靈仙府高接天域，仙景無邊，更有藍田玉實、靈苑仙藥，一樣長生不老，拼著永為地仙，享受清福。

真人成道以來，已歷千年未履塵世，歷朝列仙未成道飛升以前也從無一人來過。中間只有一個轉劫的散人名叫尹松雲，受另一地仙指引，仗著一道靈符護身，由山腳下冒著冰雪與罡風烈火之險，費時半年，步行上山，拜在真人大弟子、適才出殿延客的道童「赤杖仙童」阮糾門下；另外還有三個再傳女弟子，乃是南宋末年忠臣之後。宋亡，隨著一家至戚遁逃海外，被颶風吹入落漈，全舟遇難，只三女共抱著一塊船板，被風浪打到天蓬山腳海濱沙灘之上。醒來想起國破家亡，全家慘死，終日悲泣。正要相率投海，吃真人門下甘碧梧、丁嫦二女弟子無心中撥雲下視發現，稟明真人，度上山來，收歸門下；甘、丁二女便是引五姑入宮的少婦和那少女。

三女一名陳文璣，一名管青衣，便是五姑所救二女，還有一名叫趙蕙；此外宮中男女弟子侍者共有二、三百人之多。除卻再傳弟子，每隔些年下山積修外功，就便接引些有根行的人上山外，這些頭輩弟子也是千年不履塵世。那些侍者都是再傳弟子引來。每次下山，蹤跡均極隱秘，輕易不與外人交往爭鬥。仙法奧妙，法寶神奇。真人更具玄門無上法力，一切因果早經算就，預示先機，依言行事。有緣者加以引度，否則人前絕不洩露，因此不為世知，這次特許五姑入見，固因解救二女弟子之德，此外還有一段因果。

赤杖真人又道：「近擬著門下兩輩弟子下山行道，目前妖邪橫地，各方道友素無淵源，不久下山，還望代為引見接納，以便有事時互相關注，只未下山前暫勿宣洩。」五姑自是一口應諾。

說時，侍者早把各種仙果連同仙府靈泉取來奉上，五姑拜謝吃了，談過些時，真人便命眾弟子陪出遊玩。五姑一邊玩賞仙景，無心中談起目前異派猖獗，以及峨嵋不久開府盛況。眾仙聽了頗覺有興，尤以大弟子「赤杖仙童」阮糾和甘、丁二女為最留心，小一輩的陳文璣、管青衣、趙蕙三女也極起勁，不住詢問。

五姑看出眾仙意頗嚮往，暗忖到日如將這些得道千年的地仙代約了去，豈非盛事！繼一細想，對方素不和外人交往，適才真人雖有命眾弟子下山行道之言，又囑事前不可洩露，不知道肯去與否？初見不便冒昧，且等日後再說。話到口邊，又復止住。遊完全景，本欲告辭回去，眾仙竟不放行，再三留住盤桓些日。五姑一住多日，始得辭別。中間真人見過三次，末次並令五姑連淩渾也約了來。五姑知道真人道法高深，尤其小藍田內靈藥仙果甚多，能和他交往，得益不少，聞言自是越發心喜。

起身時，甘、丁二女執意送下山。連日快聚，已成莫逆，五姑知她朋友情長，不是意存輕視，索性由她用仙雲護送同下。到了半山以下，五姑無須再往山腳，本應就空中御遁飛行，二女堅持要送過十萬流沙方回。

五姑再三推謝不獲，只得應了。飛過流沙以後，二女說是千年以來不曾出山，左近不遠小蓬萊有二散仙，乃千年前舊交，昔年為修天仙位業，備歷艱辛，轉劫三次，久已不通音問，不知還在島上隱居沒有，意欲便道往訪。隨與五姑殷殷話別，訂了後會，各自飛去。

五姑一算，凌雲鳳之約已過了好幾日，先往白陽山趕去，助雲鳳脫了一難，送返原洞，略示機宜。便即回轉青螺峪，告知丈夫凌渾，定日同往拜訪。因記赤杖真人囑咐，對眾同道誰也不曾說起。

這日正要起身，妙一真人忽命門人下帖，請凌渾夫婦期前趕到。凌渾笑說：「我們枉自修仙多年，眼前放著這樣仙境和前輩真仙，竟會毫無聞知，真是笑話。」

五姑笑道：「真人仙山清修，不喜外人煩擾，除偶有兩位同輩地仙和靈空仙界中的昔年同道金仙有時下降往訪外，因有仙法妙用掩飾，休說深入仙府，便運玄功推算，也算不出他底細。」

凌渾道：「照說赤杖真人具無上法力，那些初傳弟子也不在你我以下，妖人山下盜寶，困陷門人，事前萬無不知之理。門下兩輩弟子，連同宮中侍者不下三百人，無一不是道術之士，更有不少神奇法寶足以應援，何以要等外人前往解救？」

五姑道：「正是，真人曾說起不久將令弟子下山行道的話，並且還令我約你往見，兩相印證，與以前隱秘行徑不符，頗似有心給你我開門路！或許將來有用你我之處都說不定。」

凌渾道：「我也如此想法，這位老前輩道行深厚，我夫妻天仙難望，走的正是他這一條道路。四九重劫行將到來，你無意中得了純陽至寶『雷澤神沙』，雖然諸般湊巧，足可望其平安度過，畢竟他師徒是過來人，能與之討教，豈不加倍穩妥！」

凌渾又道：「齊道友這次開府，仙賓雲集，異派中人假名觀光，心存叵測的也來不少，如能將他師徒代約了去，不特錦上添花，還可使眾妖人見識見識。照你所說神氣，即便真人不肯紆尊，門下弟子必肯湊趣，何不試他一試？」

五姑笑道：「這次觀光諸友，有好些送賀禮的，尋常多是自煉的一兩件法寶。鄭巔仙因有元江之役，得了不少前古仙兵，送得最多。駝子是用『五丁開山』將凝碧崖前通上面的雲路，中間所有危崖怪石阻隔，全數一掃而空，多現出千畝方圓天空，又用五層雲霧隔斷，另外把北海水闕九龍真人所居玉嶠宮外那座紅玉牌坊，用他當年所得那粒『困龍珠』半強半換轉了來建在五府前面，朱霞映空，富麗堂皇，最為珍貴。白、朱二矮子更是狡猾，老早便用『龍雀環』把紫雲三女所煉一條神沙甬道整個收來，湊了現成便宜，禮物不特出色驚人，還可隨心運用，無往而不宜！」

凌渾拍手道：「我夫妻本來法寶不多，你雖有幾件，俱都經你多年心血煉成，不能隨便送人。我新創立教宗，法寶飛劍也應了我外號的典，窮得自己門人都沒甚用的，還在到處物色，如何還拿出去裝大方？駝子為人尚可，決不能被兩矮子比下去，急切間既無甚新奇禮物，莫如不送，且到天蓬山一行，也許能想出一點花樣，如能將人約去，豈不比送禮還強！」

五姑聞言先只尋思不語，忽然笑道：「有了，只不知人家肯借與否？」

凌渾問故，五姑道：「我見靈嶠仙府千門萬戶，宮室眾多，而且差不多俱有衾寢設陳，我問宮中怎有這多人居宿，眾道友答稱，這些樓臺亭榭連同內中陳設用具，不用時俱可縮為方寸收起，用時隨地放置，立呈華屋。還有三百餘間更精工奇麗的，收起未用。我們此行如能把人約去，再把這三百多間用具齊全陳設華美的宮室借來一用，豈非絕妙之事麼！」

凌渾聞言大喜道：「有這樣事，太妙了！開府期近，事不宜遲，今天就走吧。」

凌渾、五姑到了靈嶠宮，敘起峨嵋觀禮之事，真人一說便允。凌、崖又在仙宮盤桓數日，由阮、甘等門人陪出，先引凌渾把靈嶠仙府風景遊覽了一周，然後去至甘碧梧所居的棲鳳亭中小坐。

眾仙侶因凌渾初來，又命門人侍者去取靈泉甘露與各種仙果，前來款待。凌渾健談，神情穿著又極滑稽，賓主雙方越談越投機。內中「赤杖仙童」阮糾和一個名叫「兜元仙史」邢曼的，尤為莫逆，由此成了至交。

一日說起道家四九重劫，「赤杖仙童」阮糾道：「按說我們雖然道行淺薄，不能上升靈空仙域，到那金仙位業，如論位業卻也不在天仙以下，尤其是清閒自如，既無職司，又無羈絆，不似天仙多有繁巨職掌。只自成道起兩千一百九十年中有三次重劫，一次比一次厲害，是個討厭的事。」

丁嫦笑道：「倒說得好，假使地仙如此易為，似我這等清福，那些天府仙官都願退這一步，不再稀罕那天仙位業了！」

凌、崔二人聞言心中一動，默計赤杖真人師徒成道歲月，正是道家四九重劫以後的第二難關快要到來。起初以為真人有無上法力，誰知仍難輕免，不禁駭然。天機難洩，無怪不肯明言！便點了點頭，眾仙知道二人業已會意，便不再提起。

一算時間，已經過了一天。阮糾不等凌、崔二人開口，便請起身，二人要向真人拜別，眾仙俱說：「真人現正調元煉氣，不須多禮。」二人便託眾仙見時代為致意。當下「赤杖仙童」阮糾、甘碧梧、丁嫦，率領三人的愛徒尹松雲、陳文璣、管青衣、趙蕙，共是男女七人。由陳、管、趙三女，用仙府三柄紫玉鋤，肩挑著裝有三百間仙館樓閣和藍田玉實的紫筠籃。隨了凌、崔二人，同駕一幢彩雲往峨嵋仙府進發。

彩雲一離天蓬山界，降到中層雲下，便自加快，往前飛馳。其速並不在劍遁以下，並且一點也不見著力施為。上面是碧空冥冥，一片蒼茫；下面是十萬流沙，漫無涯際。等將落漈飛過，又是島嶼星分，波濤壯闊，碧海青天，若相涵吐。中間一片祥雲，五色繽紛，簇擁著九個男女仙人，橫空穿雲而過。

每當衝入迎面雲層之中，因是飛行迅速，去勢大急，將那如山如海的雲堆一下衝破。所過之處，四外白雲受不住激蕩，紛紛散裂，化為一團團、一片片的斷絮殘棉，滿空飛舞。再吃陽光一映，過後回顧，直似萬丈雲濤，撒了一天霞綺，隨著殘雲之後，滾滾飛揚，奇麗無儔。

仙雲神速，飛近子夜，峨嵋便自在望。阮、甘諸仙因此山乃千年前舊遊之地，剛剛把仙雲勢子改緩，在夜月清光之下指點林泉，一面追憶前塵，一面和凌、崔二人談說，問詢仙府所在。晃眼到了後洞上空，凌、崔二人已先雲中飛墮，同時又見妙一夫人似要飛身上迎，知是為首女主人，忙率尹、陳、管、趙四弟子一同下降。

到了太元洞內，賓主分別禮見，由凌、崔二人代為略致來意。妙一夫人等自是極口稱謝，敬佩不置。

# 第五回　血影神光　群仙鬥法

凌渾因阮糾與乙休有舊，聞說乙休同了「百禽道人」公冶黃、追雲叟的大弟子岳雯在仙籟頂旁危崖之下相互對弈，恰值靈雲領眾弟子拜見仙賓，不曾走去，便命去喚。隨問眾人這些異派中的惡賓不久即至，那三百間仙館樓臺如何佈置？

丁嫦笑道：「微末小技，極易佈置，這些房舍大隱小現，無不如意。微儀已蒙主人哂收，房舍俱在小徒肩挑竹籃以內，只須主人命二、三高足領了小徒，指出適當地點，立可成就。」

「青囊仙子」華瑤崧道：「既然是能隱能現，索性先只安置，將形隱去，等這些惡賓到來，依次領往，隨時出現，豈不更妙。」

妙一夫人因來者不善，善者不來，引導來客就舍的人既要本領高強，又須機智沉著，始能應付，便命齊霞兒、秦紫玲、諸葛警我、林寒四人充任。三仙立即當眾傳了用法，並各賜了一道靈符，以備萬一。四人拜謝領命，隨引陳文璣、管青衣、趙蕙三人分四路去訖。

廣堂之內，只留二、三主人，等候外賓來見。餘各自尋居處，不必長聚一起，以便暗中留意，相機應付。

妙一夫人終因仙賓初來，尚未怎樣款待，意欲多陪一會兒，等有異派人來，再作計較。三仙知道主人心意，力言彼此同道傾心，一見知己，無須如此謙禮，並說要去作壁上觀。妙一夫人見他們堅持，只得親自陪往。一面並請玉清大師代做主人，時常陪伴。議定以後，除各主人外，一班外客欲睹仙館之奇，仗著房舍眾多，紛紛效尤；一般後輩更好奇喜事，渴欲見識。

眾人剛剛走出洞門，便見亭臺樓閣，瓊館瑤榭，到處矗立，點綴得一座凝碧仙府霞蔚雲蒸，祥光徹霄，瑞靄滿地，絢麗無儔，仙家妙術，果真驚人。方在齊聲讚妙，倏地光霞一閃而逝，所有樓臺館榭全數隱去。知四弟子已經佈置停妥，正在試法。

正陪仙賓前行，靈雲忽然走來，對凌渾說：「乙師伯勝了公冶真人一局，現和岳師兄對弈正酣，聞說阮仙長到此，只笑了笑。弟子久候無訊，二次催請，乙師伯才說要請阮仙長往見，不知可否？」

凌渾笑罵道：「這老駝子真個棋迷，連老朋友來也不顧了！」

阮糾笑道：「行客須拜坐主，原該我去見他才對。二位師妹可隨主人往尋居處，令四弟同住一齊，不得妄自多事。與大方道友久別，要作長談，也許和他同住，到了正日會集再相見了。」

丁嫦笑道：「我們現時決不至於多事，師兄和大方真人在一起卻難說。」

妙一夫人方欲分人送往，凌渾對崔五姑道：「諸位道友是我夫妻請來，我二人也和主人差不許多，你和玉清道友陪伴甘、丁二位道友師徒，我自引阮道友去尋駝子去。」說罷，同了阮糾自去。

其時又有貴客來到，先是南海地仙天乾山小男帶了三連宮中三十六個仙童弟子，又有西海磨珠島離球宮少陽神君，以及火行者元柄等四個門下弟子相繼到來。這些雖非同道至交，尚還是友非敵。這等兩撥剛剛引就館舍，忽然輪值弟子苦孩兒司徒平飛身入報，後洞外來了一金猿，自稱是黃龍山青沙林猿長老。

餐霞大師立時迎出，見那猿長老身穿白麻布衫，猿臂鳶肩，滿頭鬚髮，其白如銀，兩道白壽眉由兩邊眼角下垂及頰，面色鮮紅，翻鼻闊口，滿嘴銀牙，兩耳垂輪，色如丹沙，貌相奇古。通身衣履清潔不著點塵，一對瞇縫著細長眼睛睜合之間，精光閃閃，隱射凶芒。身後隨著兩蒼三白五個通臂猿猴，看去身材沒有仙府雙猿高大，都是火眼金睛，鐵爪長臂，動作矯健，顧盼威猛。

餐霞大師雖知猿長老來意不善，也客氣延入府中，自有值日弟子安置在仙居之中，猿長老存心伺機生事不提。

且說金蟬、石生二人自和眾門回洞覆命之後，二人因見仙都二女既那麼美秀，性情又極隨和天真，又是一般貌相身材，俱都喜愛非常。以為師長閉洞以前未曾奉有職司，正好相聚，退到外面，先尋一些未見過的同門，說道：「現在來了兩個同輩的女客，是孿生姊妹，修道已逾百年，人卻和小女孩一樣，相貌身材宛似一人，差不多把仙府所有美貌同門都比下去，人又天真爛漫，沒有絲毫作態，同時又來了一個小尼姑，偏是又醜又怪，還有一頭癩疤，比易師姊、米明孃還醜得多，言行動作卻極滑稽有趣，真個好玩極了，現在中洞，一會就出來，你們還不快去看！」

正在逢人遍告，說得二女天花亂墜，英瓊忽然走出來，聽了笑道：「小師兄，你兩個以為沒派有事，好和仙都二女、癩姑她們常玩麼？沒那好的事！只怕到時和木頭人一樣只呆立在那裡，不比我們遇上機會還可拿敵人開心試手，真是報應呢。」

金、石二人因眾同門好些俱是奉命在一定地方侍立，或是手執儀仗排班，覺著這類事最是拘束無趣，惟恐派上，聞言不好掃興，忙問：「你知我們派的甚事麼？到甚時才能動？適在洞裡怎沒聽母親說，莫是哄我的吧？」

英瓊道：「事關機密，座上有不少外客，如何能說？我也是才聽玉清大師和鄧師姊說起，我幾時騙過你來！反正罰站是一定了，何時開頭罰站卻沒細問。也許現在，也許庚辰正日，不信你自問去。你兩個男孩，偏愛和人家女孩做一起玩，她比眾同門姊妹長得美，於你有甚相干？」

金蟬聞言又急又愧，星瞳微瞪，正要還上再走，見「女神童」朱文和秦寒萼、申若蘭剛走過來，怎麼也說她們不過，再一還口，嘲笑更多，氣得拉了石生就走。

那仙都二女雖然清修多年，童心仍自未褪。並且初次出山，便到凝碧仙府這等洞天福地，所遇又都是天仙般的人物，端的耳目應接不暇，無一處不新奇。加上人又美秀天真，長幼兩輩主賓無一個不喜與她倆親近。二女寂寞已久，巴不得多交些同道，誰要有甚邀約，無不點頭應允。自從來賓各就館舍，李英瓊、易靜、申若蘭、朱文、向芳淑和石氏雙珠都爭著約她倆，往各仙館中觀賞奇景，末了又同去二女與葉繽、楊瑾同住的小瓊樓仙館中相聚談笑。

二女因聽眾人說了芝仙、芝馬的靈異，正問了途徑要走去看。

葉繽見眾小姊妹談得非常親密，也頗代二女喜歡，恰巧走將過來聽去，便囑二女：「適聽道友們說，有妖人帶有妖禽惡獸同來，意欲加害芝仙。禽獸與人不同，妖人先自失禮，況又縱出擾鬧仙府。而這類怪物，大都殘害生靈，作惡多端，即便代主人除去，他也無話可說。不過這等所在，既敢驅使出場，決非常物。你二人可將我『小南極磁光子午線』帶去，但能不傷，仍是不傷的好，只將牠擒住，使妖人丟一回臉，知道厲害便了。如果物主無恥，逞強出頭，可將主人撇開，作為你們看見妖物猖獗，抱打不平。他如不服，可去小南極或武夷絕頂尋找我或你義父好了。」

二女知這「磁光子午線」乃小南極磁光煉成，昔年葉姑曾用它在千尋冰洋以下，釣過一個極厲害的妖物「九首赤鯨」。妖物遇上，立即成擒。分明是想自己在人前露臉，好生歡喜，興沖沖接過，便往凝碧崖前趕去。不提。

卻說猿長老到了館舍住下，他本心懷不軌而來，自是不甘寂寞。到處走了一遭，眾仙皆自顧自談笑風生，只無人搭理他。

猿長老向來性高氣傲，這下屢受漠視，不由老羞成怒，存心顯露本事，藉以出氣。遙望乙休等人在仙籟崖腰坪松下踞石對弈，心想：「素聞這乙駝子神通廣大，怎地像個糟老頭，這大歲數還跟小輩在一處玩混，多半徒有虛名，待我先給他來一個厲害，好叫眾人不敢小覷。」一忖罷，陡然雙手齊揚，由十根長爪上發出五青、五白十道光華，宛如十道長虹，由指尖起，直達對崖，並不離手飛起。

這是他採煉西方太乙真金，苦煉數百年，與本身真元融會，從來難得一用的「太乙天罡劍煞」。

說時遲，那時快，這裡青白光華飛出，乙、凌二人還未抵禦，旁觀的赤杖仙童已先笑道：「乙道友殘局未終，莫為妖孽擾了清興，我不喜傷人，且代抵擋片時，等到完局再由諸位發放吧。」話還未了，伸手由左肩上拔出一根珊瑚短杖，往前連指，立有十團宛如初出日輪的火球放出萬道霞光，恰將那十道青白光華擋住。晶芒四射，流照崖谷，左近許多仙館樓臺，相與輝映，幻成一片異彩，耀眼生輝，好看已極。

這時乙休正和公冶黃對局，好似全神貫注棋上，竟連理也未理。猿長老見狀，越發怒極，手招處，十道青白光華倏地收回。隨由身畔取出三支形如鐵釘的法寶，剛揚手發放，猛覺對面崖上少了一人，心方一動，釘也同時離手。

就在這一瞬之間，猛又覺眼前人影一閃，微風颯然。猿長老畢竟法力高強，應變神速，一覺有警，忙張口一噴，一道白光首先飛出，將全身護住。然後定睛看時，對崖的「怪叫花」凌渾突在前面出現，已用「分光捉影」之法，驟出不意，將三支「天狼釘」在手邊搶去，哈哈笑道：「老怪物不要害怕，我不打你。這棺材釘，現時頗有用處，想向你借，又知你小氣，不願白費口舌，只好不告而取，暫時借我一用。如要用它給你下葬，十五日後，可去青螺峪向我討還好了。」

猿長老原是人與猿交合而生，修煉數百年，劍術法力，俱頗高強。雖習採補之術，卻知畏懼天劫。一向隱居陝西黃龍山中，專擇山中有點氣候的母猿，來充爐鼎。以前從不侵害生人。自從近來僥倖躲過了一次四九天劫，才日漸驕狂自大，遇上有根器的少女便思染指，不過山居多年，習靜已慣，難得出山。雖毀了幾個女子，也是旁門左道，多半被他迷戀，出於甘心，也非強求，以前惡跡無多。

乙、凌二人覺他修為不易，尤其所習劍術乃越女正宗，並非旁門，與所習邪法不同，只此一支。意欲做戒保全，使其改邪歸正，並無除他之念。可是猿長老天性好勝喜鬥，幾曾受過這等氣。那「天狼釘」又是新近得到手的一件前古異寶。先見赤杖仙童法寶神奇，知道此寶妙用無窮，欲取一試。不料還未發出，便被敵人由手上奪去。因到手不久，只能運用，還沒到與身相合的功候，不似別的法寶，可由敵方強收過來。這時也聽出凌渾言外有言，但怒火頭上，也不暇細想。沒等說完，手揚處，又是五道青光發出。

凌渾也將手一揚，飛起一道金光敵住。忽聽對崖「百禽道人」公冶黃道：「天已不早，凌道友與這老猴糾纏則甚？」

凌渾隨笑喝道：「老怪物，我本想試試你的越女劍法，無如我還受人之託，要去辦事。休看我借用你的東西，還代你報殺徒奪寶之仇呢。莫把好心當做惡意。我失陪了。」說罷，人影一晃，便已無蹤。

猿長老的徒子徒孫俱是猿猴，內中只有一個大弟子是人，名叫宗德。猿長老因洞內有「玉版天書」和「越女劍訣」，惟恐萬一有人乘虛竊奪，一干妖猿不足應付，強令留守，行時宗德神色甚是不快。聞言心中一動，暗忖：「莫非真個有人往盜天書，宗德遭了暗害？但是自己才來不久，敵人怎會知道？」方覺斷無此事，敵人蹤跡已失。

再看道童已將赤玉杖插向背後，凌渾未回，乙休、公冶黃對弈自若，重又勃然暴怒。自知那赤玉杖不破，飛劍無功，敵人神情可氣，心想一不作二不休，一面仍將十道青光放出，去分敵人心神，暗中運用玄功變化，將元神遁出竅去，猛然下擊。滿擬敵人狂傲托大，自己元神已隱，驟不出意，至不濟也須傷他一個。哪知到乙休等人頭上，剛化成一道青白光華往下打去，卻擊了一空，枉把崖石穿了一個大洞，如非收勢得快，幾乎將元神穿向山腹中去！趕忙定睛看時，敵人仍自對弈。知道敵人用「移形換影」之法使自己丟醜，好生愧忿，只得咬牙切齒，怒沖沖就勢往前衝出。

這次不似頭次冒失，看清下手，敵人位置也未認錯，晃眼衝到，忽然面前祥光一閃，忙即飛退下來，一看仍是先前所見道童，一手用赤玉杖敵住那十道劍光，一手放出一片彩霞，將自己去路擋住，笑道：「我與你無仇無怨，本不想攔你的高興，只為我那老友殘局未終，只等乙道友殘局一完，由你二人對敵，我決不伸手。稍安勿躁何如？」

猿長老這一對面，才覺出敵人雖是道童裝束，看那丰神氣骨和道術法力，分明天上金仙一流人物，不禁大驚。事已至此，又說不上不算來，只得怒喝：「你是何人？既無仇怨，何故強行出頭！」

赤杖仙童笑道：「我姓阮，名字說出來你也不知道，不說也罷。你放心，我決不和你為難。你也活了好多年歲，一部玉版五十三頁《火真經》俱無師自通，悟出大半，怎會還有這大火氣？聽我良言，快快回去，不然數百年苦煉之功，化為流水，形神皆不能保了。」

猿長老不禁又驚又怒，他修煉多年的一部玉版《火真經》，珍秘如命，除大弟子外，永未向人提過，只不知敵人如何連功候有了幾成俱都知得這等詳細？而且還說出「形神俱滅」的話來，不由一陣心驚肉跳。明知話裡有因，身在虎穴，強敵環伺之下，元神出竅，終是不妥，無如輸不下這口氣去。方自進止兩難，忽見兩道金光夾著一道青光，由前面不遠，自空斜射，落到崖上，現出兩個矮子、一個道人，認出來人是嵩山二老和「麻冠道人」司太虛。

「矮叟」朱梅手一伸，已把殘棋擾亂，朝乙休叫道：「方才我三人在歸途中遙見妖賊已頂了一個替身，同十多個妖徒往後洞飛來，你還有這個閒心下棋？這廝近已二次成道出世，如被縱虎歸山，異日各派同道後輩，不知要被他傷害多少！我和白矮子還找元元道友有事，這裡交你了。」

猿長老在一旁聞言，心中又是一動，暗忖：「眼前諸人，俱是成道多年，法力高強之士，以自己之能，尚且鬧了一個啼笑皆非，又有什麼厲害人物要來生事？」

「神駝」乙休推枰而起，哈哈笑道：「我頭一次看朱矮子這等雷風暴雨，本來棋只輸了一著，偏要惹厭！」

「追雲叟」白谷逸道：「駝子你莫太狂，休說妖孽本人，便他手下妖徒逃掉一個，看你有甚顏面見人？」

乙休道：「白矮子莫擔心，我約的幫手還沒有來，不料又會添出一個，萬無一失，你們自去吧。」二老隨即飛走。

「百禽道人」公冶黃道：「你和老怪物明說了吧，不要鬧了。」

乙休笑道：「我惡人向來做到底，反正來得及。凌花子借人東西，好人由他做吧。」隨說，隨即起立，手指猿長老道：「老怪物，你不服氣麼？阮道友請收法寶，讓他過來好了。」

猿長老連元神帶飛劍俱吃阮糾寶光逼住，也不還攻，只不令前進。眼看仇敵目中無人，言笑自如，正在生氣著急，阮糾把法寶收回，不禁把一腔無名火重又勾起，頓忘厲害，把元神所化青白二色光華連同那十道劍煞，齊朝乙休飛去。

乙休哈哈一笑，大袖展處，滿身俱是金光，直向當空十餘道青白光中衝去。

那些青白光芒只一近身便被蕩開，來勢越急，震退越遠。乙休也不還手傷人，只是鬧海金龍一般在滿空長虹交織中上下飛舞，敵人一點奈何他不得，公冶黃見他法力如此高強，也自驚讚不已。不過暗自尋思：「敵我強弱已分，眼前便有大事發生，怎還不早了結，多此無謂糾纏？」

忽聽凌渾用「千里傳音」遙呼：「妖孽遁走，諸位道友留意，不可放他逃脫！」語聲才住，便見一條赤紅血影電馳而至。後面緊跟著又飛來兩道金光，三道白光俱如長虹亙天，與那血影首尾相銜，快要飛到仙籟頂上空。

乙休、公冶黃聞聲早自戒備，乙休首由身畔取出手掌大小一疊輕紗，朝凝碧崖上空擲去。輕紗脫手化為極薄一片五色淡煙飛起，晃眼佈滿空中。這時血影已自飛到，來勢迅速異常，身後五道光華俱沒他快！

公冶黃見勢在緊急，惟恐妖孽遁逃，手指處，先飛出烏油油一道光華，迎著血影繞身而過。那條血影在太元洞側已連經諸長老劍仙的飛劍，都是隨分隨合，不見傷損。不料遇到公冶黃這道不起眼的烏光，反是他的剋星，即刻分成兩個半截，雖仍合攏，並未當時接上。

猿長老一見那條血影在空中飛馳而來，心中大驚，他畢竟成道多年，雖未見過，卻聽人說起過，自己正當血影來路，以他那高法力，一時間也手足無措，只見血影雖然受了公冶黃一劍，但立時復合，直飛過來，捷逾閃電，又見金光之中，怪叫化凌渾飛劍，高叫道：「老怪物速將元神歸竅，你那徒弟宗德已為妖孽所殺，火真經也被奪去，再不見機，你也保不住了！」

猿長老聞言，方知乙、凌、阮諸人前言竟果應驗。那《火真經》已悟八九，他年成敗所關。元身法體同關重要。不禁嚇了一大跳，忙往九宮岩元身飛去。

猿長老本來一見血影，便已猜出來歷，這時聽凌渾出言警告，更是大驚，立時待行法令元神歸竅，卻已慢了一步。只見血影如電，剛一照面，便聞到一股極難聞的血腥氣，血影已撲上身來，心神一迷糊，當時慘死，屍身下墜，連元神也未保住。那血影是殺得一人，便增一分功力，經此一來，血影重又固結。只聞一陣刺耳之極的厲嘯聲自血影中傳出，陡然之間，血光大盛，映得天地之間一片血紅！

那血影真是又貪又狠，忒也膽大。自恃二次煉成出山，已近不壞之身，來去如電，不可捉摸；又恨仇人將門下妖徒一齊消滅，意欲得便傷一個是一個。連番受挫，見人有了防備，知難得手，這才想起遁走。這些事也只瞬息之間，他快眾仙也快，微一轉側，七、八道各色劍光已經連成一片光牆，將他阻住。同時乙、凌二人的「太乙神雷」，也如雨雹一般，夾著金光雷火，朝他打去。

血影雖然不畏，卻衝越不過去，又吃那滿天雷火打得在空中七翻八滾。總算公冶黃被阮糾止住，不再放出烏光，少吃點苦。一時情急無計，恐應昔年誓言，真個為火所傷。心一發狠，意欲拼受耗損百年功力之厄，衝破攔住洞頂通道的禁制，奪路逃出。念頭一轉，撥頭便由雷火叢中飛起，直衝而上，空中乙休拋出的天羅法寶，吃他奮力一撞，竟爾紫光連閃，眼看壓之不住！

那追血影的是凌渾、餐霞、頑石、白雲四人五道光華。見他要逃，俱恐遁脫，齊聲大喝，電掣追去。乙休也大喝一聲，雙手互搓，兩團火也似紅的雷火，發出震耳欲聾的霹靂之聲，向血影打去。

可是血影去勢太快，乙休滿擬已布下羅網，血影難以逃走，卻未料到血影本就強橫，殺了猿長老之後，將猿長老數百年功力，據為己有，幾近不壞之身。眼看乙休撒出的一片輕雲向下壓來，血影向上衝去，兩下都快捷無比，輕雲包攏，堪堪將血影裹住。血影又是一聲厲嘯，倏地射出兩股血箭，血箭才射出，便自爆裂，連珠霹靂，震得地動山搖，那一片輕雲竟被震散，在漫天血光之中自在飄浮，血影已然沖天而去！

乙、凌諸人眼看血影不惜虧損本元精血，運用邪法，解體自爆，掙脫羅網逃逸，去勢如此之快，絕追不上，面面相覷，作聲不得。眼看血影晃眼直投天際，忽見一道金光，一道紅光，攔住血影去路，各人看時，只見正是「極樂真人」李靜虛和一少年道者，金、紅二色光芒展布開來，橫亙天際，將血影去路阻住。極樂真人雙手揚處，「太乙神雷」雷火金光向血影打去，血影遽然由大變小，在百丈雷火金光之中翻滾不已，耳聽得真人大喝，血影厲嘯中已凝成人形的精紅血光，竟自從攔路的金光和紅光交錯之間直穿過去！

極樂真人和那少年道長連忙回頭時，血影去勢如電，已遠在遙天，只剩下了一個血紅的小點，轉眼沒入天際不見！

這片刻間事，直將各人看得心驚肉跳，極樂真人和少年道者也隨即落下，那與李靜虛同來的少年，正是仙都二女的義父謝山，乙、凌、公治三人俱早相識，便給沒見過的人一一引見。

極樂真人長嘆一聲，道：「這老妖孽二次出世，果然妖法大長，我和謝道友到得稍遲，這次又被他逃脫，真是遺患無窮！」

（注：此處，原作者是寫眾仙一出手便將血神子消滅，但原文有「二次出世，已近不壞之身」之語，消滅得似乎太過容易，所以作了大幅度的修正，讓他逃走。否則正派勢力成一面倒，衝突就少了。這和處理綠袍老祖在地肺之中潛修是同一原則，在續書中，這些邪派中的厲害人物，將會再度出現。）

各人雖皆成道多年，但剛才以如此聲勢合圍堵截，也只不過令血影受創而逃，未能將之殲滅，俱知真人所言非虛，皆各嗟嘆。乙休袍袖一展，行法將兀自飄浮的輕雲收入袖內，問道：「長眉真人遺偈之中，難道未提及這妖孽該當如何誅滅麼？」

極樂真人又長嘆一聲，說道：「許是修道人應有此等劫難，天機難明，只好到時再說了！說來話長，我還要應長眉道兄舊約，助齊道友代鎮地軸，須與謝道友同往，會後再談吧。」

仙都二女老遠望見義父，首先飛到，一一拜見，謝山道：「你姊妹此行經過我已盡知，會後即同往小寒山，不必多說了。你們和一般小道友相聚無多，自去玩吧。」說時金、石諸人也相繼過來拜見，極樂真人指著金、石二人道：「你兩個職司甚重，還不快隨我走，以免少時不能入內。」說罷，自和謝山、金蟬、石生向眾作別自去，餐霞大師等三人也自回轉。

仙都二女初見到今日這等陣仗，大是驚奇。忽見易靜、癩姑走來，對二女道：「仙府行即開闢，葉島主令我們來尋二位姊姊，同往相候。」

二女忙問：「剛才那血影是什麼妖孽，何以如此厲害？」

癩姑道：「我也只知那妖孽是長眉師祖同門的師弟！」

二女更是詫異，還待詢問，易靜道：「說來話長，連我也只剛聽說起。現在諸位仙長都聚集在繡雲澗，正談此事，我們快去吧。」說完同往繡雲澗趕去。

這時「摩伽仙子」玉清大師和「青囊仙子」華瑤崧果在談說此事，除原有二、三十位仙賓外，武當山的半邊老尼也在座上。此外，還有浙江諸暨五洩山「龍湫山樵」柴伯恭、「跛師」稽一鷗、陝西秦嶺「石仙王」關臨、小南極「不夜城主」錢康、宜興善卷洞修士路平遙、蘇州天平山玉泉洞女仙聳霜鬟、湖北荊門山仙桃嶂女仙潘芳。

更有岷山白犀潭韓仙子的弟子「辣手仙娘」畢真真、「醜女」花奇、苗山紅菱蹬銀鬚叟、黑蠻山鐵花塢清波上人、岷山白馬坡妙音寺一塵禪師、南川金佛寺知非禪師、蘇川上方山鏡波寺神僧無名禪師和門下天塵、西來、區浮、未還、無明、度厄六弟子，「赤身教主」鳩盤婆門下弟子金姝、銀姝、恆山雲梗窩「獅僧」普化、天乾山小男、滇池伏波崖上元宮天鐵大師和門下十三弟子、滇池「香蘭渚」寧一子、武當派靈靈子和門下癩道人、諸葛英、有根禪師、「滄浪羽士」隨心一、太行山陰絕塵崖明夷子和大呆山人、南海玄龜殿散仙易周、楊姑婆、林明淑、林芳淑、易晟、「綠鬢仙娘」韋青青等全家，青海教主藏靈子、熊血兒師徒，又共添了數十位長幼仙賓。

那些仙賓十九俱是應約而來，那不請自來和一些心懷詭謀的尚有多人，不在此內。這些仙賓有的各就館舍，有的聞說靈嶠仙府來了千年前成道的上仙，紛紛來拜望。仙都二女到時，剛剛相繼辭去，玉清大師說起頭沒有幾句，禮見之後，和癩姑在旁靜聽說完，才知那血影本名「鄧隱」，當初曾與長眉真人一同學道，後犯教規逐出師門，懷恨忘本，投入旁門，漸漸無惡不為，後又得到一部魔教中的秘笈《血神經》，由此改名「血神子」，變本加厲，法力也日益高強。

長眉真人後奉師父遺命除他，連擒到了兩次，俱念同門之誼，警戒一番放卻，始終怙惡不悛。最後一次真人恐遺大患，用「兩儀微塵陣」將他擒住，本該形神悉誅，是他苦苦哀求免去滅神之戮，力說從此洗心革面，真人才將他和門下諸黨徒連死的帶活的一齊押往西崑崙星宿海北小古剌山黑風窩原住妖窟以內，將洞門用水火風雷封閉，令他率領門下懺悔前孽。

別時並對他道：「你自得了魔經秘笈，練就血光鬼焰，造下無邊大孽，我屢奉師命行誅，俱念以前同門之誼，特予寬免，縱惡為害，連我也為你負過不少。現在你師徒十餘人禁此洞內，休看日受風雷之苦，實則替你減消罪孽，玉汝於成。你如真能回心向善，仍照以前師門心法虔修三百六十五年，再出山去，將你對我所許十萬善功做完，以你師徒法力根基，依然能成正果。」

「血神子」鄧隱自習魔經，惡根日長，因知真人飛升以後無人再能制他，口雖求恕知悔，心存惡念，頭兩年惟恐真人試他，強自忍耐，受那風雷之苦。等第三年真人道成飛升，立在洞中重煉魔經，以求出困。甘受絕大苦痛，將魔經中最厲害一種邪法，昔年不捨原身，幾番躊躇欲煉又止的「血影神光」重行苦煉，竟將自身人皮生生剝去，再將全副血身煉化，成為精氣凝煉的一個血影。

又將隨死的幾個愛徒一一如法施為。此法煉成以後，異日出山，無論遇見正邪各派修道之士，只消張臂撲將上去，立即透身而過。對方元神精氣全被吸去，並還可以借用被害人的原身去害他的同道。再遇第二人，仍舊脫體化為血影撲去，只一撲中，便無倖免。多大法力的人，如若事前不知，驟不出意，也是難免受害。

尤其厲害的是水火風雷、法寶飛劍所不能傷。又費十多年苦功，煉就「十指血光」與頭頂上的「玄陰魔焰」，以為抵禦敵人純陽至寶之用。滿擬真人飛升，莫我荼毒，可以任意逆天行事，為所欲為。因為痛恨真人，便想連他門下一網打盡。

當妖法煉成，破了禁制，脫困出洞之日，正是開府的前幾天。知道開府以後，以前秘藏至寶俱被敵人得去，難以加害，加以報仇心急，迫不及待，才一出困便趕了來。他手下妖徒煉成血影的三人，因師徒四人尚無肉身，一到便被仇敵識破，有了防備，不能大事殺害，於是四出尋覓，得了肉身，各頂著一替身去往峨嵋求見。

妖人師徒四人到時，正遇周輕雲、吳文琪、楊鯉、尉遲火四人輪值，輕雲忙即入內稟告，領了進去。妖人掩飾極工，又是正教出身，外表一點不見邪氣。妙一夫人早知妖孽會來，輕雲剛出引客，姜雪君走來朝諸仙打了一個手勢，妙一夫人恐被妖孽覺察，各自會意，剛安排好，妖人已走進洞來。

這時隨侍四弟子已各避開，室中只有餐霞大師、頑石大師、白雲大師三人。

妙一夫人本身也自避開，卻將元神中坐，視妖人進門，故作傲岸之狀，笑問：「道友何名，到此有何見教？」

妖人一見室中人少，一面暗發號令，命眾妖童尋人傷害，因忿夫人無禮，獰笑道：「你丈夫還想承繼長眉道統，連眼前的老前輩都不知道麼？」說罷，身子往後便倒，立即腥風滿室，血光四射，隨著飛起一條赤身血影，往前飛撲！

就這瞬息之間，倏地滿洞金光，夾著十餘團碗大金星朝妖人師徒迎去，同時金光中飛起一隻大手，擋在妙一夫人前面，正迎妖人來勢。四仙也各將飛劍法寶一齊施為，一片慘叫聲中，四妖童首先畢命。妖人頭頂當胸各中了一下，當時將所煉血光魔焰震散，認出中的是瑛姆的獨門「乾天太乙無音神雷」，早年也曾吃過此雷苦頭，知道不妙，又急又怒，忙運玄功由劍光雷火中衝逃出去！

妖人雖然元身煉就血影，功力精純，不致被「無音神雷」消滅，受創卻是難免，急得怒吼一聲飛空遁去。凝碧崖原是他舊遊之地，由前崖上升直衝出去，恰好遇到猿長老不知死活，一照面就了帳，增添了不少功力，以致雖當朱、白、乙、凌、極樂真人、謝山合力阻攔，仍被他逃走，只不過他帶來的幾個妖徒，全已葬身此間而已！

眾人聽玉清大師說起緣由，盡皆駭然，心知妖孽已煉成了血影神光，除非有佛、道兩門，前古奇珍防身，否則遇上便無倖理！

仙都二女聽罷舊聞，走近葉繽身前聆示，葉繽道：「血影妖孽逃時，我本欲相助除害，甘道友忽令門徒相召，才知峨嵋開府大招旁門之忌，成道多年的散仙也有來此作鬧的。那人名叫余媧，乃小蓬萊西溟島得道多年女散仙，她和靈嶠宮甘、丁二位仙姑的至友『霜葉仙子』溫良玉、『瓢媪』裴娥同在一島修煉。二仙向她提及峨嵋開府，余媧門下幾個弟子，有好幾個和峨嵋棄徒曉月禪師、司空湛、許飛娘等相識，一致慫恿乃師來生事，給主人一個沒趣。門下弟子已有多人來到，你兩姊妹好勝喜事，難免不起爭端，內中最厲害的一個叫『三湘貧女』于湘竹，生具異相，兩手兩足，各分左右，一長一短，上下參差。此女最是狠毒不過，和人一作上對，不死不休，永無了結。需要小心！」

二女聞言，口雖應諾，心中卻不願示怯，謝過葉姑借「磁光子午線」伏殲五妖猿之事，再退向旁邊，將癩姑引到別室一說，癩姑笑道：「那四肢不全的女子于湘竹，我老聽人說，還沒見過。人都說她師父早已仙去，原來還有這大靠山麼？難得遇上，倒要鬥她一鬥，看她如何死纏不休哩。」

二女一聽，暗忖：「癩姑還要存心鬥她，自己怎好意思退縮。憑著法寶防身，至多不勝，如結下仇來，會後便去小寒山拜師，憑師父的法力難道還怕她上門欺人不成？」一心爭勝，便把葉繽所說的全置度外，口頭卻不說出。

正想藉口閒遊退出，半邊老尼本來昂著那半邊腦袋，一張怪臉坐在那裡一言不發，神色頗傲，忽然喚二女近前，拉手笑問道：「我自出家以來，還是頭一次見到這樣一對仙根靈秀的人物，少時有人擾鬧仙府，主人早有安排，我自不便多事。你們初次出山，恰可借此歷煉，我送你們一件小東西，留在身邊備用吧。」隨從身畔取了兩根長約四、五寸，兩頭俱尖的金針，分給二女，傳了用法，又道：「此針我也取自旁人，但經過我重行祭煉，共是九根，除留賜門下七女弟子外，尚餘兩根在此，我並無甚用，你們拿去，如為邪門法寶所困，差不多可以立破哩！」

二女先頗厭惡半邊老尼貌醜，人又那麼自大，想不到會贈自己法寶，見葉姑面有喜色，越發忻幸，當即拜謝領教。回顧癩姑不在，忙即謝別，追出一看，癩姑正在前面和李英瓊說話。問怎不相俟同行，癩姑笑道：「這真奇怪，人家半邊腦殼送你東西，我在旁看著算甚意思！如不先走，她還當我也想要一份呢。你兩個真是這裡的香餑，連她這向來護短薄情、除自己門徒永看外人不上的冷人都會愛你們，真是難得！」

英瓊笑問：「半邊大師送甚法寶？」

二女把針遞過，說了前事，英瓊道：「我聽玉清大師說，這位老前輩性情古怪，素來少所許可，但她法力甚高，武當、崑崙兩派同道對她都帶三分敬畏。外人除和師父崔五仙師交好外，輕不與人交往，她送人的東西決非常物，內中必有深意，莫看輕了！」

謝琳笑答：「我也如此想法，葉姑說少時還有敵人擾鬧，姊姊和諸位同門師兄弟姊妹，莫非還是旁觀不動手麼？」

英瓊道：「到了正日，這座峨嵋山差不多要整座翻轉，由掌教師尊、各師伯師叔照師祖仙示主持行法，裂地開山。我們都各派有重要職司，到時地軸便即倒轉，到處都是地水火風，後洞門也暫封閉，縱有仙賓降臨，也改由凝碧崖前雲路飛落。另有白、朱二老與白雲、頑石四位仙師代為接待，所有本派同門各就班列侍立，靜俟五府齊開，地軸還了原位，重建仙景，方是群仙盛會！會後我還要到幻被池去，鬥那『豔屍』崔盈。」

二女聽了，忙問「豔屍」崔盈是何人，英瓊遙望峨嵋門下諸弟子紛往太元洞趕去，聞言未及回答，余英男飛來喊英瓊道：「諸位師兄、師姊俱在太元洞領命，姊姊快去。」一言甫畢，二人便聽耳邊傳音呼名，趕緊默應，同向三女作別飛去。

癩姑笑道：「英瓊豪爽天真，只性剛一些，沒有『女神嬰』機智有心機。但這兩個人我很喜歡，英男初見，未甚交談，想也不差。聞說幻波池『豔屍』崔盈氣候已成，精於玄功變化，她三人此去必有不少險阻，我很想到日暗中助她一臂，二位姊姊如亦有意，此去小寒山拜師之後，你們什麼先不忙學，只憑著你兩姊妹討人喜歡的本事，便向令師撒嬌，強磨令師將那無形護身佛光傳你，加上原有的幾件法寶，足能和豔屍一鬥了。」

謝瓔道：「我姊妹近日所遇這多道友姊妹，看來就你最壞！難道在你令師門下平日也這樣？」

癩姑把癩頭麻臉一搖，舌頭一吐道：「憑我這副尊容也配跟師父撒嬌，不被打扁，自己也肉麻死了！頭一樣，我師父嚴峻有威，終年沉著一張臉，沒有見她笑過。最可氣是師姊眇姑，瞎著半對眼睛，模樣比我強不多少，神情卻比神父更嚴。師父不開笑臉，還肯說話，她連話都不肯說，除了拼死用功，便和惡人作對，平日老是陰沉沉一張冷臉，又怕人又討厭。我日常千方百計引她開口，不是鼻子哼一聲，便是拿她那隻瞎眼白我一下，彷彿多說一句便虧了大本似的，常嚇得我寒毛根直立，老怕惹翻了她打我，我又是個話最多愛鬧的人，遇上這樣同門真悶得死人，要不怎會見了你們幾個我就愛呢？」

二女聞言真忍不住要笑，謝琳道：「你愛說，我偏不信，聞令姊道法甚高，哪有不通人情之理。」

癩姑道：「明早她和師父必來，不信你看。各有各的天性，什麼怪人都有。起初她原有她的傷心處，日子一久，習與性成，變成冷酷無情。她又不似我想得開，人看我不順眼也不生氣，我挖苦自己比人還兇呢。其實她那真心比我還熱，只一和你知己，什麼險阻憂危都甘代受，只知道她的人比我還少罷了。不遇知音，你叫她有什麼話說！

我這樣嬉皮笑臉她又不會，所以和她好的人就少了。」

二女同道：「知音難得，匪自今始，我們如若相遇，倒要和她結交呢。」

癩姑剛說了句：「交不得——」忽見適往太雲洞的峨嵋男女諸弟子，三三兩兩相繼走出，分往各地走去，一晃眼俱都不見。如非事前得知各按方位守候，奉有使命，乍看只當是各自結伴閒遊，或往各地仙館訪友神情，行若無事，直看不出一點戒備之狀。

這時各派仙賓越來越多，仙館樓臺亭閣矗立如林，到處雲蒸霞蔚，匝地祥光，明燈萬盞，燦若繁星。更有瑛姆師徒用仙法驅遣靈木化成的執役仙童手捧酒漿肴果，足馭彩雲，穿梭一般穿行於山巔水涯，各處仙館之中，都是一般高矮服飾，宛如天府仙童，各具丰神。再加上海內外群仙雲集，有的就著所居碧玉樓臺四下憑眺，有的結伴同行，互相往還。不是相貌清奇，風采照人，便是容光煥發，儀態萬方。目光所接，不論是人是景致，都看得眼花繚亂，應接不暇。

三女先前所見，尚無如此之盛；出時又以說話分心，不曾在意。這一細看，方覺神仙也有福麗華貴之景，二女首先讚不絕口。

癩姑笑道：「我不懂對頭是甚人心，人家與他無仇無怨，偏要做那煞風景的事，自尋晦氣。就說有仇有怨，或受至友之託，不得不作祟吧，也應量量自己的身分本領，然後下手。分明見主人這麼高法力，府還未開，首要諸人也還未出，已有這等聲勢，也不想能敵與否，便敢膽大妄為。幸虧是主人寬大，今日如換我家師徒三個做主人，連那沒動手的妖邪，只要存心不善的，一個也休想回去。」

謝琳笑道：「都要知道利害輕重，早明邪正之分，不會身入旁門，迷途罔返了。不讓他們吃苦丟人，還要狂呢。我們管他則甚？這正是好景致熱鬧時候，有好些新起的仙館還未見過。李姊姊適說，開府時遍地水火風雷，宴後仙賓便各起身，再看未必還有。這些樓臺亭館仿自桂府瑤宮，難得遇上。好在都是做客，就住的是敵人，沒和主人翻臉以前，遇上也無妨礙。何況總可看出幾分，路道不對的不進門，只在外面看看，不去睬他好了。」

謝瓔道：「對頭已快發作，莫要看不完就動了手，我們快些去吧。」

癩姑道：「你兩姊妹須聽我的，好歹我總比你們見得多些。我說不能惹，就口頭上吃點虧，也須避開。」

二女當她說笑，隨口應了。

癩姑笑道：「你們看本派道友俱有職司，已各就方位，不到時看不見人。晚一輩的外客，俱被各人師長喚到跟前，靜俟開府，乙、凌、公冶、白、朱等有限的幾位老前輩也各有事，各位正派仙賓俱已各歸館舍，不願多事樹敵。這一會路上走的飛的越來越少，除卻仙廚執役的仙童，差不多都是面生可疑和不知底細與雙方無德無怨的散仙之流，一有變故就我們三人應付，膽只管大，卻要心細量力而行！」

二女聞言，再細看各處，果就這片刻功夫，人少了大半。先前聽見各正派中師徒一個也難見到。

正自且談且行，謝琳忽對癩姑笑道：「你快有好朋友了，還不快上前招呼去，看神氣也許不是旁門中人呢。」

癩姑遙望前面花林中走來二女，一個極美，一個極醜。認得一是美魔女「辣手仙娘」畢真真，一是醜女花奇，俱是岷山白犀潭韓仙子的門下。忙使眼色令二女噤聲，故意順著繡雲澗往側拐去，走過兩處仙館，知已背道而馳，才說道：「我不稀罕交這朋友，那醜女倒不是不可交，我只恨她把那心辣矯情好做作的師姊奉如神明！最可笑的是，以前問她何故如此離不開她？卻說愛她師姊長得美。我生平最不喜像她師姊那樣人，覺得比齊家大姊那麼真是方正，並非作假的人還要難處。彼此脾氣不大相投，兩家師父又有交情，卻偏都護短，萬一有甚爭執，誰吃誰虧，都是麻煩。她師姊也嫌我醜，我又愛說真話，鬧得連花奇也疏遠了。躲開最好，免得遇上，我嘴快，一不小心得罪了人，又生芥蒂。」

三人邊談邊走，不覺繞到仙籟頂，在對面錦帆峰下，二女見上面仙館有好幾座，形式極為富麗，與別處不同，便往上走，癩姑低語道：「你看峰腰第二座樓臺上有一男一女，面有怒容，不似好人，這一處莫要過去。」

二女所想去看的恰是那裡，聞言不以為然，悄答：「我們閃向一旁，隱身上去，能進則進，不能進只看一看便走，怕他何來？」

癩姑也是好勝心性，只自暗中戒備，便不再攔。一會轉到這座樓臺，全是一色濃綠晶明的翠玉砌成，因經靈嶠諸女仙加工精製，占地幾及二畝的一所兩層樓臺宛如一塊整玉雕就，通體渾成，不見一絲痕印，寶光映射，山石林木俱似染了黛色，形式又極玲瓏精巧，越顯奇麗清雅，妙奪天工。

三人本想繞臺而過，因是喜看，不由停了一停，忽聽臺上一女子道：「適才藏靈子說的話真叫人生氣，這三寸丁枉為一派宗主，竟會對峨嵋派那等恭維！真是笑話。如不念在與他們師父曾有一面之緣，我還更要使他難堪呢。」

另一男子口音笑道：「藏靈子長外人志氣，話固說得太過，敵人也實不可輕視。」

女的冷笑道：「我意欲不等師父飛到，先行發動，給敵人一個大沒趣，看看以後還敢目中無人不！」

男的答道：「飛符已去多時，師父萬無不來之理，師姊何必忙在片時。」

女的微怒道：「我只不服他驕狂，如若使他開府成功，氣焰更盛，豈不丟人！」

男的道：「我們來時，主人甚是謙恭，現時主要諸人俱在閉洞行法，其勢不能無故反臉。」

女的不等話完便怒道：「你近來怎麼膽子越發小了，安心向他找事，隨時隨地俱可反臉，有甚顧忌？今天最教人生氣的還有葉繽，昔年遊小南極採取冰參，在冰原上相遇，我因見她生得秀美，法力也還不差，有心結識。及拿話一探口氣，竟說她素喜清靜，平日除二、三知己外，輕易不與外人往返，措詞雖極自謙，明是見拒之意，我已有氣，如今又來峨嵋，與那麼多人有說有笑，豈非明擺著看不起人？」

仙都二女和癩姑因身形已隱，擬暗入仙館偷看內中是甚佈置陳設。行至臺下，聽見上面二人問答，便不再上，傾耳靜聽。先只想聽這兩人的來歷，女的是否葉繽所說的于湘竹。及聽說到葉繽，二女首先有氣，都在尋思：「無知賤人，你敢說我葉姑，今天先就叫你丟了醜臉試試。」相隔甚近，恐被警覺，也未和癩姑商量，俱想用癩姑隱形打人的故伎，先打那女的兩下再說。念頭一轉，立即飛身上去。癩姑驟出不意，大吃一驚，一把沒有揪住，只得跟蹤飛上，以備接應。

二女到的一剎那，忽聽女的道：「你看師姊不是已和敵人動手了麼？我們還不快去！」二女恰也掩到身側，見那女子宮裝高髻，打扮得和圖畫上的天仙一樣，姿色卻是尋常。男的是個少年道人，貌相比女的要俊得多。

二女手才揚起，還未打下，這一雙男女敵人本自起身要走，倏地顏色劇變，似有覺察，同往一旁縱去。緊跟著滿身都是白光環繞，女的首先怒喝：「何來鼠輩，速速現形納命，免你仙姑費事！」隨向囊中取出一件法寶出來，癩姑飛到，一手緊拉一個，一言不發，便即飛起。

二女看出不大好惹，料有緣故，只得隨同飛起。只見癩姑手朝西面一指，人卻南飛，晃眼到了左近危崖邊落下。悄道：「敵人已然發動，大敵當前，有諸位老前輩在場，樂得撿點便宜，我們先不要亂來！」

癩姑說時，那臺上女子手揚處，飛起亮晶晶兩尺許長一幢銀光，流輝四射，急轉了兩轉，倏地一聲嬌叱，雙雙往西南方飛去。所追原是癩姑誘敵的幻影，晃眼便被追上。這一男一女正是余媧的弟子毛成、諸玲二人，法力雖比于湘竹稍次，但俱各有兩件極厲害的法寶。

仙都二女幾乎被擒，幸而癩姑看出敵人身有異寶，預存戒心，趕緊上前將二女引走，緩了一緩，才未吃虧。及至毛、褚二人追上幻影，發覺上當，不禁大怒。

癩姑和二女向前看去，只見乙休、凌渾正在和兩人動手，對手的飛劍已被神駝乙休窮神凌渾破去，法寶也傷了一件。毛成、褚玲二人不顧再追敵人，忙即飛身趕去，一指空中銀光，先向凌渾當頭罩下。凌渾知道此寶厲害，忙運玄功身劍合一，一道金光將那一幢銀光抵住。百禽道人公冶黃在仙籟頂上見添了敵人，也把自煉墨龍神劍化為一道烏油油的光華飛出手去，一面笑向阮糾道：「對方人多，道友何妨相助一臂。」阮糾微笑不答。

這邊仙都二女和癩姑見乙、凌、公冶三人雖將先前敵人飛劍法寶各破去一兩件，因這四敵人各有一片白光護身，所用法寶均極神奇，急切間仍難取勝。方自驚奇，忽見北面西面有七、八道光華，俱如長虹橫天，各由所居仙館相繼飛出，看神氣好似預先相準了對頭，剛一出現，左近別的仙館中也飛出七、八道光華將他敵住。跟著雙方現身，各自運飛劍法寶在空中交馳互鬥，漸漸越鬥越近，不謀而合，齊向仙籟頂上空聚攏，滿空俱是各色光華交織，比起先前和猿長老等妖人鬥劍聲勢還盛得多。

二女、癩姑定睛一看，那先飛出的一夥敵人，只兩個頭陀和一少年道姑似是左道中人，餘者俱是散仙一流，法力均頗高強，但都生臉。後出諸仙也只認得易晟和「綠鬢仙娘」韋青青、「凌虛子」崔海客、「步虛仙子」蕭十九妹、「金姥姥」羅紫煙、「摩伽仙子」玉清大師等先前見過的六人，有三個不認得。

這一來恰好一個對一個，有的施展法寶、飛劍，有的運用玄功大顯神通，也不知是乙、凌諸仙有心相讓，未下絕情，還是對方法力高強。本來勢均力敵，鬥了好些時，乙、凌諸仙只管連占上風，無如敵人多半均擅玄功變化，法寶甚多，層出不窮，仍是傷他不了。並且乙、凌、公冶、羅、蕭、玉清六人雖然常占上風，易、韋、崔等三人卻至多和敵人打個平手，偶然還有相形見絀之勢。

只見光霞燦爛，彩霞飛揚，有時法寶、飛劍為對方所破，碎裂成千萬點繁星，隕落如雨，各仙館中男女仙賓俱出憑欄觀戰，神光仙影，交相掩映，頓呈亙古未有之奇觀，神妙至不可思議！二女幾番躍躍欲試，俱吃癩姑阻住說道：「我看這些敵人只有兩、三個像是路數不正，餘者多是散仙中高明人物，乙、凌諸位老前輩不肯傷人，各處仙賓俱觀戰，並無一人上前助陣，必是先商量好一定步數，樂得在此看看熱鬧，還長見識，理他則甚！」

二女雖被勸住，並未死心，暗中仍在準備發動。又看片時，恰值自己這面有一不知名的仙賓，是個白髮老者，本和一個少年道姑相鬥，大約氣量較狹，先本和眾仙一樣只是迎敵不願傷人，不知怎的一時輕敵疏忽，吃道姑的法寶暗算受了一點微傷，立即大怒，長嘯一聲，故作身劍合一，化為一道白虹與敵相拼。暗中卻運用玄功將元神分化出去猛下毒手，將道姑右臂斬斷。就這樣，還恐敵人將斷臂奪了去用靈藥復體，緊跟著揚手又一神雷，將那斷臂炸成粉碎，正說著便宜話。

那道姑名叫王龍娥，也是海外有名望散仙。雖是旁門一流，法力頗高，與余媧師徒甚是交厚，于湘竹等暫見遭人毒手，仇敵還有奚落，俱都心中憤極。內中褚玲法寶最多，和他對敵的又是「凌虛子」崔海客，恰是平手，可以隨便抽身，忙即捨了崔海客追去，一照面便發出百零九根「天芒刺」，紅雨一般當頭罩下。那白髮白鬚老人乃紅菱蹬銀鬚叟的同胞兄弟雪叟，知道此寶厲害，來勢神速，不及抵禦，忙運玄功，往斜刺裡遁去。

這時眾仙各有敵人，崔海客又被褚玲法寶絆住，不及追趕，正經二女癩姑立處，二女見狀，再也忍耐不住，各在「辟魔神光」罩護身之下飛起迎敵。

# 第六回 熔山製巒 各顯神通

因知來人飛劍法寶厲害，惟恐不能取勝，逕將「天蜈鉤」、「五星神鉞」一齊施展出去。褚玲眼看追上敵人，猛瞥見小峰上面倏地飛來一幢光華，將去路阻住。

擋得一擋，前面敵人已自遠揚，跟著光幢中飛出兩道碧虹，一柄具有五色光芒的神鉞，迎著勾芒刺神龍剪尾，只一絞便即破去，灑了半天紅雨，自身也被剪了一下，覺著力量極強，護身神光差一點也吃破去！不由得又驚又急，一面忙使法寶飛劍迎敵，大喝：「何方鼠輩？藏頭縮尾，暗使鬼蜮伎倆，怎不敢現形答話！」

二女吃她一激，又因一上場便得手，自覺法寶神奇，敵人法力有限，已然對敵，隱形何用？隨在光中現身，戟指同聲笑罵：「你自眼瞎看我不見，怨著誰來！本是一對一個鬥法，你偏欺軟怕硬，自己不是人對手，卻逃下來幫助那道姑兩打一，暗算人家，你才是不要臉的鬼蜮伎倆！虧你還好意思說人呢。我姊妹名叫謝瓔、謝琳，我養父乃武夷山謝真人，師父是小寒山神尼，金鐘島主葉繽是我姑姑，好些法寶還未用呢，知趣的快滾回去朝原來那位仙長納命，再要猖狂，我姊妹一生氣，你就和猴子一樣活不成了！」

褚玲見二女活似一人化身為二，年紀不大，一身仙骨仙根，所用法寶尤為神奇，說話偏是那麼天真稚氣，不禁又好氣又好笑。猛一動念：「自己還沒有徒弟，這好資質，何不就此擒去？」

念頭剛轉，回顧崔海客正指法寶飛劍追將過來，不由大驚。明知仇敵勢強，鬥了這些時候，法力並未全施，直似有心取笑！師父不知何故遲不到來，心貪二女美質，惟恐不能得手，一面揚手飛出一片白光迎敵崔海客，同時又把適才幾番躊躇想要使用，未敢冒失出手的一件本門惟一至寶施展出來，長袖甩處，由袖內飛出一團淡青色的微光，朝二女打去。

二女哪知厲害，方笑這類東西也敢放出來現世。忽聽癩姑在峰下高喚：「二位姊姊速退，這東西挨不得！」說時遲那時快，青光已與「五星神鉞」相接，一觸即化青煙，分向上下四外飛起。

二女見那青光雖化淡煙裂開，但是展布甚廣，又勻又快，宛如天機舒錦，平波四瀉，齊向身前湧來，晃眼頭上腳下俱被越過。忙指兩道碧虹想去絞散，虹到處只將那煙撐開，似虛似實，既不再破裂絞散，也不覺到有甚阻力。倏地三道寶光齊被青煙逼住，身後一緊，回頭四顧，全身也被青煙包沒，如非神光護身，更不知是何景象！

二女料為敵人法寶所困，急得把所有的法寶劍氣全數施展出來，一面又運「辟魔神光」不住亂衝，終無用處。只見四外青濛濛一片氤氳，外面景物一點也看不出，聲色也聽不到。

待了一會，忽覺連人帶青煙一齊擁了往空飛起，估量已然離開當地，被敵人攝走，心一著急，謝瓔猛想起半邊老尼所贈兩釘，尚忘使用，忙令謝琳一同取出，如法一放，只見一溜赤紅如火的尺許梭光脫手飛起，「叭叭」兩聲極清脆的聲音，身外青煙立即破碎，裂一孔洞，由小而大，往四下散裂，耳聽外面人語嘈雜，光華電舞，一閃即逝。心中大喜，不等青煙散完，忙即衝出！

二女脫困之後一看，自身已離出口雲層不遠，對面有一仙女，面帶怒容，正和阮糾、甘碧梧、丁嫦三仙說話，似有爭執，身後便是適才所見的十多敵人。

乙凌諸仙已然停戰，眾中卻多了兩個老尼，一個慈眉善目、貌相清癯，一個身材矮胖、凹臉突睛、面黑如漆、貌相雖醜，別有威儀，身旁還隨有一個雙目半眇、瘦小枯乾、貌相奇醜的小女尼。方估量那是屠龍師太和弟子眇姑、癩姑已對面飛到，拉著二女笑道：

「適才你兩人不聽招呼，為『混元一煞球』所困，跟著余媧便衝開凝碧雲路飛下，硬要將你攝去，差點沒把我急死。她意思是心意已定，除非有人將她混元球破去，方可罷休。不料那釘竟是此寶剋星，一下便碎，她已說過，乾看著心疼生氣，還不能為此發急。三仙留她師徒會後再去，她丟了這大的人，自是不願，無如乙真人已和凌真人同用法寶將去路封閉，再上去決沒下來容易，她不去還好，真要非去不可，便是敬酒不吃吃罰酒，更找無趣了！」

謝琳笑道：「你看她師徒幾個，不是同甘、丁二仙一齊經繡雲澗去了麼？」

癩姑回頭，果然余媧滿面不快之色，也沒和先門諸仙相見修好，自隨甘、丁二仙率領人同往繡雲澗飛去。下餘八個敵人，自覺無顏再留，意欲相隨同行，因聽三仙口氣，明勸暗誡，知道上去必有阻隔，一個衝不出去，再回下來，更不是意思。想了想，表面上總算是無心遇敵，未與主人明鬥，只得帶著一臉愧容，各回仙館，靜候過開府再去。不提。

癩姑隨領二女分別拜見優曇與屠龍師徒二人，自免不了誇讚幾句。二女見眇姑果是冷冰冰一張死人臉子，本自暗笑。謝琳更是淘氣，見諸仙只有一半散去，乙休、淩渾、公冶黃、阮糾仍回仙籟頂，新來的「神尼」優曇與屠龍師太也隨乙、淩諸仙回到崖上，並未往見主人。眇姑好似初入仙府，獨在崖下徘徊觀賞。當下不熟裝熟，湊前去親熱，口喊師兄，不住問長問短。

眇姑正喜二女天真靈秀，先也有問即答，一會發覺二女眼色老忍不住要笑神氣，癩姑又緊隨身後，不禁恍然大悟，朝癩姑斜視了一眼，微怒道：「你又向外人變方編排我呢，回去看我饒你。」

癩姑笑道：「奇怪，你自破例和人說話，怪我則甚？」

眇姑哼了一聲，又用眇目白了癩姑兩眼。二女想起癩姑前言，再也忍耐不住，也都笑將起來。眇姑斷定癩姑鬧鬼，剛要發作，忽聽屠龍師太在喚：「徒兒們快都上來，辰時快要到了！」癩姑忙催快走。

四人一同飛上崖去一看，嵩山二老已由山外回轉。

四人見禮之後，朱梅笑道：「駝子，時候快到，我們方位定了沒有？莫要亂了章法。」

乙休笑道：「朱矮子你想日後創立教宗，多結外援，處處賣力。也不想想這點小事，還用過分操心嗎？我們恰好八人，到時各守一方好了。」

「追雲叟」白谷逸道：「駝子少說嘴，我們現在就把人分開，有備無患，豈不是好！」

乙休還未回答，眾仙都讚妙。

乙休笑道：「兩矮子只是多慮。本來五六人已夠，因阮道友盛意相助，又添上二位神尼，多厲害的亂子都擋得過去。既大家都願早點分配，我們便按八宮方位好了。」

癩姑笑問：「弟子等可有點事做麼？」

朱梅笑道：「少時全山只仙籟靈泉一處不變，餘者差不多暫時俱化火海。你們且到古楠巢去保護芝仙罷。一切佈置運用已告袁化，只用法寶飛劍護住芝仙，騎在佛奴身上靜候仙府重建。又得看又好玩。我派這差事有多好，快些去吧。」

說時，眾仙也議定方向，共推「神尼」優曇帶了眇姑在仙籟頂上運用佛法護那左近靈泉，下餘七人也各按方位自去，相度形勢，如法施為。

二女癩姑隨即飛往老楠巢一看，鵰、鷲、鳩、鶴四仙禽俱各守在老楠枝上，袁星同了沙佘、米佘、健兒和芝仙俱在樹腹之內圍坐。芝仙、芝馬見了二女一點也不認生，二女尚是初見，喜愛非常，正抱起來撫弄，袁化已向癩姑問明來意，喜道：「弟子正因老楠有三千年壽，根深千餘丈，恐法力淺薄，難勝重任。現有三仙姑到此，決無一失了。」

癩姑道：「那日『玉洞真人』岳韞到岷山對師父說起你多年修煉，道法甚高，教祖既有法旨，決能勝任，我們只是借此觀賞全洞奇景，並幫不了多少忙，你仍主持你的，我們只看看好了。」

袁星道：「本定弟子主持行法拔這楠樹，免為地火所傷。三位仙姑抱住芝仙、芝馬同在鵰背和兩翼之上，袁化御劍殿後，弟子便可專心保護這樹了。」

三人聞言大喜，袁星隨縱身飛起，往太元洞略為遙望，下來說道：「時辰將到，請出準備吧。」隨手一招，四仙禽立即飛落，眾人依言行事，抱著二芝上了仙禽。

遙望崖那邊，依舊樓臺亭榭，林立星羅，金碧輝煌，仙雲縹緲，到處祥光瑞靄，時見仙館中賓侶徘徊瑤臺玉檻之間，仙館外卻是靜悄悄的不見人行，連仙廚中執役仙童也都不見蹤跡。再看下面袁化，已將頭髮披散，正在禹步行法，樹底忽自開裂深陷下去，二女方問癩姑：「辰時到未？」

忽聽地底隱隱輕雷之聲，癩姑直喊：「快看！」二女昂首前望，一聲雷震過處，正對凝碧崖後倏地飛起兩朵祥雲，雲頭大不及丈，左立石生，右立金蟬，俱穿著一身極華美的禪翼仙衣，好看已極。金蟬面前虛懸著一口金鐘，石生面前虛懸著一口玉磬，相向而立。那雲由地面直升天半，相隔約有十丈，華彩繽紛，祥光萬道，宛如兩朵芙蓉，矗列天半，頓成奇觀！

金蟬等雲停住，手執一柄三尺許長的玉棒向鐘撞了三下，各仙館中仙賓相繼出觀。鐘聲宏亮，蕩漾靈空，還未停歇，跟著又是三聲極清越的玉磬。金聲玉振，入耳心清，方自神往，耳聽地底風雷之聲由細而洪，越發激烈。猛然驚天動地一聲大震，整座仙府忽然陷裂，山鳴地叱，石沸沙熔，萬丈烈焰洪水由地底直湧上來！一、二百座仙館樓臺也在這時平空離地飛起，虛浮於烈火狂風、驚波迅雷之上。

晃眼之間地動山搖，烈焰驚濤，水火風雷一齊暴發。偌大一座美景無邊的仙府除仙籟頂一處，全都化為火海。萬丈洪濤由地底怒湧而上，加上呼呼轟轟風雷之聲，猛惡非常！上面是仙雲靉靆，瑞靄飄空，下面是風雷橫恣，水火怒溢，各色劍光寶光翔舞交馳，交錯成亙古未有之奇景！

休說沙、米、健兒三小，便是癩姑、二女、袁化等修煉多年的人，見了也由不得目眩神搖，心驚舌咋，稱奇讚妙，駭詫不置。

沙佘笑對米、佘道：「昔年故山常有地震，幾曾見過這等情景？你看那水和火，儘管作勢駭人，卻白是白，紅是紅，乾乾淨淨的好看已極。不似我們那裡，一遇地震，便冒黑水汙汁，臭得人老遠聞了都要暈倒。」

癩姑聞言笑道：「你們幾個小人怎知奧妙？此是掌教真人與諸位仙師遵照長眉師祖仙示，運用玄功，以旋乾轉坤的無邊法力，將原有仙府重新擴大改建，與尋常地震不同。本來這裡就是靈區仙域，無甚污穢，再經過水火風雷鼓鑄，就有一點渣滓，也都吸入地肺化去了，如何會有臭氣來？只等玉洞真人將靈翠峰請回，五座仙府便可出現。聽師父說，齊師叔要把整座峨嵋山腹挖空，仙府廣幅大到三百餘里方圓。這裡好似一個絕大洪爐，正在鼓鑄山巒，陶冶丘壑，那些沸汁便是資料。現在還是初起，少時聲勢更要猛烈怕人呢。你們且看當中漩渦，那些雜亂東西不都沉下去了麼？」

說時水火風雷之勢已自蔓延開來，越延越廣，四方八面，所到之處，無論是崖壁石土，還是山巒溪澗，全和沸湯潑雪一般，挨上便即熔化崩陷。

幾句話的功夫，眼界倏地一寬，水火忽然會合一體。火都成了熔汁，奔騰浩瀚，展開一片通紅的火海，焰威逼人，儘管二女等精通道法，兀是熱得難耐。尤其健兒更難禁受，通身汗流，口渴如焚，氣喘不止。二女見他人小可憐，忙道：「健兒熱得難受，我們卻要護芝仙，不能過去。身旁有藥，請癩姊姊代取出來，大家吃些避暑吧。」

癩姑本在二人身後，正要答話，忽聽袁化笑道：「齊大仙姑已用『天一真水』祛熱息焰，用不著了。」

二女等往前一看，隨見齊靈雲和秦紫玲同在「彌塵旛」雲幢圍擁之下，各捧著一個玉瓶，由瓶口中飛出一片濛濛水煙，在火海上面四面飛駛了兩轉，直往當中原出現處飛去，晃眼無蹤。所到之處，炎威頓殺，烈焰也不再上騰。

那烈火熔成的通紅漿汁卻由四面滾滾而來，浪駭濤驚，齊向金、石二人雲幢前面聚攏，激成一個十數畝大的漩渦。這時仙府全區好似一大鍋煮得極開的沸水，又似一爐燒熔了的鐵汁，火星飛濺，一片通紅，所有雜質全都浮起，到了當中隨漩而下，沉入地肺之內。那些沸漿溶汁便越來越清明，晶熒熒更無絲毫渣滓，也不似前洶湧。

二女便問癩姑靈翠峰的來歷，又道：「現時後洞已閉，雲路又經真人行法禁閉，你說那玉洞真人如何進來？」

癩姑道：「今天事多著呢，你看先前鬥法熱鬧麼？『玉洞真人』岳韞和齊師叔是至交，那靈翠峰乃是星宿海底萬年碧珊瑚結成，經長眉師祖取來煉成一件至寶，中藏靈丹和仙草。昔年突然飛去，飛經東海上空，為一水仙截住，看出內藏有至寶奇珍，連用法術祭煉，終未得開，反損毀了兩件法寶。齊叔因開府之後須用此寶鎮山，知那水仙為人孤傲，海底潛修多年，又無過惡，如若上門索討，難免爭執，岳師叔昔年有恩於他，託代轉索。那水仙恩怨分明，久欲報恩，不得機會，岳師叔手到取來，乙真人他們必已前知，到時自會放他進來的。」

這時下面已成數百里方圓紅閃閃一片平波，漩渦也自停息，火漿漸稠，看去仍是奇熱。二女等正指點談論間，隱聞一聲雷震，癩姑道：「來了。」忽見一道金虹橫天而過，跟著飛落下一個羽衣星冠、周身金光霞彩的仙賓。

癩姑忙喊：「岳師叔，怎這時才來！」二女等見那玉洞真人生得劍眉星目，丰采照人，左手持有一件八角形的法寶，放射畝許方圓一股紫氣，上面托著一座玲瓏剔透、通體碧綠晶瑩、四外金霞環繞的翠玉孤峰，右手掐著靈訣，指定頭上。緩緩降落，神情莊嚴，目不旁視，看去謹慎已極。降離火海丈許，便即停住。同時優曇大師、屠龍師太也由左近仙館後現身，迎上前去，各由手中放出一道金光，將翠峰托住。

「玉洞真人」岳韞忙將左手寶物撤去，略微歇息，重將那八角形的金盤放出。這次改上為下，不在手內，到了空中翻轉，仍發出一股紫氣，與神尼優曇、屠龍師太的金光上下一合，圍擁著那峰緩緩前浮，到了兩朵雲幢前面，輕輕落下。下沉約三數丈，地底一聲雷震，便即矗立在火海之上不動。

真人大師也將法寶、金盤撤去，一同飛向左近仙館而去。跟著地底殷殷雷鳴，密如貫珠，火海中漿汁也漸凝聚，不消片時，便如凍凝了的稠粥濃膏相似，火氣也漸消滅。

二女暗忖本來仙景多好！經此一番地震，地面雖大出好些倍，原有的峰巒丘壑全都毀化，只花木還在。莫非這數百里方圓一片空場，只修建上五座洞府？氣象自是雄曠，哪有原來好看！

正尋思間，忽見盡前頭那凝聚的火海熔槳平面上，突然拱起了五個大泡，每泡大均百畝，相隔約有二十里，甚是整齊。跟著周圍零零碎碎又起了好些長短大小不等的漿泡，隨聽金鐘二次響動，左右各地，也有無數其形不一的漿泡相次湧現，顏色也逐漸轉變，不似先前火紅。鐘聲響過，玉磬又響，峨嵋門下的男女弟子忽然各按九宮、八卦、五行方位一齊現身。

當地震初起時，眾弟子各在方位上仗著本門靈符隱護身形，只將各人法寶飛劍放出排蕩水火風雷，相助師長收功，滿空五彩光華交織，並不見人。這時大功告成，突然出現，本來個個仙根仙骨，資秉深厚，因值開府盛典，妙一夫人又各賜了一身仙衣，冰綃霧縠，霓裳霞裾，與羽衣星冠，雲肩鶴巾交相輝映，越襯得容光照人，儀態萬方，丰神俊逸，英姿出塵！

休說峨嵋兩輩交好的來賓見了稱讚，便是那些心藏叵測、懷仇挾憤的敵黨，見了這等景象人物，也不由得戒心突起，詭謀潛消。有的只是知難而退，不再有妄動，安安分分靜俟會後各散；有的竟由此一舉頓悟邪正之分，不但不敢再存仇視，反而心生嚮往，恨不能當時歸附以求正果。這類知道戒懼感化，暗中立誓棄邪歸正的竟占了一半。這且不提。

眾弟子一現身，「神駝」乙休、「窮神」凌渾、「百禽道人」公冶黃、「赤杖仙童」阮糾、「追雲叟」白谷逸、「矮叟」朱梅、「神尼」優曇、屠龍師太等八位前輩上仙，也按各自八卦方位出現。乙、凌、白、朱四人首用「千里傳音」朝眾弟子傳示，嘴皮微動，將手一揮，眾弟子立即依言行事，八方分佈，如法施為，仙府原有那些琪花瑤草，嘉木芳卉，本經眾仙施展法力，連根帶附著的泥土平空拔起，附在那一、二百座仙館臺樹的平臺雲壁之上，一經施為，紛往下面降落。那冒來的許多漿泡也繼長增高，越來越大。

除當中最後面先起五泡只往上長，看不見是什麼形相外，餘者漸現峰巒岩壑之形，地面卻漸漸往下低去。有那斜長形的漿泡長著長著，「叭」的一聲，突然破裂，當中立現一道溪澗，清泉怒湧，流水潺潺，跟著移形換景，現出淺岸幽岩。那些花草樹木自空中下墜，全落在這些成形漿泡上面，晃眼山青水碧，花明柳暗，清麗如畫。約有個把時辰過去，只眼前十里方圓一片直達當中一個未現形的大泡，仍是空蕩蕩的廣場，餘者已是峰巒處處，澗谷幽奇。

還有四個大泡已被高峰危崖擋住，地皮全都堅凝，當中一條晶玉通路猶是朱紅顏色，兩旁已被碧草勻鋪，哪有絲毫劫後形跡！

眾人見乙、凌等長幼群仙各自御空飛行，四下迴翔，每到一處，那漿沸熔結的地面晃眼便現奇景，各仙館中的賓客，全都憑欄眺望觀賞，互相笑語指點，各現讚羡容色。

正在互讚神妙，「矮叟」朱梅忽然飛來笑向眾人道：「事情已完，仙府將開，地面已然復舊，你們還懸在空中呆望則甚？這株老楠樹，可移植到仙籟頂上去，你們幾個未領衣冠的，快些將樹植好，趕往洞後，連眾弟子行法完畢，隨同排列吧。」

袁化等本門弟子聞言大喜，忙拜謝領命，由袁星將芝仙要過，同了三小帶著楠樹往仙籟頂飛去施為，不提。

朱梅又向癩姑笑道：「你這小淘氣怎不隨去？你師父打算休你哩！不趁此時熱頭上找個著落，留神日後無人收你。」

癲姑聞言心中一動，趕急恭身笑問道：「矮師伯，莫拿小輩開心，師父為什麼要休我？我沒犯規條，說什麼也不行！」

一言未了，屠龍師太忽然飛來，癲姑忙喊：「師父怎不要我？」屠龍師太對朱梅道：「你是老長輩，總這樣嬉皮笑臉。」

朱梅笑道：「不是你說的麼？我看你還要她當徒弟才怪！」

屠龍師太道：「你和白矮子向例不說好話，各自請吧，我師徒還有話說呢。」

朱梅笑道：「難為你們師徒三人這副尊容，怎麼配的！也捨得分開，小癲尼，我是為你好，你師父休你無妨，那把『屠龍刀』卻須要過手來，莫被別人得去！」

屠龍師太正要答話，朱梅已經飛去。隨告癲姑說，自己適見妙一夫人，得知齊師叔開讀師祖玉箴仙示，內中附有賜給自己的靈丹，服後不久功行便即圓滿。因念師恩深厚，欲令眇姑承授本門衣缽，癲姑拜在妙一夫人門下，已然議定，遂命癲姑速隨二袁同由新建立的仙府入內，更了新衣，準備少時隨眾排班參拜。

癲姑聞言，不禁悲喜交集，又想起朱梅所說之言，那把「屠龍刀」乃本門至寶，定連衣鉢齊傳眇姑，明索十九不與，推說師恩深厚，不捨離開，隨說便落下淚來。

屠龍師太正要曉諭勸說，眇姑忽也飛到，對癩姑道：「你不必如此，那『屠龍刀』我請師父賜你好了。」屠龍師太道：「癩兒不患無有奇珍，此寶你日後卻少不得哩。」

眇姑稽首說道：「師恩深厚，弟子刻骨銘心，但是朱師伯既然親為此事提醒，必於師妹他年安危有關，禦魔全仗自身功力修為，不在法寶，時已不早，請師父賜給她吧！」

屠龍師太微一點首，由懷中取出一把形如月牙、碧光耀目的彎刀，遞與癩姑。癩姑素覺眇姑面冷，不甚投契，見她慨然以至寶相讓，好生內愧，堅辭不要。眇姑只看住她，也不再說。

屠龍師太說道：「你還不知我和你師妹的性情，既已出口，永無更改。不過她將來道高魔長，性又孤高，無甚同道，你為人隨和，到處皆友，務念同門之情，不可大意。固然她內心堅定，終無可害，到底少受苦難！時已不早，速去吧！」說罷，不俟答言，同了眇姑飛去。癩姑知道再推便假，只得收了。

當二袁離去時，二女、癩姑已離鵰飛起，四仙禽也隨往仙籟頂上飛去。屠龍師徒走後，二女向癩姑致賀。癩姑苦笑道：「我師父都不願要我，有甚可賀之處？這一來弄巧，小寒山去不成了，前說的話仍請留意，就不能親往約你，也必以法寶通知，會後得空再相見吧。」說罷別去。

二女落到地上，再看場上地底殷雷之聲早住，眾仙已將佈置就緒。所現景物比日前仙府還要美秀靈奇，只是地方太大，只前面小半林木繁森，花草羅列，後半只管泉石清幽，山容玉媚，卻不見有草木花卉。

這時，兩朵雲幢後面的第一個大漿泡也長到了分際，不再上湧，看去恰似一個長方形、大約百餘畝大小的罩子。本就浮光耀彩，再被無數仙館樓臺，祥氛瑞靄映射上去，越顯光怪陸離，奪目生花。

二女知那是五府中的太元仙府，適才本非地震，乃是運用妙法將全景整個化去，將山石泥土與地底五金寶石融冶一爐，成了漿汁，再照原景損益增建，擴大好些倍，重又造出丘壑泉石，端的功參造化，法力無邊！本來五座洞府有三座俱是玉質，只不知重行毀了再建沒有？正尋思間，見空中飛翔的諸位長老齊往右面峰腰靈嶠諸女仙所居仙館平臺飛去，眾弟子也分成兩行齊往當中晶罩之後飛去。

二女正在觀賞之間，「女崑崙」石玉珠忽然飛來笑道：「二位姊姊，葉島主喚你呢。」

二女隨她來路一看，金鐘島主葉繽、楊瑾、半邊老尼和門下五女弟子，俱集在一起憑欄觀望，二女忙隨石玉珠飛身趕去，葉、楊二人同笑問道：「你兩姊妹真淘氣，差點沒被『冷雲仙子』余媧攝走！」

二女雙雙笑道：「我們還未向武當老仙師拜謝哩，如不是那法寶，差點沒給賊道姑的氣球裝走。」說罷，雙雙拜了下去，半邊老尼拉起笑道：「小小年紀，不可出口傷人！」

二女又問道：「葉姑、楊姑怎不和靈嶠諸女仙一起？仙府開時是甚情狀？怎的佈置已完，遲不開出？」

葉繽道：「看你們問這大串，我懶得說，自問楊姑去吧。」二女又問楊瑾，楊瑾朝半邊老尼看了一眼，笑道：「因為半邊大師不喜人多，所以我們陪同來此。你當仙府容易開建的麼？休說景物好些沒有增建齊全，便是當中那座太元仙府，一切陳設，也還有不少事做。你姊妹一雙兩好，容易惹人注目。今日外客中有不少異教人物，均是能者，你姊妹不日便去小寒山，至多三年，便要下山行道，何苦樹敵，多結仇怨？恰值半邊老尼想看你們，為此將你二人喚來。最好就隨我們在此，靜候少時，一同觀禮吧。」

半邊大師接口說道：「道友雖然知機，貧尼卻不如此看法。她二人緣福根基俱都深厚，眉間雖隱有殺氣，但於她們本身無害。適才靈嶠甘、丁二位道友和崔五姑商量，開府以前，還有好些新鮮花樣。休看他三人學道多年，只恐童心比小徒們還盛。初次出山，難得遇到了這樣空前盛況，我看就由她們去吧。當真將來有甚糾葛，貧尼師徒決不置身事外好了。」

半邊老尼的五女弟子本就喜歡二女，意欲結納，又見師父破例，對外人加恩，情知必非無故；二女又極喜交友，更愛五女個個生得靈秀美貌。因此答完了話，便湊向一起說笑，親近起來，互談近況和適才癩姑應敵時的許多笑話。

正在興頭上，「照膽碧」張錦雯忽道：「二位姊姊快看，諸位老前輩剛由下面行法部署完畢，怎又飛落場中，連靈嶠仙府諸位女仙也在一起，莫不是如師父所說，再出甚新鮮花樣吧？」

眾人回望前面廣場上，「神駝」乙休、「怪叫化」凌渾、「追雲叟」白谷逸、「矮叟」朱梅、「神尼」優曇、屠龍師太、「百禽道人」公冶黃、「玉洞真人」岳韞、「白髮龍女」崔五姑、「青囊仙子」華瑤崧、玉清師太、鄭巔仙，還有天蓬山靈嶠仙府「赤杖仙童」阮糾、甘碧梧、丁嫦、尹松雲、管青衣、陳文璣、趙蕙等師徒男女七位地仙，正同向廣場當中飛落，看神氣似已議定有什麼動靜。落地之後，眾仙便自立定，只乙休一人向前走去，緊跟著兩邊峰崖各仙館中又飛落了好幾十位仙賓。

二女好些俱未見過，經石玉珠、張錦雯一一指說，才知那後飛落的乃是「女神嬰」易靜之父，海外散仙易周全家、「凌虛子」崔海客，滇池香蘭渚寧一子、蘇州天平山女仙翠霜鬟、南海磨球島離朱宮少陽神君、青海派教祖藏靈子也在其內。

此外只有最後飛落的兩人，同穿著一身黃麻布的短衣，看去只是中年，卻生著三綹黃鬚，面如紙白，最奇的是也和二女一樣，是孿生兄弟，不但相貌如一，連舉止動作俱都一樣，似是快地震以前趕到，眾人都不認得。

只「摩雲翼」孔凌霄想起十年前路過大庾嶺時，曾見這兩人在一山僻小村之內，糾合七、八個村人在織漁網，也因見二人孿生異相，看了兩眼，彼時只當是兩個尋常村人。後雖想起，二人生就一雙金黃色眼睛，暗無光澤，所結的網廣被數畝還未結完，覺得奇怪，想過也就丟開，不曾在意，不料竟是有道之士。

這兩位黃衣人，由斜對面一所小亭舍飛落，也不與眾合流，單獨立在一邊旁觀。藏靈子好似對他倆有留意神情。石玉珠最是好奇喜事，因兩位黃衣人憑空飛墮，隨身不見雲光，又不帶有邪氣，看不出是何路數，正想去向師父請問，忽聽空中一聲雷震。趕緊回看，滿空光霞彩焰中，金、石二人立身的朵雲前面，突現一座紅玉牌坊，長約三十六丈，高約長的一半。共分五個門樓，一色朱紅，晶明瑩澈，通體渾成，宛如一塊天生整玉，巧奪天工，卻不見絲毫雕琢接榫痕印。當中門樓之下有一橫額，上鐫「玄靈仙境」四個大約丈許的古篆字，字作金色，襯得仙府分外莊嚴堂皇。

仙都二女見眾仙俱集，底下新奇之事還多，忙向葉、楊等三人說了，約同半邊老尼門下張錦雯、孔凌霄、林綠華、石明珠、石玉珠五人一同趕去，同往場中飛落。這時各仙館中長幼外賓又飛落了二、三十位，地既寬大，來處相隔又遠，多半俱在四下圍觀。站在當中一起的仍是先來的乙、凌諸仙與後添的易周和寧一子等人。

眾人知道那紅玉牌坊，未開府前乙休便帶了來，為顯神通，故作驚人之舉，這大一座堅硬之物，上不在天，下不在地，一聲雷震，萬道霞光，事前不知隱藏何處，說現便現。遠近群仙目睹的十有八九竟沒看出來路，就那看出的幾位，如「神尼」優曇、屠龍師太、白、朱、崔以及靈嶠諸仙、寧一子、藏靈子等二十餘位仙人，見這等神速靈妙，也都讚佩不置。

眾仙賓正觀賞稱道間，凌渾回顧藏靈子和少陽神君並立一處談說，忙喊道：「藏矮子，剛才靈嶠諸位道友說這裡新建出來，地方大，景致少，想給主人添點東西。你看駝子多人前露臉，你當教祖多年，不似我這窮叫化才當了三天半化子頭，休說送人，連自己衣食還顧不過來呢！打算送什麼，快說吧，莫非你見了主人才獻不成？」

藏靈子道：「凌化子，你已創立教宗，還是改不了這張窮嘴，一點修道人的氣度身分都沒有，真可謂是甘居下流，不顧旁人齒冷！無怪峨嵋發揚光大，你看齊道友平日今時哪一樣不叫人佩服，豈似你們這樣連說話都惹厭的！」

朱梅道：「藏矮子，我如不和凌化子站在一處，也不多心。你說他我不管，為什麼要加『們』字？」

藏靈子微笑道：「這話還便宜你呢！凌化子不過說話討厭，人還可交，不似你和白矮子又討厭又陰壞，知道駝子吃激，故意將他往銅椰島去惹禍，自己三面充好人，我聽說日內癡老兒便要往白犀潭赴約，駝子夫妻敗固是敗不了，就勝也有後患，看你將來怎對得起朋友！」

朱梅說：「這個不用你多心，憑駝子決吃不了人的虧，當是你麼？」

凌渾道：「兩個矮子也要鬥嘴，你們倒是有東西送主人沒有？誰要拿不出新鮮物事，把我這根打狗棒借他。」

藏靈子冷笑道：「你不用巧說將我，我知兩矮子在紫雲宮混水撈魚，得了好些沙子。那本是峨嵋門下弟子之物，再還給人有什麼稀罕！齊道友千古盛舉，又承他以謙禮相邀，我早備有微意，已將柴達木河三道聖泉帶了一道來，總比你們這些慷他人之慨的見點誠心吧。」

這句話一出口，眾仙俱知那三道聖泉藏靈子看得極重，他和峨嵋又無深交，怎會如此割愛厚贈，俱都驚詫！

凌渾笑了一笑，方要答話，乙休忽道：「你們耍貧嘴有甚意思，還不快看靈嶠諸仙妙法。」

說時阮、甘、丁三仙已然命陳文璣、管青衣、趙蕙三女弟子如法施為，三女領命回身，立時足下雲生，同時飛起。各將肩挑花籃取持手內，分著三路由紅玉牌坊起始，沿著各處峰岩溪洞上空緩緩飛去，花籃中的花籽便似微雨輕塵一般，不時向下飛落。

陳文璣等三人眼看快要繞過全境，飛到盡頭。由姜雪君帶來的那些執役仙童倏都出現，往五府後面的山上飛去。三女看出用意，沒到後山便自飛回。

「神尼」優曇笑道：「想不到瑛姆師徒也如此湊趣，這些已成氣候的花木果樹，我們稍為助力，每株俱都化身千百。仙府前面本多嘉木美樹，只嫌地方太大，倉猝之間不夠點綴，加上許多珍奇通靈的花木果樹，越發錦上添花，十全十美了，貧尼對齊道友無可為贈，且送少許甘露，聊充催花使者罷！」

藏靈子聞言走過，正要答話，先是陳文璣、管青衣、趙蕙三女仙趕回，向師覆命。跟著姜雪君由後山前現身飛來，見面便向優曇大師行禮，笑道：「那些花木之精本在東洞庭生根。後輩起初可憐它們只採日月風露精華，向不害人，小有氣候，頗不容易。又值齊真人開府盛典，初意它們俱有幾分靈氣，種植在此，既可點綴仙山，權當微禮；又可使它們免去許多災害，一舉兩得。大師玉瓶中藏有甘露靈漿，青海教祖此來又攜有靈沙聖泉，欲請加恩賜以膏露，俾得即時復原榮茂，於開府之時略增風華，不知尊意如何？」

優曇大師知道瑛姆師徒是因自己玉瓶中甘露所帶無多，恰巧藏靈子以大劫將臨，非有玄真子、妙一真人夫婦等峨嵋長老出力相助，難於脫免，把守了多年的三道地脈靈泉用極大法力帶了一道前來，藉以結納，正好挹彼注茲，所以姜雪君如此說法。便笑答道：「就煩道友大顯神通，以靈泉澆灌那些仙府奇花，貧尼去至後山助那些花木果樹成長，就便結點果實與諸位仙賓嘗新吧。」

姜雪君說時，青海教祖藏靈子也已走過來，應道：「仙府全境，山巒深澗均經仙法重行鼓鑄陶冶，地脈暗藏禁制妙用，不是外人可得穿通接引，來時泉源已由荒山引到山外，只限雷池之隔，可請指一泉路與外通連，行法時也方便些。」

姜雪君知他用意，笑道：「妙一夫人曾說教祖盛情可感，已將數千里泉脈貫穿。特令轉告，本府地脈中樞便在靈翠峰下，與教祖所穿泉路相連，道友只須將泉母由峰西角離地九丈三尺第四洞眼之中灌入，便可隨意施為了。」

藏靈子一聽，這等天機玄秘最難推算的未來之事，分明又被識透，越發愧伏，稱讚了兩句，便依言行事。走向靈翠峰前仔細一看，果然仙法神妙，隨照所說把身後背的一個金葫蘆取下，手掐靈訣，施展法力，朝峰孔中一指，立有一股銀流其激如箭，由葫蘆內飛出，射向峰眼中去。

眾人見那葫蘆才一尺二三，泉母未射出時看去似並不重，及至銀泉飛射，立時洪洪怒響，長虹一般，接連不斷往外發射，藏靈子那麼大法力，雙手捧持竟似十分吃力，一點不敢鬆懈！

凌渾在旁笑道：「藏靈子，真虧你！大老遠把這多水背了來，要差一點道行，賠了自己一份家私，還把背壓折，去給乙駝子當徒子徒孫才冤枉呢。仙府都快開了，種的仙花連葉還沒見一片，靜等澆水，你不會留點少時再往峰裡倒嗎？」

藏靈子冷笑道：「凌化子你知道什麼，隨便胡說！」說時場上諸仙已有一多半隨了優曇大師，越過當中三座仙府，往後山飛去。

仙都二女等覺著藏靈子水老放不完，也都趕往。武當七女中的「姑射仙」林綠華生平最愛梅花，見眾木精仍是仙童打扮，一個個疏疏落落，分立上下，見眾仙到來，紛紛拜倒叩謝，卻不開口。玉清大師恰在身旁，笑問哪幾個是梅花？二女也俱有愛梅之癖，也搶著指問。

玉清大師道：「你們看那穿碧羅衫和茜紅衫的女童，便是綠萼與紅梅。」

謝琳笑問：「那肩披鮫綃雲肩，身穿白衣，長得最為美秀出塵的，想必是白梅了？」

謝琳又問：「有墨梅異種沒有？」

玉清大師道：「怎麼沒有！那和兩株荔枝鄰近的便是。除卻穿紫雲羅，腰繫墨綠絲條，是增城掛綠外，凡是女裝的都是林道友的華宗，處士的眷屬。有人惹厭，不必問了，看姜道友和家師行法吧。」

二女聞言也未留意身後有人走來，只見姜雪君朝男女諸仙童右手一揮，左手一揚，立有一片五色煙雲把全山籠罩。優曇大師隨由身上一個玉瓶，手指瓶口，清香起處，飛出一團白影，到了空中化為靈雨霏霏。約有盞茶光景，雨住煙消，再看山上下男女仙童全都不見。

前立之處各生出一株樹秧，新綠青蔥，土潤如膏，看去生意欣榮，十分鮮嫩。眼看那些樹苗漸發枝抽條，越長越大，轉瞬間便有四、五尺高下，枝葉繁茂，翠潤欲流。

姜雪君道：「這樣慢長，等得多麼氣悶，再助它一臂吧。」隨說，正要掐訣施為，優曇大師笑說：「無須，這裡地氣靈腴，便無法力助長，也能速成。少時與各地仙花一齊開放，一新眼目，也是好的，我們回去吧。」優曇說完，眾仙便往回飛。

二女和林綠華俱因愛梅，商量看到樹大結萼再走，張錦雯、孔凌霄與石氏雙珠同有愛花之癖，見三女不走，也一同留下。

那些梅樹也似知道有人特為看它，故意賣弄精神，比別的荔枝、枇杷、楊梅、玉蘭之類長得更快，晃眼樹身便自合抱。一會越長越大，綠葉並不凋落，忽變繁枝。眾人知道樹葉已盡，花蕊將生，又喜又讚，在花前來回繞行，指說讚妙不絕。

二女更喜得直許心願：「快開幾朵好的大的出來給我們觀看，日後我們如成道，必對你們有大好處！」

張、孔、林、石五女見二女稚氣憨態，純然天真，又笑又愛。正說得高興，忽然身後怪聲同說道：「你們如此愛梅，可惜所見不廣。這有限數百株尋常梅花有什麼稀罕？西崑崙絕頂銀蟾湖兩孤島，有萬頃荷花，四萬七千餘本寒梅，其大如碗，四時香雪，花開不斷，為人天交界奇景。你們會後可去那裡一飽眼福便了！」

眾人回頭一看，正是先見那兩個不相識的黃衣人，這一對面，越看出這一對孿生怪人異樣。聲如狼嗥，面上通無一點血色，眼珠如死，毫無光澤，板滯異常。髫鬟卻和金針也似，長有尺許，根根見肉，又黃又亮。穿的黃色短衣非絲非麻，隱隱有光，神態更傲兀可厭。

二女先見他隨眾同來，二人單立一處，默無一言，也無人去睬他，心本鄙薄。這時聽他突在身後發話，武當五女見多識廣，雖也厭惡，卻知不是庸流，未便得罪。

謝琳卻忍不住搶口答道：「誰在和你說話呢！梅花清高，就為它鐵幹繁花，凌寒獨秀，暗香流影，清絕人間，不與凡花俗草競豔一時！所以清風高節、冠冕群芳。如要以大爭長，牡丹、芍藥才大呢！你把它開在這梅花樹上，成了無數纖弱柔軟的花朵，爛糟糟擠滿這一樹，看是什麼樣兒！真看梅花，要看它的冰雪精神，珠玉容光，目遊神外，心領妙香，不在大小多少！哪怕樹上只開一朵，自有無限天機，不盡情趣。如真講大，牛才大呢！」

謝瓔也插口笑道：「你兩個枉是修道人，既在此作客，不論是人請是自來，修道人總該明理。打扮的像個鄉下人，衣冠不整便來赴會。我們素昧平生，要請我們看花，應該先問姓名，不該在人背後隨便亂說。你家既有那好那多的花，為何還和我們一樣守在這裡等開花結蕊？出家人不打誑語，看你二人這一身，也許不是釋道門中弟子，所以隨便說誑！你莫看凌真人穿得破，一則人家遊戲三昧，自來隱跡風塵，故意如此；二則他是一派宗祖，你們如何能和他比！再說人家只穿得破，也是長衣服，沒像你們短打扮，怪不得一直沒人理你們呢！」

謝琳又道：「按說彼此都來作客，我姊妹至多不理你，不應如此說法。但我們也是為你們好，想你二人能守到開府，福緣實不小，看看人家，想想自己，應該從此向上，免得叫人輕視！這一身打扮跟臉上神氣先就叫人討厭，還要說人所見不廣，梅花都要生氣，不肯先開，連我姊妹都看不成了，多糟！」

武當五女見二女你一言我一語，毫沒遮攔，信口數說，兩黃衣人仍是不言不笑，默然難測。知道不妙，連和二女使眼色，全不肯住。正在暗中懸心戒備，忽聽兩黃衣人死臉子一沉，朝二女剛說得「娃娃」兩字，忽然回身便走，也沒見用遁光飛行，眨眼功夫再看，便到了十里廣場之上，竟沒看出他們怎麼到的，料知不是好相與。

二女已然惹事，看神氣明要變臉，只不知他們何故突然收鋒，反似受驚遁走，俱覺奇怪。

眾女回望那數百枝梅花樹，已然大有數抱，長到分際，枝頭繁蕊如珠，含茵欲吐，紫翠嫣紅，妃紅儷白，間以數株翠綠金墨，五色繽紛，幽香細細。

別的花樹同時也俱成長，結蕊雖不似梅花，別有芳華，清標獨上，卻也粉豔紅香，各具姿妍。方自讚賞誇妙，猛聽連聲雷震，瞥見來路廣場上水光浩淼，一幢五色光霞正由平地上升霄漢。連忙一同飛身趕將過去一看，原來藏靈子聖泉已然放完，屠龍師太施展法力，將靈翠峰前十里方圓地面陷一湖蕩，即將藏靈子聖泉之水由靈翠峰底泉脈通至湖心湧上來，已快將全湖佈滿！

「百禽道人」公冶黃笑道：「這湖正在紅玉坊與仙府當中，搭上一座長橋直達仙府之前，氣象就更好了，這該是嵩山二道友的事吧。」

「追雲叟」白谷逸笑對「矮叟」朱梅道：「紫雲神沙為數太多，正想不起多少用處，屠龍師太闢此一湖，實是再好不過。」隨和朱梅各由身畔取出一枚朱環，隔湖而立。

白谷逸首先左手托環，右手掐著靈訣，朝環一指，立有一幢五色光華自環中湧起，上升天半，漸漸越長越大，倏地長虹飛擊，往對岸倒去，同時這一頭也脫環而出，恰巧搭向兩岸，橫臥平波之上，成了一座長橋。

易周在旁笑道：「這橋還是作半月形拱起好些。」「矮叟」朱梅道：「後半截是我的事，不與白矮子相干。」隨說飛身到了橋中心，雙手一搓，抓起彩虹，那條筆也似直的彩虹便由當中隨手而起，漸漸離開水面約有四、五丈。

公冶黃道：「夠了夠了，湖長十里，兩頭離水二丈，當中離水高四、五丈，形勢既極玲瓏，日後眾弟子們可以盪舟為樂，不致將兩邊隔斷，兩頭看去，還不怎顯，宛如一道虹臥在水上，太好看了。」

朱梅道：「鳥道人，你說好，偏不依你！」手指處，彩虹忽斷為二，各往兩頭縮退十多丈，懸在空中，當中空出一段水面。朱梅照樣手托朱環，掐著靈訣，往下一指，彩霞又自環中飛瀉，落向水面，晃眼展布開來。

朱梅在空中直喊：「白矮子快幫點忙！我一人顧不過來，這東西一凝聚，再弄它就費事了。」

說時白谷逸已應聲飛起，到了湖心上空一同行法施為，不消頃刻，朱環收處，當中彩霞隨手指處，先現出一片彩光燦爛、二三十丈方圓的平地，跟著彩光湧處，地上又現出一座七層樓閣，四面各有三丈空地，兩邊彩虹隨之往下落在上面，朱、白二老分向兩面飛去，到了兩橋中心，用手一提，各拱出水面丈許高下，然後分赴兩頭，各掐靈訣，行法施為，到閣中會合，再同往眾人立處飛來。

這一來，一橋化而為二，每道長約四里餘、寬約十丈，中間矗立著一所玲瓏華美的樓閣，兩邊俱有二尺高的雕欄。乍成時遠望還似氣體，等到二老飛回便成了實質，直似長有十里一條具備五彩奇光的整塊寶玉雕琢而成，通體光霞燦爛，富麗堂皇，無與倫比！

眾仙正紛紛讚美，意欲由橋上走將過去觀賞一回，藏靈子道：「後山靈木俱已結蕊，各處峰岩上的仙府琪花還不成長，莫為矮子賣弄手法誤了催花之責！」

凌渾笑道：「湖裡有的是水，誰都能夠運用，這也非你不可？」

藏靈子冷笑道：「化子你知道什麼？我那聖泉豈是這樣隨便糟蹋的？湖中之水雖也有少許聖泉在內，大體仍是飛雷崖上那道飛瀑。不過仙府泉脈只此一條，借我聖泉引導來此罷了。為想使湖水亙古常清，後養些水族在內易於成長通靈，摻入了些。如說全是，休說急切間沒有這多，便能灌滿全湖，聖泉比飛雷瀑布山泉重二十七倍，水中生物怎能在內生息游行？靈翠峰奧妙我已盡知，少時自會用我聖泉為仙府添一小景，並備日後眾弟子煉丹之用！」

凌渾笑道：「如此說來，你那點河水並沒捨得全數送人，不過帶了些來做樣子罷了，怪不得我剛才想你怎會有這大法力呢！」

藏靈子道：你又說外行話了，我起初原想竭澤而漁，全數相贈，只不過主人要費事，齊道友特意留下泉脈使兩地相通，不特省人，而且互有益處，你當我吝嗇，就看錯了。」

凌渾笑道：「你當我真不知道嗎？再往下說，你非情急不可，算我不懂，你自行法如何？」

藏靈子知他再說必無好話，便不再還言，嗔道：「血兒持我『紅慾袋』汲水灌花，不可遲緩。」

熊血兒隨從身後走來，朱梅笑道：「你聽你這法寶名字，準不是甚好東西，莫要汙了靈嶠仙花，你沒地方交還人家。」

藏靈子方欲答話，「神駝」乙休已先接口說道：「你們三個欺負藏矮子，我不服氣。你們不知此寶來歷，就隨便亂說。」

藏靈子笑道：「到底駝子高明識貨，不是像你們隨口胡言亂說，全無是處。」

追雲叟笑道：「朱矮子存心嘔你哩，誰還不知道氤氳化育之理，此寶用以澆花實是合用，不過仙花遭劫，多少沾點濁氣，比起人間用那豬血、油汁澆花總強些罷了。」

乙休道：「你既明此理，還說什麼？藏矮子，彼眾口利，孤嘴難鳴，不要理他，催完了花，白、朱二矮還有事呢。」

那靈翠峰自從靈泉灌入，泉路開通以後，峰腰便掛起兩條瀑布，相隔兩、三丈，下面各有一原生洞穴承住，並不外流。說時血兒早走過去，由法寶囊內取出一個尺許血紅色的皮袋接住泉流，約有半盞茶時，飛起空中，將袋往空中一擲，立即長大畝許。由下望絕似一朵雲霞，血兒緊隨在後，手掐靈訣一指，適接聖泉便化為濛濛細雨四下飛落，沿著各處峰巒溪澗遍地灑將過去。兩雲飛駛甚速，頃刻之間便將適才仙葩布種之處一齊灑到，水也恰巧用完。

血兒收寶歸來覆命，藏靈子正要進行催花，「赤杖仙童」阮糾笑道：「這些小草閒花得道友靈泉滋潤，當益茂盛，道友不必多勞吧！」藏靈子知道靈嶠諸仙法力高強，照此說法，必早在暗中行法，便無滴水，也能花開頃刻，不便再為賣弄，便停了手。

易周笑道：「後山花樹已全結蕊綻開，遠望一片繁霞，道友何不使花府奇芳略現色相，使我先飽眼福呢。」

阮糾笑答得一聲，晃眼之間，適才千百布種之處，突然一齊現出三尺許高的花枝，都是翠葉金莖，萼大如拳，萬紫千紅，含芳欲吐。有的地方還出現一叢叢的九葉靈芝，除靈峰、平湖、甬道、通路、廣場外，一切峰巒嶺石、溪澗坡陀，全被佈滿，繁茂已極。

寧一子道：「貧道無多長物，只帶了千本幽蘭來，不料仙府名葩開遍全境，須另為之覓地，遠見那溪谷滿布喬松，貧道所攜是寄生蘭，本該寄生老木古樹之上，乙道友煩往同行，了此小事如何？」

阮糾笑道：「適聞到幽蘭芬芳由道友袖間飛出，我早已料到。空谷孤芳，不同俗類，已暗命弟子留有一處幽谷，就在繡雲澗後。諸位道友何妨同去，一賞芳華？」

眾人俱稱願往。寧一子遜謝了兩句，便由朱、白二老前導，往仙府左側橫嶺轉將過去。

一路之上只見洞壑靈奇，清溪映帶。原有的瑤草奇花，本是四時不謝，八節如春，名目繁多，千形萬態。又經仙法重新改建之後，景物越顯清麗。眾仙順著繡雲澗，到了鳴玉峽盡頭。循崖左行，面前忽現出一片松徑，松柏森森，大都數抱以上，疏疏森立，枝葉繁茂，一片蒼碧，宛如翠幕，連亙不斷。左邊一片陂塘，水由仙籟頂發源，中途與繡雲澗匯合，到此平衍，廣而不深，溪流潺潺，澄清見底，水中蔓草牽引，綠髮絲絲，樹聲泉聲，備極清娛。

寧一子笑道：「這裡便好！」長袖舉處，便有細長如指的萬千翠帶，雨一般往沿途老松翠柏枝椏之上飛去。立時幽香芳馥，令人聞之心清意遠。定睛一看，那寄生花葉俱在二、三丈之間，附生樹上，條條下垂，每枝俱有三、五花莖，蘭花大如酒杯，素馨紫瓣，每莖各有十餘朵，香沁心脾。

乙休道：「仙蘭渚上奇蘭，異種名葩，何止千百，此是其中之一。雖是人間嘉卉，但經過寧一道友仙法培植，休說常人無法覓得，只恐各地名山仙府中，也未必能有這樣齊全呢。」

阮糾笑道：「丁師妹最喜蘭花，靈嶠宮中還植有數十種，除朱蘭一種得諸靈空仙界外，餘者多是常種。道友奇種甚多，不知還肯割愛數本麼？」

寧一子道：「丁道友見賞，敢不拜命。袖中尚剩五百餘本，約百餘種，真屬罕見的不過十之一二。荒居所植，除朱蘭只有一本，未捨送人外，稍可入目的，每種都分了些來。請丁道友指示出來，不俟會畢，便可奉贈。」

丁嫦笑道：「阮師兄饒舌，重辱嘉惠，無以為報。小徒籃中花種尚有少許，即當投桃之報如何？」陳文璣隨取花種奉上。寧一子喜謝收下。

話說眾仙走完松徑，轉入一個幽谷。寧一子見左邊危崖排雲，右邊是一大壑，對岸又是一片連峰。一條極雄壯的瀑布，由遠遠發源之處，像玉龍一般蜿蜒奔騰而來，到了上流半里，突然一落數丈，水勢忽然展開，化為平緩。遙聞水聲淙淙，山光如黛，時有好鳥嚶鳴於兩岸花樹之間，見人不驚，意甚恬適，襯得景物愈發幽靜。

仙都二女笑問玉清大師道：「這麼多禽鳥，適才地震怎禁得起？

莫不又是法力幻化的吧？」

大師道：「這事還虧我呢。仙府本無魚鳥，這些都是申、李、金、石等四人閒中無事搜羅了來。聞說地震之事，才著了慌，又不捨得放出去，一齊託我想法子。我因數目太多，尤其水中魚類難弄，費了不少事，才把這些禽魚做為幾處，攝向空中，專心經管。直到仙府重建，才把它們散放各處。你是沒去魚樂潭和朱桐嶺兩處，不特小鳥小魚，連鳳凰、孔雀都有呢。」

正說之間，寧一子已將五百餘本幽蘭植向岩谷之間。果然幽芳殊色，百態千形，俱是人間不見的異種，名貴非常。寧一子請眾少待，行法施為，每種花上俱有三五果實墜落，一齊收集下來，交與丁嫦。丁嫦笑命管青衣收入花籃。

乙休回顧，見嵩山二老和兩黃衣人不曾跟來，笑道：「白、朱二矮今日跑裡跑外，大賣力氣，不曾同來想必又有花樣。只奇怪地缺、天殘兩個怪物自己不來，卻命他兩個門人出來現世。適才見他們忽從後山遁回，我未留意察看，料又和兩老怪物一樣打算賣弄，吃哪一位道友給嚇了回來呢！」

姜雪君笑道：「適才這兩人遁回時，曾見家師現了一現，定是不安好心，家師不容他們作怪，總算見機，沒吃到苦，虧他老臉，不縮回賓館中去，還在場上旁觀。不過這一來，家師和我又多兩個對頭了。」

凌渾道：「兩老怪還在令師和道友心上麼？真是有其師必有其徒，這兩小怪物看去倒似有點門道。如非乙駝子說，只恐知他們來歷的還不多吧。」

# 第七回 普度神光 寒月一音

二女不知地缺、天殘是什麼人物，武當五女卻所深悉，聽說黃衣人是他弟子，不由大驚，好生代二女擔心。

丁嫦一眼瞥見二女憨憨的聽眾仙說話，好生愛憐，便從身畔解下兩枚玉玦遞給二女道：「適才乙道友所說二人，異日在外行道難免相遇。他有兩件奇怪法寶，此乃古地皇氏所佩辟魔符玦，帶在身上就不怕他了。」

二女本最敬慕靈嶠諸仙，忙即拜謝。正想述說前事，還未開口，忽聽撞鐘擊磬，金聲玉振，遠遠自仙府來路傳來。眾仙說聲：「仙府開了！」紛紛飛起。

二女等也追隨著同往紅玉坊前飛去，晃眼落到橋上。眼看湖兩岸各處山巒上仙葩和後山許多花樹含苞欲放，忽聽湖水「嘩嘩」作響，碧波溶溶中突冒起滿湖水泡。跟著一片極清脆的「波波」之聲，密如貫珠，每一水泡開裂，便有一株蓮芽冒出水面。晃眼伸長，碧葉由捲而開，萼舒瓣展，滿湖青白二色蓮花，一齊放開，翠蓋平擎，花大如斗。這時金鐘、玉磬已將要到尾聲，眾仙方訝平湖新闢，剛剛離開不久，適才並無人想到往湖中行法植蓮，頃刻功夫，這佛國靈花、西方青蓮怎會突在湖中開放？

眼前倏地又是一亮，再看四外前後的天府仙花，連同後山千百株花樹，忽然同時開放，仙府前半，立時成了一片花海。青翠浮空，繁霞匝地，香光百里，燦若錦雲。再加仙館銀燈，玉石虹橋，飛閣流丹，彩虹凝紫，祥光萬道，瑞靄千重，匯成亙古未有之奇。尤妙是境地壯闊，儘管花光寶氣，光怪陸離，依舊水碧山青，全境光明，了不相混，全不帶一毫人間富貴之氣。休說凡人到此，便是這一班老少群仙置身其中，也禁不住躊躇滿志，神采飛揚，仙家富貴，嘆為觀止。

觀賞讚嘆了一會兒，鐘、磬聲終，隱聞仙樂之聲，起自當中仙府以內，瓊管瑤笙，雲蕭錦瑟，交相互奏。眾仙側耳一聽，正是廣寒仙府雲和之曲。「赤杖仙童」阮糾笑對「神駝」乙休道：「主人正在傳授門人道法，只等此曲奏罷，仙府即時宏開，我們方可入內，也只看得謝恩典禮了。」說時，各仙館中來賓知已到時，主人開府宴客之後，便須相率歸去，不便再留，各自紛紛飛落橋亭等處靜等觀禮。

甘碧梧笑對阮糾道：「大師兄，仙府景物宏麗，仙賓會後，願留者已另行闢建居室。我們這些小擺設，命眾弟子收去了吧。」

阮糾含笑點頭。陳文璣、管青衣、趙蕙三女弟子立持花籃，分途往各遠近仙館樓閣飛去，所到之處，只見祥光一閃，原有樓臺亭閣，便即無影無蹤，現出本來面目。不過刻許工夫，全都收盡。

陳、管、趙三女仙飛回覆命。丁嫦笑道：「只顧我們收拾零碎，卻忘了客館下面具是空地。如今遍地繁花，獨空出一、兩百處空地，豈非美中不足？諸位道友法力高深，又不便班門弄斧，貽笑大方。主人正傳道法，還來得及，仍把花種撒上些如何？」

甘碧梧笑道：「嫦妹不必多慮，你看滿湖青蓮，此間大有能者，正不必我們多事呢。」話才出口，忽見仙府後面飛起千萬縷祥光，宛如虹雨飛射，分往各仙館原址飛去，落在空地之上。緊跟著各有數十百株娑婆、旃檀等寶樹，由地下突突往上冒起，晃眼成林，鬱鬱蔥蔥，寶相莊嚴，隱聞異香。比起適才眾仙植花種樹，又是不同。直似數千株整樹，自地湧現，迅速異常。

姜雪君在旁驚問朱梅道：「芬陀大師、白眉禪師均在雪山頂上防魔未來，優曇大師適才同在一起觀賞幽蘭，不曾離開。眼前何人有此法力？莫非白眉師伯大弟子『采薇僧』朱由穆師兄又出山來了麼？他自在石虎山閉關以來，多年不見，已說靜參正果，不再出頭，怎得到此？」

「矮叟」朱梅笑道：「誰說不是！他別了多年，還是當年那樣脾氣。來時我和白矮子正用紫雲沙在湖中建這四處樓閣，他由雲路飛降紅玉坊前，迎頭遇見天殘、地缺老怪門下兩個孽障，拿話一引逗，這兩孽障適才後山觀花吃令師一嚇，正沒好氣，見來人是個相貌清秀、唇紅齒白的小和尚，竟想拿他出氣！一口怨氣沒將人吹倒，跟著又想用『大擒拿法』將人趕回來路，哪知來人神通廣大，笑嘻嘻連老帶小一頓挖苦，一手一個，只望空抓了一下，往上一甩，手並沒有沾身，兩孽障便似泥塊一般被人抓起，身不由己，跌跌翻翻，往雲路上空飛去。看那情勢，這佛家『大金剛須彌』手法，怕不把他們甩出三、五百里外去！他同朱道友和我二人見面沒談幾句，便向湖中撒下兩把蓮子，往仙府飛去，他師弟李道友正由後面繞出迎接，同往後面飛去了。」

各人說時，優曇大師和屠龍師太一同走來，笑道：「采薇大師今又出山，難得良晤，姜道友三生舊雨，更與我們情分不同，為何還呆在這裡？」

姜雪君笑道：「我先不料朱道友會來，正向朱真人打聽呢，那就去吧。」說罷，隨同飛去。不提。

仙都二女和武當五姊妹俱留意那兩黃衣人，四顧不見，還在奇怪，聞言才知被一前輩神僧用大法力逐出府去，好生稱快。

石玉珠見二女高興，悄告道：「兩怪人之師天殘、地缺有名難惹，得道多年，行輩既高，又並非妖邪一流人物。適才不合隨口譏嘲，結下仇怨。朱老前輩想必知此二人姓名深淺，何不先問出個底細，日後遇上也好準備。」

二女本沒把黃衣人看在眼裡，因石玉珠說得十分慎重，便湊過去向朱梅請問道：「朱老前輩，可知那兩黃衣人名姓本領麼？」

「追雲叟」白谷逸在旁接口笑道：「這倆孿生怪人，二百多年中共只出山四次，還連今天一起在內，我倒遇過三次，所以知道得比較別位清楚。以他師徒性情，各有各的乖謬。兩業障每出山一次，必鬧許多笑話，害上不少的人。這次不知又是受甚妖人蠱惑，想來此見景生情，出點花樣。因見兆頭不佳，沒敢下手，打算老著臉皮，赴完了宴再走。不料被小和尚跑來，將他們趕去。論本領無甚出奇之處，倒是二人各秉師傳，煉有幾件獨門法寶，專一攝取人的心靈。道行稍差的人，往往為他所算。此去小寒山拜師之後，只把事一說，令師必有破法，至不濟也能用佛門定力抵禦，無足為慮。」

二女剛謝完了指教，鐘磬聲住處，長橋對面當中頭一座仙府，外面形似大泡的晶罩，突化雲光流動，緩緩升起，將仙府全形現出。跟著左右一邊一座的晶罩也各由峰岩後面化為瓦色雲光上升，到了中央漸漸縮小，會合成一片，停在當中第一座仙府前面。眾仙見那當中仙府高約三十六丈、廣約七、八十畝，四面俱有平臺走廊。前面平臺獨為寬大，占地幾及全址三分之二。四角各有一大石鼎，平臺之上豎立著一座大殿，上刻「中元仙府」四個古篆金字。前面大小九座丹爐，通體渾成，無梁無柱，宛如整塊美玉經過鬼斧神工挖空建造，氣象雄偉，莊嚴已極。

這時峨嵋門下，眾男女弟子各持仙樂儀仗、提爐香花，分著兩行由殿中端容肅步走出，排列平臺兩旁後面。玄真子前導，引著掌教妙一真人和長一輩同門到了臺中央立定。仍由妙一真人居中，眾仙稍後，依次雁行排列。玄真子隨喝：「弟子齊溟漱等敬承大命，即遵恩師玉匣仙法謹畏施行，伏乞慈恩鑒察，不勝悚惶感激之至。」說罷，將手一招，空中卿雲便即飛降。

玄真子恭捧玉匣，往空一舉，玉匣便被卿雲托住，冉冉上升。玄真子隨命奏樂焚燎，齊漱溟率眾門人弟子百拜。拜罷，仙樂重又奏起。妙一真人遂率眾仙望空遙拜，玄真子站在妙一真人的前側面也隨眾拜倒。這時眾仙均換了一身新的法服，羽衣星冠，雲裳霞裾，加上仙景奇麗，仙樂悠揚，宛如到了兜率仙宮，通明寶殿。眾仙朝賀，同詠霓裳，端的盛極。

一會拜罷禮成，妙一真人等始命奏樂迎賓，親自下階往長橋上向眾仙賓行禮，拜謝臨貺，迎接入殿。同時瑛姆師徒、「極樂真人」李靜虛、謝山、「采薇僧」朱由穆、李寧等相助妙一真人等在內裡行法部署。諸位仙賓也由寶座玉石屏風後面相繼轉出，紛向妙一真人等致賀不迭。

妙一真人等請眾落坐，眾仙堅請真人往居中寶座就位，真人力說：「此是眾同門及弟子參拜學道之地，本非延客之所。只為仙賓眾多，五府中只此殿最大，今日又承諸位道友大顯神通，添了不少異景，變成全境最勝所在，殿外石臺又面臨平湖，遍地仙葩，正好觀賞。為此適和諸位前輩道友商議，將宴客之所，移來此地。尊客在前，並有諸老前輩，怎敢僭妄無禮？」

眾仙見真人堅持不肯，只得罷了。便把中座空下，各自歸座。隨來眾弟子，各隨師長侍側。妙一真人等眾主人，各就下首分別陪坐。仙都二女見「采薇僧」朱由穆果是個小和尚，看年紀不過十五、六歲，身著一身鵝黃僧衣，甚是整潔，貌相尤其溫文儒雅，氣度高華。

卻說藏靈子在眾仙之中，各人均尊他為一教之祖，藏靈子自知修煉雖久，但論道行法力，在座各仙無一不在自己之上，言行自也謙慕得多。這時藏靈子細心查看峨嵋門下弟子，正查看間，瞥見在最後面閃過一個貌相奇醜，滿頭癩痾的矮胖女子，身後隨定一個美如天仙的少女。心中暗笑一美一醜相去天淵，忽見醜女向鳩盤婆弟子金銀二姝招手，湊將過去。那美的一個隨由囊中取了一把大如豌豆的紫色晶珠出來與二姝觀看。

這二女正是癩姑和向芳淑，芳淑因承極樂真人指教，本想在拜師時節將所得「陰雷」人前顯出，引逗那要用來抵禦四九天劫的前輩諸仙。因芳淑正和癩姑一處，便向她請教，問她有何高見。

癩姑道：「這有何難！這些位老前輩，神目如電，只合他用，自會尋你。你只裝呆，聽我調度好了！」芳淑笑諾。

癩姑又悄道：「我們未送人，先向行家打聽個行市，免得便宜了人。」隨說便招呼金銀二姝，令芳淑取出「陰雷」，問此寶有何妙用。

二姝驚道：「此是『黑眚陰雷』，除家師外，普天上下只三人所煉有此功力。此寶無堅不摧，專禦真火神雷，為魔教中有名法寶。向姊姊由何處得來？」癩姑搶口答道：「乃是極樂真人賜尚師妹的。」

話剛說完，便聽殿內妙一夫人傳向芳淑，芳淑應聲趕入，夫人笑道：「後山佳果俱已結實，你另約四、五同門速往採摘，以備少時宴客之用。」芳淑領命自去。

藏靈子一見便認出那是「陰雷」，正合抵禦天劫之用，方想設詞出外暗中跟去，凌渾已先起身說道：「後山洞庭枇杷、楊梅，芳腴雋永，遠勝荔枝，我生平最是喜愛。愚夫婦少時宴後送靈嶠諸仙一程，暫時無暇再來，意欲暫借一枝帶回山去，主人肯否？」

妙一夫人笑道：「焉有不肯之理！門人採取恐違尊意，煩勞親往後山選取如何？」

凌渾說聲：「多謝。」便自起身走出，一晃追去。

藏靈子知凌渾也認出此寶於抵禦道家四九重劫大是有用，藉故往索，自己一持重晚了一步。如若全被得去，凌化子為人雖可向他分潤，卻非輸口不可！就此趕去，又恐被人看破，和小輩要東西有失尊嚴。心正難過，凌渾已滿面笑容走回。而血仙又蒙妙一真人之邀，遊山觀賞全景，藏靈子也隨行而出，行時藏靈子用本門心語對熊血兒傳命，要他設法問問芳淑求取陰雷。

血兒來自仙府，隨侍師父不曾離開一步，一個知好沒有。知道峨嵋門下這些女弟子都不好說話，身是異派，素不相識，冒昧湊近前去，一個誤會便遭無趣！出殿以後，見長一輩的眾仙已由主人陪同下了平臺，往長橋對外走去，小一輩群仙也三三五五笑語如珠。正在呆看，打不起主意如何下手，忽見諸葛警我由長橋上走來。

血兒素知諸葛警我是峨嵋小一輩中能手，人又謙和，立時迎上前去，和諸葛警我同行，將心事和他說了，諸葛警我一口答允，笑道：「向師妹年幼，稚氣未脫，不知由何處得來此物，本無用處，奉贈道友就急，再好沒有。既是同道，又非世俗交遊，小弟也決不令她告人。請稍等候，小弟必為道友取來便了。」血兒還在極口稱謝，諸葛警我已匆匆飛去。

不多一會，諸葛警我便持了五粒豌豆大小、晶瑩碧綠的「陰雷珠」飛回，說道：「向師妹此物得有頗多，說是九烈神君所煉，恐三粒萬一不夠應用，又多贈了兩粒。」

血兒一聽是九烈神君之物，越發驚喜交集，感激莫名。先總以為雙方道路不同，雖不似別的異派，如同冰炭，不能兩立，終不免貌合神離，就肯應諾，也還有些拿捏。沒想到如此順利，並還守口，不以告人，真是感激萬分。由此連藏靈子也對峨嵋派有了極好情感，遇上事便出死力相助。對諸葛警我、向芳淑二人，尤為盡力，雙方遂成至交，互相助益。不提。

眾仙人遊覽仙境完畢，又回至中元洞前，妙一真人忽對眾仙道：「前輩佛門高人，天蒙禪師、白眉禪師、芬陀大師，在開府之際，在天山絕頂遙施佛法相助，已將陰謀翻轉峨嵋全山的一千妖人趕走，並還將本門棄徒，勾引妖人生事的曉月擒來，不久將到，諸位只管隨意，主人恕不奉陪了！」

眾仙都知天蒙禪師乃東漢時神僧轉世，東漢季年已功行圓滿，早應飛升極樂。只為入道之初曾與同門師兄弟共發宏願，互相扶持。無論內中何人有甚魔擾，或是中途信心不堅至昧前因，任轉百千劫也必須盡力引度，必使同成正果。

當發願時雙方都夙根深厚，具大智慧，無如前生各有夙孽情累，遂致為魔所乘。禪師道心堅定度過難關，而那同門卻被魔頭幻出生前愛寵，凡心一動，立墮魔障。容到醒悟色空，已是無及！轉劫入世，雖仗根骨福慧，又得老禪師累世相隨，救度扶持，但那一段情緣未了，一直未得成就佛門正果，累得這位老禪師也遲卻千餘年飛升。

老禪師智慧神通早到功候，到北宋季年，老禪師居在西藏大雪山陰亂山之中，由此虔修佛法，不輕管人間事。近年聽說不久便要成正果，那同門料也情緣早了，重歸佛門，將與老禪師一同飛升。只這位同門是誰卻訪問不出。禪師得道千餘年，每次轉世，法力只有精進，與白眉和尚齊名，為方今二位有道神僧，法力之高，不可思議，這次居然肯為峨嵋出力，豈非異數！

妙一夫人這一番話，對那與峨嵋交厚，早知底細的，還不怎樣，那外來諸客，卻大出意料之外。一聽三位神僧神尼要親降，並還擒了曉月禪師同來，皆欲瞻仰，齊願去至前殿相候。

玄真子微運玄功推算，向妙一真人道：「三位神僧神尼將恩師遺旨所說的嬰兒度引同來，留宴大約無望，事完即同飛錫，我們速率眾弟子出凝碧崖上空迎候罷。」

妙一真人隨傳法旨，命眾弟子奏樂，手捧香花排班出迎。一面轉請「百禽道人」公冶黃、「極樂真人」李靜虛、「青囊仙子」華瑤崧、瑛姆師徒暫時代作主人，陪伴男女仙賓。

在座來賓是佛門中人，如「神尼」優曇、屠龍師太、南川金佛寺知非禪師、蘇州上方山鏡波寺無名禪師師徒等，或與三位神僧神尼同道相識，或是末學後輩，心中敬仰，連同外道中高僧，如虎頭禪師之類俱是隨出接迎。那各派仙賓以及海外散仙雖不隨同出行，也多齊集殿前平臺之上恭候禪駕。

謝山、葉繽在旁，忽然靈機一動，見楊瑾正要隨眾飛起，葉繽首先趕過去說道：「來時令師對我曾示玄機，惜乎我是鈍根，未能領悟。我想隨同主人出迎，不知可否？」

楊瑾笑道：「這個有何不可？」說時，眾門人已香花奏樂先行，妙一真人夫婦同玄真子等一干長老正由殿中步出。

謝山見葉繽已和楊瑾商定同出迎接，正想開口，妙一真人已先笑：「謝道友也想同去麼？」

謝山笑應：「白眉老禪師原本見過，這位天蒙老禪師卻是聞名已久，想求他指點迷津，同往迎接，正是心願！」

妙一真人低聲笑道：「天蒙老禪師不為道友，今還未必肯臨降呢，一同去吧。」謝山聞言，心中又是一動。

斜陽初沉，明月未升，正是黃昏以前光景。妙一真人率了兩輩同門弟子各駕雲光雁行排列停空恭候。遙望前面神僧來路，尚無動靜，俯視峨嵋就在腳底。滿山雲霧迷茫，遠近峰巒浮沉在雲霧之中，和海中島嶼一般，僅僅露出一點角尖。再看雲層以下，各廟宇人家已上燈光，宛如疏星羅列，梵唱之聲，隱隱交作，不時傳來幾聲疏鐘，數聲清磬，越顯山容幽靜，佛地莊嚴，令人意遠。知道此時半山以下，正下大雨，天色陰晦，所以月還未出便上燈光。

謝山知道本山為佛門聖地，普賢曾現化身，靈蹟甚多，古剎林立，不禁想起：「佛家法力不可思議，一經覺迷回頭，大徹大悟，立可超凡入聖。自己根骨本厚，從小便喜齊僧拜廟，時有出家之想。今日一聽說天蒙禪師將臨，忽然靈機連動，現在峨嵋上空，聽下方僧寺疏鐘清磬，禪唱梵音，又似有甚警覺，此為近三百年未有之境，甚是奇怪！莫非竟要皈依佛門不成？」他念頭一轉，側顧葉繽站在近側，也在低眉沉思，容甚莊肅。

謝山又向前望去，見妙一真人和玄真子正在對談。因人數眾多，隨同迎候的外客不肯僭越主人，多立在左右兩側，相隔較遠，語聲甚低。彷彿聽玄真子道：「此子居然如此道心堅定，轉劫多生，一靈不昧，卻也難得。人都羨慕師弟今日成就，哪知福緣善因早在千年以前種下呢。」

「白雲大師」元敬在旁插口道：「此子既不應在我門中，年紀偏又是個三歲童嬰。禪門中幾位至交不是衣缽早有傳人，便是功行將行圓滿，此子將來外道強敵不知多少，如不得一法力高強的禪師為師，任他根器多厚也難應付，師弟你這前生慈父作何打算呢？」

妙一真人道：「這一層我早想好了，少時自知分曉。」

餐霞大師問道：「此子之師可是謝道友麼？」

妙一真人點了點頭，白雲大師笑道：「這個果然再好沒有，我竟未想到，豈非可笑！」

先前眾仙所談，謝、葉二人俱未留意，後頭這一段問答，全聽得逼真。尤其謝山聞言，驚喜交集，照此說，分明長眉玉匣仙示早已注明，自己果然還要身入佛門！方自推詳，忽聽白谷逸道：「佛光現了，本來是在金頂，怎會如此高法？必是三位神僧神尼要顯神通度人吧！」（按：後文寫佛門「普度金光」這一段，真是玄之又玄，為任何小說中所未見，廣大浩瀚，莫可名狀。」）

峨嵋金頂每值雲霧一起，常有佛光隱現，現時是一圈彩虹，將人影映入其中，與畫上菩薩腦後圓圈相似，並無什麼強烈光芒。亙古迄今，遊山人往往見此奇景。信的人說是菩薩顯靈，不信的人多說是山高多雲日華迴光由雲層中反射所致。但是宇內盡多高山，任是雲霧稀密，均無此現象。尤其是身經其境的，那輪佛光總是環在人影的腦後，和佛像一般無二，絕不偏倚，此與峨嵋夜中神燈，同是寶景奇蹟，千百年來信與不信，聚訟紛紜，始終各道其是，並無一人說出一個確切不移之理。這在眾仙眼裡，原無足奇，可是當夜所見佛光卻與往常大不相同！

（注：峨嵋山的最高峰名為「金頂」，在金頂上，「佛光」、「神燈」等奇異自然景象確然存在，科學家曾解釋是霧、雲折射日光而成，但何以峨嵋獨有，也難解釋。）

眾仙停處本在高空，腳底只管雲霧迷茫，上面卻是碧霄萬里，澄淨如洗，並無纖雲。那佛光比眾仙立處還要高些，恰在青天白雲之中突然出現，宛如一圈極大彩虹孤懸天際。看去相隔頗遠，及至眾仙紛運慧目注視，晃眼之間，彩光忽射金光，化作一道金輪，光芒強烈，上映天衢，相隔似近在咫尺之間。可是光中空空，並無人影，眾正驚顧，忽聽身側不遠，知非禪師和無名禪師同聲讚道：「西方普度金輪忽宣寶相，定有我佛門中弟子劫後皈依，重返本來，如非累世修積，福緣深厚，引度人焉肯以身試驗，施展這等無邊法力！此時局中人應早明白，還不上前領受佛光度化麼？」

這時謝、葉二人瞥見當中迎候的眾仙自妙一真人、玄真子以次，全都肅立恭身，神態異常誠敬。一聞此言，猛然驚覺，福至心靈，不謀而合，更不再暇看旁人動作，雙雙搶向前頭，剛合掌膜拜、口宣佛號跪將下去，便覺那輪佛光已將全身罩住，智慧倏地空靈，宛如甘露沃頂，心地清涼，所有累劫經歷，俱如石火電光在心頭一瞥而過，一切前因後果全都了了，當時大徹大悟，一同只是高呼了一聲：「我佛慈悲！」金輪便已不見。

事後二人也仍立原處未動，只是彈指之間各自換了一副面目，從此皈依佛門，仍還本來罷了。

佛法神妙不可思議，這些情景由謝、葉二人動念起，直到悟徹前因，重返佛門，在場眾仙除妙一真人、玄真子、優曇、餐霞、白雲等十餘位仙人以及外客中知非禪師、「俠僧」軼凡、屠龍師太、無名禪師等共總不到三十人深知此中微妙。此外餘人只見佛光略現即隱，既未看見罩向誰的身上，也未看出有人上前受了度化！

道行稍高的來客，也只知道佛家普度神光的來歷，專為接引夙根深厚的有緣人之用。能運用這等佛法的，已參上乘功果，與菩薩羅漢一流，這類佛法關係自身成敗，輕易不肯施為。那金輪乃行法人的光靈慧珠，這類佛法接引，又無異捨身度人。

所度之人須全出自願，絲毫不能勉強。一個不領好意，或是到時不肯動念皈依，行法人雖不為此敗道，也要為此多修積數百年功果，方惹出許多煩惱，未了還須隨定此人，終於將他引度入門完了心願，方得功行圓滿，飛升極樂。中間只管千方百計，費盡心力，仍須對方自己回頭，不特依舊不能勉強，連當面明言，使早省悟，均所不能。所以如非交厚緣深，誓願在先，便是佛門廣大，也無人敢輕於嘗試。主人既出接三位神僧神尼，行法人當然是其中之一，雖斷定眾中必有人在等接引度化，看佛光隱得這等快法，被引度人十九皈依，暫時卻看不出來是誰。

這些人方自相互懸揣，謝、葉二人經此佛光一照，已是心神瑩澈，一粒智珠活潑潑地，安然閒立，一念不生。佛光隱後，隨聽遙空中隱隱幾聲佛號，聲到人到，緊跟著一股旃檀異香自空吹墜，眾仙知道高僧將降，妙一真人方令奏樂禮拜，面前人影一閃，一個龐眉皓首、懷抱嬰兒的枯瘦長身瞿曇，一個白眉白鬚、身材高大的和尚，一個貌相清奇的中年比丘，身後還隨定一個貌相古拙、面帶忿恨之色的老和尚，已在當前出現。

四位僧尼之來，也未見遁光雲氣，只是凌虛而立。眾仙十九認得第二人起是白眉和尚、芬陀神尼和曉月禪師，那領頭一個自是久已聞名的千歲神僧天蒙禪師無疑，忙即一同頂禮下拜不迭。三位神僧神尼也各合掌答謝道：「貧僧（貧尼）等有勞諸位遠迎，罪過罪過。」

妙一真人道：「弟子等恭奉師命開闢洞府，發揚正教，德薄才鮮，道淺魔高，群邪見嫉，欲以毒計顛覆全山，多蒙二位老禪師與芬陀大師大發慈悲，以無邊法力暗中相助。伏乞指示迷津，加以教誨，俾克無負師命，不勝幸甚！」

天蒙禪師微笑答道：「真人太謙，今日來，原是貧僧自了心願，且去仙府說話。」妙一真人等躬聲應諾，隨向側立恭讓先行。三位僧尼便自前行，凌虛徐降，往下面凝碧崖前雲層中落去。

眾仙和眾仙賓各駕遁光緊隨在後，一時鐘聲悠揚，仙韻齊奏，甚是莊嚴。

眾仙飛降極速，依然三僧、尼先到一步。平臺上早有多人仰候，見了三位僧尼也都紛紛禮拜，瑛姆和「極樂真人」李靜虛、靈嶠諸仙也相繼出見，妙一真人隨請殿中落坐。

眾仙因這三位僧尼行輩甚尊，道行法力之高不可思議，尤以天蒙禪師為最。此次先在雪山頂上為開府護法，事後又生擒曉月禪師，一同降臨，還有機密話說，得見一面已是緣法，不便冒昧。外客除靈嶠男女四仙、屠龍師太、李寧、楊瑾、「神尼」優曇、半邊老尼、瑛姆師徒、「采薇僧」朱由穆、「極樂真人」李靜虛、「百禽道人」公冶黃、謝山、鄭巔仙、知非禪師、易周、「俠僧」軼凡、無名師徒和乙休、凌渾、嵩山二老等二十餘位，餘者多自知分際，見主人不曾指名相識，反倒分出人來陪客，料知有事，俱都不曾隨入。便是主人這面也只玄真子、妙一真人夫婦、白雲大師、元元大師和四人隨侍輪值的弟子在內，餘人俱在殿外陪客，不曾同進。

那曉月禪師卻始終垂頭喪氣，如醉如癡，隨在芬陀大師身側，行止坐立無不由人指點，直似元神已喪，心靈已失主馭之狀。玄真子、妙一真人等一干舊日同門都代他惋惜不置。賓主就坐，隨侍四弟子獻上玉乳瓊漿，天蒙禪師合掌謝領之後，玄真子看出曉月神師心蘊怨毒，故意借受佛法禁制，假裝癡呆，似此叛道忘本、執迷不悟的敗類，不便再與多言，便向芬陀大師請問經過。

芬陀大師答道：「此人真不可救藥，叛師背道，罪已難逭。近在苗疆為報前仇，竟煉了極毒的邪法，並勾結苗僧哈哈和一些邪魔外道來與諸位道友為仇。他到令師門下苦心修為，能有今日也非容易，怎便為了一念貪嗔，甘趨下流，到了力竭勢窮之際還不回頭覺醒？他今受了佛法禁制，被我擒來。至於如何處治乃是貴派家法與令師遺命，悉隨尊便，不與我三人相干了！」

芬陀大師話剛說完，忽聽瑲然鳴玉之聲，中元殿頂一個壁凹突自開裂，飛出一柄飛刀。那刀只有尺許長一道光華，寒光閃閃，冷氣森森，耀眼侵肌。先由殿頂飛出陣外，疾逾電掣，繞殿一周之後，略停了停，然後如沉如浮，緩緩往曉月禪師立處飛去。

曉月禪師本是面帶愧忿，垂首低眉，經妙一真人揖讓，坐在三位僧尼左側，雖為佛法所禁，不能自脫，到底在正邪兩派俱都修煉多年，有了極深造詣，法力高強，神智其實仍甚清靈。此時一見銀刀飛出，便認出是昔年恩師長眉真人所遺下的玉匣飛刀，心膽立寒，不禁悔恨交集。只見飛刀電掣，轉了一圈，對他飛來。

那尺許長一道銀光精芒四射，直似一泓秋水懸在空中。憂懼危疑中，一眼瞥見妙一真人夫婦目注飛刀，面有笑容，大有得意快心之狀。中座天蒙禪師正在低眉入定，連那所抱三歲童嬰，也在他懷中閉目合睛，端容危坐，迥不似初入仙府，青瞳灼灼，東張西望，活潑天真之狀。曉月心中惡毒之極，無從發洩。在座諸人法力高強，一擊不中，徒自取辱。因來時天蒙、白眉中途忽離去了好一會，回來便抱個嬰兒。聽他三人對談，此子竟是仇人前九世的親生之子，名叫李洪，天蒙禪師才度化了來。

曉月心中恨極，暗忖：「仇人真個陰毒可惡，本是同門至交，因奪了我教主之位，才致今日慘狀。聽老禿驢說此子日後於他發揚光大大有助益，何不趁此時機將此子殺死，好歹出一點怨氣？」

說時遲那時快，曉月念頭一轉，默運玄功，心念所向，身旁「斷玉鉤」便化成兩鉤金紅色極強烈的光華，互相交尾飛出，直朝嬰兒飛去，其勢比電還疾！

在座諸仙賓俱覺此舉太狠，激於義憤，知道救已無及，好幾位都在厲聲呼叱，待要下手。忽見鉤光到處，嬰兒頂門上突升起一朵金蓮花，竟將鉤光托住。嬰兒一雙黑漆有光的炯炯雙瞳也自睜開，一點也不怕，反伸出一雙賽雪似霜的小胖手，不住向上作勢連招，似想將鉤取下，又有不敢之狀。

天蒙禪師隨睜眼喝道：「洪兒，你將來防身禦魔尚無利器，適才已將你多生修積功力還原，並賜你我佛門中大金剛願力，既想在證果以前借用此寶，便即取下，何必遲疑。」

嬰兒答聲：「弟子遵命，敬謝恩師。」隨說小手一抓，寶光立化為一柄非金非玉，形制奇古，長約二尺的連柄雙鉤落到手裡。鉤取到手以後，立即縱身下地，直朝妙一真人夫婦奔去，眼蘊淚珠，喜孜孜跪在地上叩頭不止。真人夫婦早知來因，隨命起立，等到事完再向諸道長禮拜。妙一夫人隨手便抱了起來。

曉月禪師一見嬰兒頂湧金蓮，法寶無功，大吃一驚！忙運玄功取回，已被天蒙禪師施展無邊佛法相助嬰兒收去，再也收不回。萬分惶急中，欲自行兵解時，哪知就這一瞬眼的功夫，連放飛劍自殺都來不及。這裡「斷玉鉤」沒有收回，那邊飛刀電掣而至，到了離頭丈許，倏地展開化為一片三丈方圓光幕，將全身罩住，外圈漸有下垂之勢。知道刀光只往下一圍，不特通體立即粉碎，化為一股白煙消滅，連血肉不會有殘餘，自身嬰兒元神也同時化為烏有，想要自裁兵解，勢已不能。

曉月禪師枉自修煉功深，饒有神通變化，平日妄自尊傲，不肯低首，下心向人，到此存亡絕續、危機瞬息的境地，也是心寒體戰，六神皆震。情知長眉真人仙法神奇，在座諸人誰也解救不得，情急之下打算死中求活，將元神縮小，靜候飛刀上身時乘隙將元神遁走，作那萬一之想。滿擬刀光四外一合，便即了賬，正在怵驚戰抖，不知如何是好。等了一會，不見飛刀近身，耳聽眾仙求情之聲。

曉月略為分心靜聽，是玄真子、妙一真人諸舊同門師兄弟在那裡代向長眉真人求恩願恕，大意說他叛道背師，投身邪教，忘恩反覆，多行不義，該正家法，予以顯戮。但他當初只是一念之差，並未為惡。後日趨墮落，不能自拔，並非出自本心。二則嗔念太重，一半也由於弟子等德薄能鮮，感化無方，以致今日。敬乞恩師大發慈悲，並看在三位老禪師面上，念他相隨多年，能到今日大非容易，前在本門實無大過，特降殊恩，姑且原宥，暫免刑誅，予以最後一條自新之路等語。

曉月禪師聽出語氣純誠，並非賣好做作。又知此刀乃師留本門家法，便幾個道行最高的舊同門，如玄真子、妙一真人等三數人犯了教規，一樣受刑，無力避免！忙睜眼一看，一干舊同門俱朝飛刀跪下，求告將終。在座一、二十位仙賓除天蒙、白眉、芬陀、瑛姆、優曇、李靜虛外，俱都回避旁立。天蒙禪師一人仍坐原位，右手外向，五指上各放出一道粗如人臂的金光，將飛刀化成的光罩似提一口鐘般凌空抓住，不令再往下落。

等妙一真人等求告完畢，忽朝自己微笑道：「可惜可惜，一誤何堪再誤！長眉真人已允門下諸道友之請，緩卻今日懲處，你自去吧！」

說時，奮臂一提，刀光便似一團銀絲般應手而起，吃那五道金光握住絞揉了幾下，金光銀光同時散去，禪師手上卻多了一把長約七寸，銀光如電的匕首。同時玄真子等也紛紛叩謝師恩起立，走到禪師面前，由妙一真人恭身將那飛刀接過，恭恭敬敬捧至殿的中心，雙手捧著往上一舉，仍化一道銀光，飛向殿頂原出現處。

又是一聲鳴玉清響，便自回匣，不見一點痕跡。曉月禪師死中得活，想不到如此容易，一時心情恍惚，也不知是喜是憂，是愧是悔，呆在那裡。瑛姆喝道：「你已幸逃顯戮，還不革面洗心，自去二次為人，呆在這裡有甚益處？」

曉月禪師這才想起震悸過甚，逃生出於意外，竟忘了叩謝師恩。側顧座中，唯有舊友知非禪師正朝自己搖頭嘆息，頗似授意自己此是剝復之機，休再執拗！無如對方俱是仇敵，平日勢不再立，忽然靦顏向仇人致謝，未免難堪。尤其瑛姆和屠龍師太尚在怒目相視，狀甚鄙夷！便朝殿外禮拜，謝了師父不殺之恩，隨又起立，也沒向眾說話，只朝中座天蒙禪師合掌說道：「多蒙老禪師佛法相救，免我大劫。但我罪孽深重，勢已至此，或是從此銷聲隱退，閉門思過；或是重蹈前轍，再犯刑誅，此時尚還難說。敬謝大德，貧僧去也！」

屠龍師太最是嫉惡，前在峨嵋門下便與曉月不和，見他已是日暮途窮，一干舊同門對他如此恩厚，依然不能感化，剛猛倔強，不肯回頭。聽那行時口氣，仍要捲土重來，為仇到底，不禁憤怒，大喝：「無知叛師孽徒慢走！你以為只有師父家法始能制你？你三日之內如無悔過誓言，我便尋你作個了斷！」

曉月禪師見她阻攔發話，不禁惱羞成怒，連適才愧悔之念也一掃而光，便厲聲喝道：「無恥潑尼，你也是被逐之徒，靦顏來此，也配口發狂言，仗勢欺人！」話還未完，忽聽天蒙禪師道：「屠龍休得多此嗔念，他自有個去處，管他則甚！曉月你何不快走！」

曉月聽到「走」字，好似聲如巨雷，震悸心魄，大吃一驚，又好似著了當頭棒喝，心中有些省悟，身不由己駕起遁光，便往殿外飛去。

屠龍師太聽他辱罵，並未怎在意，一經禪師喚住，便即歸座。

白眉禪師嘆道：「此人根骨原本不差，否則當初長眉真人怎肯收錄？只因過去一生中夙孽太重，以致一念之差，誤投邪教，為魔力所暗制。不合妄用機智，自通道力過深，欲巧借妖師之力，覬覦教祖之位。並還想俟妖師數盡以後，將他門下妖黨一齊度到峨嵋門下，使其改邪歸正，自為教祖，光大門戶，為千秋萬世玄門宗祖。卻不知哈哈老妖得道七、八百年，為苗疆邪教宗祖，儘管走火入魔，暫時身同木石，元神仍能飛行變化，運用自如，如何能落在他暗算之中？又不合為一孽徒，妄信妖婦許飛娘的蠱惑，慈雲寺門時，誤用妖師秘傳『十二都天神煞』，為苦行道友佛法所破。害人未成，陰魔反制。由南川金佛寺回醒以後，心中憤激太甚，竟不聽良友箴規，不辭而別，趕往苗疆，從妖師習練妖法。由此越為陰魔暗制，倒行逆施，日趨墮落。他此去若不知悔改，必與血神妖孽同流合污，從此多事了！」

芬陀大師嘆道：「道高魔長，本在意中，應劫之人，在數難逃，早已前定，不必深究了！」

妙一夫人見雙方話完，便把嬰兒李洪放下，引他朝眾仙賓分別拜見，略說前生因緣。眾仙見李洪生得面如冠玉、唇紅齒白、目如朗星、根骨特異、秉賦尤厚，適又經過天蒙禪師佛法啟迪使其神元氣旺、髓固骨堅，小小童嬰頓悟夙因，具大智慧，貌相又是那等俊美，宛如明珠寶玉，內蘊外宣，精神自然流照，無不稱奇。

靈嶠三仙更極喜愛，等過來拜見時，甘碧梧首先攬至膝前獎勉了幾句，由身畔取出一塊古玉辟邪給他佩在頸間，說道：「適聞諸道友說你再有六、七年便須出外行道，目前諸邪猖獗，你又將曉月禪師的『斷玉鉤』強借了來，異日難保不狹路相逢。此寶雖無多大威力，卻能防禦左道中的『陰雷』魔火，諸邪不侵，用以防身不無小助。」

李洪此時已然恢復前生靈智，迥非來時之比，聞言忙即合掌拜倒，領謝起身。「赤杖仙童」阮糾同了丁嫦已各取了一件寶物相贈，一是「碧犀球」，用以行水，能使萬丈洪波化為坦途，一是三枚「如意金連環」，也是專破左道「白骨箭」類陰毒邪法之寶。李洪一一拜謝受領，學了用法，去至下首妙一真人面前侍立。

妙一真人這才手指李洪，轉對謝山道：「日前拜讀家師餘匣留示，此子本是佛門弟子。現今幾位前輩神僧功行俱將圓滿，不及攜帶，方今群邪猖狂，到處都有左道妖邪為仇，非得一位具有極大法力的禪門師父傳以降魔本領，隨時照護不可。道友適才皈依佛門，門下又無弟子，如今此子拜在道友門下，實是一舉兩得，不知道友心意如何？」

謝山一聽自己的事妙一真人竟早前知，好生佩服。便笑道：「小弟為了一些世緣，轉劫多生，終無成就，今生枉自修煉了多年，對於過去一切因果，竟是茫然。適才出迎三位禪門大師，幸蒙老禪師宏宣寶相，金輪普度，方始如夢初醒。自來所學不純，法力淺薄，賢郎多生智慧，現雖年幼，不消數年必能精進，小弟初入佛門，尚在學步，如何配做他的師父呢？」

芬陀大師接口笑道：「道友過謙了，此子本你前生師侄，夙有因緣，釋、道兩門殊途同歸，無異一體。我佛門中法，說難便難，說易便易，道友新近皈依，僅自徹悟，還未修為，自然患為人師。」

謝山原極愛李洪，只為初悟夙因，匆匆與前世師兄相晤，有好些話尚未請問，自身尚無師承，如何便收弟子！為此謙辭，及聽芬陀大師這等說法，妙一真人只是含笑不語，情知真人言不虛發，事已定局，便起身答道：「謹謝大師教益，但後輩自身尚無師父，如何收徒？齊道兄大囑不敢不遵，只請暫緩，容我拜師受戒之後如何？」

謝山邊說邊往天蒙禪師座前走去，本意近前跪倒拜師，請求收為弟子。哪知剛一跪將下去，天蒙禪師本在低肩默坐，忽然伸手向謝山頂上一拍，喝道：「你適已明白，怎又糊塗？本有師父，不去問你自己，卻來尋我，作甚緣故！」

謝山吃普度佛光一照，僅只悟徹夙因，以佛法素重傳授，未來如何修為，尚須禪師指示，況又是前世師兄，為了自己遲卻千年證果，受恩深重，覺著拜師萬無不允。此念橫亙於胸，只管智慧靈明，竟未往深處推求。及被天蒙禪師拍頂一喝，猛的吃了一驚，當時驚醒，神智益發空靈，立即膜拜在地道：「多謝師兄慈悲普度，指點迷律。」禪師微笑道：「怎見得？」謝山起身手朝殿外一指。

眾人隨手指處一看，原來靈嶠三仙適在禪師等未降以先，施展仙法所引的明月已照將下來。凝碧崖前七層雲霧，連同由平湖後半直連正殿平臺那麼寬大高深的洞頂，也被用移山法縮向後去。這時殿外正是萬花如笑，齊吐香光，祥氛瀲灩，彩影繽紛。當空碧天澄霽，更無纖雲，虹橋兩邊湖中明波如鏡，全湖數層青白蓮花萬蕾全舒，花大如斗，亭亭靜植，妙香微送。那一輪寒月，正照波心。紅玉坊前，迎接神僧的一百零八響鐘聲，已是尾音。清景難繪，幽絕仙凡。眾仙方在暗中讚美瞻顧間，忽又聽天蒙禪師問謝山道：「你且說來。」

（按：以下一段禪機對話，精妙絕倫，求諸《指月錄》中亦不可多得。）

謝山恭答：「波心寒月，池上青蓮；還我真如，觀大自在。」

禪師喝道：「咄！本來真如，作甚還你？寒月是你，理會得麼？」

謝山道：「寒月是我，理會得來。」

禪師笑道：「好，好！且去，且去！莫再纏我。」

謝山也含笑合掌道：「你去，你去！好，好！」

白眉禪師、芬陀大師隨即起立，同向妙一真人道：「天蒙師兄與寒月師兄因緣已了，我三人尚有一事未辦，還須先行，要告辭了。」葉繽也和謝山一樣有許多話要請教並拜芬陀為師，一見要走，忙即趕前跪下。

芬陀大師含笑拉起道：「道友心意我已盡知，貧尼與你緣分止此，行得匆忙，無暇多談。你和謝道友一樣從此禮佛虔修，自能解脫，何庸多說？」

葉繽原已悟道，便笑答道：「弟子也知無緣，只請和老禪師一樣示禪機，賜法名如何？」說時殿外雲幢上鐘聲正打到末一響上。

大師笑道：「你既虛心下問，可知殿外鐘聲共是多少聲音？」

葉繽恭身答道：「鐘聲百零八杵，只有一音。」

大師又道：「鐘已停撞，此音仍還在否？」

葉繽又答道：「本未停竭，為何不在？如是不在，撞它則甚？」

大師笑道：「你既明白，為何還來問我？小寒山有人相待，問她去吧！」

葉繽會意大悟，含笑恭立於側，不再發問。李寧和「采薇僧」朱由穆、楊瑾三人見師父將行，各自趨前請命。

# 第八回　左右關限　各憑修為

白眉、芬陀笑道：「自照你們心意做去，隨時襄助齊道友揚光大，行止歸去，均由於你，有事自會傳諭留示，助己助人，勉力前修好了。」說罷，三位神僧神尼便往外走，妙一真人等知難挽留，只得恭送出去。

眾弟子香花禮樂早已準備，天蒙禪師笑道：「何須如此。」

三人各自合掌當胸，便自平地上升，去勢更是神速。

妙一真人等忙率兩輩同門和先前出接諸仙賓，飛身共送時，三人身已直上雲霄，只見祥光略閃，微聞旃檀異香，便不見蹤影。

眾仙禮送回來，又向謝、葉二仙分別稱賀。由此二人便入了佛門，一個改名「寒月」，一個改名「一音」。

眾仙到了殿內，妙一真人便令新來嬰童李洪行拜師之禮，謝山自然不再推辭。行禮之後，見曉月禪師所煉「斷玉鉤」上面滿刻奇書古篆符籙之類，寶光內蘊，靈異非凡，便對李洪道：「靈嶠三位仙長所說，務須留意。此鉤不特前古異寶，並經現藏寶主人費了若干心血祭煉，原意用以抵禦長眉師祖玉匣飛刀，可知厲害。如非天蒙老禪師佛法無邊，只恐誰也用它不了，即便到手，也早晚必被原主奪回。你此時到底年紀太輕，尚須隨我小寒山一行，回山修煉。」

李洪拜謝，領命起立，仍去妙一真人身前立侍，甚是依戀。

妙一真人笑道：「癡兒，你已轉劫九世，前後千年修為，怎還如此依依難捨？」

李洪跪稟道：「兒子自蒙恩師佛法警悟，想起以前諸生之事，好容易違顏千載，今始重逢，少時又要隨師還山，怎教兒子能捨？」

謝山道：「你與令尊千年父子，今始重逢，煞非容易，我為全你孝思，並得多受賢父母教誨，此後許你每年一次歸省便了。」

李洪聞言自是欣慰。妙一夫人道：「今日開府，各位仙賓所贈法寶珍物甚多，前又得了紫雲宮、幻波池許多法寶，本可賜你兩件，也為年紀太輕，尚非用時，且等將來省親時，我擇那佛門弟子合用之寶賜你好了。」

此時，盛宴已開，在殿臺上的共是五席，俱是一律的青玉案，做一字橫列向外，列坐的俱是瑛姆、優曇、「極樂真人」李靜虛、「百禽道人」公冶黃、靈嶠三仙、易周、白朱二老、乙休、凌渾等本派至交，以及半邊老尼、藏靈子、少陽神君、無名禪師、知非禪師、「俠僧」軼凡等仙賓，不是前輩真仙，便是各派宗主、神僧、神尼之類。

那些不速之客以及旁門中人見此盛況，主人只管一禮揖讓，也都自然自慚形穢，不敢與之並列了。五席之外，如湖堤、橋亭、靈峰、水閣各處所設筵席，俱和殿臺一樣形式陳設，只地方不同，人數多寡也各聽隨意邀約。本門弟子只諸葛警我、岳雯、齊霞兒、易靜、癩姑、鄧八姑在湖心水閣以內作主人，餘者有的司樂，有的司廚，有的在側侍宴，各有職司。

峨嵋眾弟子皆知道，只等會後仙賓散去，師長賜宴之後，均須分別由左元十三限、或由右元火宅玄關通行一次。能通過的，三四日內拜命下山行道。自信功行不濟，志在虔修的，也不勉強，在仙府內與去留諸同門歡聚暢遊三日，便去右元洞壁崖穴之中苦修，到了火候再行請命。

隔不片刻，一輪皓月已列中天。因有仙法排雲，碧天萬里，澄霽如洗，更無纖翳，顯得月華皎潔，分外清明。先聽殿中傳呼開宴，紅玉坊前兩雲幢上的金蟬、石生二人重又鳴鐘擊鼓。跟著司樂眾弟子鼓瑟吹笙，簫韶交奏。仙樂聲中，殿中眾仙款步而出。玄真子、妙一真人等主人先趨平臺前側恭立，重又向眾仙賓致謝，臨貺厚意，肅客入席。眾仙賓早已各自約好同道伴侶相待，紛向主人謙謝幾句，另有知賓及諸弟子，陪同各人選中的席次，分別入座。

那在平臺入席的諸仙賓，十九都是主人飛柬專使專誠恭請而來的前輩仙尊，各派宗主，或是同道至交，自有玄真子、妙一真人等肅客就座，主人一律揖讓。雖無世俗客套，都各知分際行輩，得道先後，除兩邊首座略互謙讓外，也自就座，序列適合，無稍差池。本來席次尚高，因有師長在前，只得屈諸末座。餘下雖奉請柬，或是情深，或以道行淺薄自謙，不敢與諸位前輩真仙並列，俱去別處入席的，輩分介乎長幼之間的，此外尚有釋道兩家的神僧、劍仙，聞風而來的不速之客，眾仙客隨帶來的門人弟子，總共不下八百餘眾。

當下兩輩侍宴的本門弟子捧上仙酒肴果，數百仙人對月開樽，臨波把酒，只見仙樂悠揚，萬花怒放，端的仙景無邊，神仙佳話，千古流傳，決非尋常所能夢見！

飲到中間，妙一真人命隨侍男女弟子嚴人英、司徒平、吳文琪、周輕雲將先備就賜給隨眾仙賓與赴會諸後輩的錦囊取來，即席頒賜。囊中之物，也有法寶，也有珍玩，也有靈藥仙果，品類不一。俱裝在妙一夫人用東海鮫綃織成的大錦囊內，外用杏檀木為架，懸在席前，由上述男弟子隨手探與，各任福緣厚薄得取，凡在水閣入席，俱都有份。眾後輩仙賓一一領收拜謝，無不欣喜非常。

靈嶠三仙中，丁嫦笑指雲幢上面金蟬、石生二人道：「今日主人開府盛典，仙賓又極眾多，門下高弟俱極勞苦，尤以雲幢上司鐘磬的兩仙童為最。且借主人仙廚美釀略當慰勞，不知可否？」

妙一真人知有用意，當著眾人不便明言，便笑答道：「小徒只在上面司樂，並無微勞，既承道友憐愛，敢不拜命，喚他下來拜受好了。」丁嫦道：「此時玉坊虹橋，碧榭銀燈，花光霞彩，月明星輝，多此兩幢撐空朵雲，也生色不少。為此一杯酒，何須升降周折，飛觴贈飲好了。」

說時，丁嫦已要過甘碧梧面前杯子，連自己杯子持在手內，往上一揚，便有尺許方圓兩朵祥雲托著兩隻玉杯，分向二人雲幢上飛到。

二人連忙跪接過去，方要舉飲，猛覺得杯底有物落到手上。低頭一看，金蟬所得乃是隻玉虎，大才兩寸，通體紅如丹沙，一對藍睛閃閃，隱射奇光，玉虎口內青煙隱隱，似要噴出，神態生動，宛然如活。

石生所得乃是一塊三角形的金牌，只三寸大小，上面符籙重疊交錯，竟分不清有多少層數。二人原本一樣機智心靈，知非凡物，必是當著人不便明賜，假作賜酒為名，暗中賜與。偷覷平臺之上，玉清大師和姜雪君正朝自己注視微笑，心中歡喜會意，悄悄藏起。見那祥雲尚在，朝丁嫦略為跪謝，把酒杯仍放雲上，任其托了往下飛去。

丁嫦接過放下，笑道：「樂不可極，何能久羈，我們已然飽飲仙釀，應該告辭了吧！」說罷，靈嶠三仙首起謝別，跟著眾仙也紛起告辭。

當下除「神駝」乙休、白朱二老、玉清大師五六位有事暫留外，所有在會長幼群仙俱都起身。玄真子、妙一真人仍率眾弟子香花禮樂恭送。仙法均撤，明月隱去，凝碧崖前，仍是七層雲霧封蔽，回復原狀。由靈嶠三仙、極樂真人以次，相繼由平臺、虹橋等地，各駕祥雲遁光向空飛起，到了凝碧崖上空，紛向主人舉手作別飛去。

這時月影沉西，天已快亮。只見千百道金光霞彩，祥雲紫氣，挾著破空之聲，在峨嵋後山絕頂上空，四下飛舞，電閃星馳，晃眼全都飛去，不知去向。

玄真子、妙一真人等回到正殿，命眾弟子自去擇地飲宴歡聚三日，再看各人功力深淺下山行道，或是留守修煉。隨對乙休、白、朱、玉清諸仙道：「眾弟子有何德能！還不是諸位前輩和諸至交好友福庇玉成始能有此。因見他們成道一切無不得之太易，唯恐不知惜福自愛，故此嚴定規章，稟承家師敕命，設下左右兩洞火宅十三限等難關。並在左元洞壁之上闢下洞穴，為留居弟子苦修之所，以考驗他們功行。」

乙休方要插口，忽見楊瑾去而復轉，直降殿前。妙一真人迎問：「道友有何見教？」

楊瑾道：「我因和葉道友交好，她和謝道友帶了仙都二女和新收弟子李洪前往小寒山去訪忍大師，值我有事赴雪山，便道相送。歸途遇見韓仙子和乙老前輩的兩位女弟子畢真真、花奇，滿面憂惶在空中徘徊，見我路過，忙迎上來，約同降到下面，跪地哭求相助。才知畢真真生相太美，在這裡赴會時遇見白萍島散仙『凌虛子』崔海客的大弟子虞重，想是見她美貌，不知這位姑娘是有名的『美魔女辣手仙娘』，專一含笑殺人，妄思親近，言語不合，竟被畢真真殺死！」

眾仙聽說，俱都向乙休望去，乙休若無其事，並不作聲。

楊瑾又道：「虞重中劍慘死，元神逃走，恰遇易靜之母，南海玄龜殿楊姑婆，救了虞重元神，問起前情。楊姑婆為人極和善，最惡強橫。平日見畢真真動啟殺機，便嫌她心狠手辣，已向韓仙子說過兩次，令其嚴加管誡。而『凌虛子』崔海客曾以百年之功，費盡心力採取三千七百餘種靈藥和萬年靈玉精髓，煉成亙古神仙未有的靈藥『九轉大還金丹』和『六陽換骨瓊漿』，凡是修道人無論兵解、屍解，元神煉到年限，只要法體仍在，便可用以復體重生。」

在座眾仙均知崔海客對此二藥極為珍秘，向不輕易示人。楊姑婆和韓仙子交厚，知此二藥於她將來有極大用處，可少去六甲子苦修，還是本來法體。乃子易晟和崔望客恰是莫逆至交，曾令往求，居然慨允相贈，如何將他愛徒無辜殺死！護住虞重元神趕來見了二女便是一頓大罵，說畢真真這等行為，便你師父護犢偏心能恕你罪，我也不容！說罷拂袖飛去。

楊瑾續道：「二女知道師父患難至交只此一人，每年必往白犀潭看望一兩次，每來師父必有益處，想起師父翻臉時情景，不寒而慄。人去以後，嚇得面目失色，無計可施。見我路過，迎住求我繞道來此告知乙老前輩和妙一夫人，急速設法救她。此時二人也不敢回白犀潭，等乙老前輩與妙一夫人為她轉圜，免去墮劫之慘，再行見師請罪！」

乙休嘆道：「我那山荊素來護犢較我尤甚，『醜女』花奇為人忠厚尚可，唯獨畢真真這個孽徒，被山荊慣得簡直不成話。你聽她那外號『美魔女辣手仙娘』，豈是修道人的稱謂！如在峨嵋門下，就此七字，也早逐出門牆了吧！」

「追雲叟」白谷逸笑道：「駝子和他夫人是累劫近千年的患難夫妻，只是最後一劫，他竟不講情義，以致為韓道友飲恨至今。上次駝子命司徒平白犀潭投簡，便是想他夫人回心轉意，不料這一試探，果有一線轉機，跟著得尺進步，知他夫人好勝，駝子多麼薄情，名分上總是丈夫，決不容外人上門欺凌。借著銅椰島救人放火之事把癡老兒引上門去，以圖與他夫人言歸於好。我想韓道友心中仍未必無所芥蒂，只恐駝子不開口講這人情還好，如若開口，弄巧人情不准，還要加重處罰，那才糟呢！」

乙休正要答話，朱梅也插口道：「這話並不盡然，多不好總是夫妻，畢、花二女日侍韓道友身側，乃師近年心意必已窺知。開府時二女我都見過，資質不差，似此好殺，固應儆戒，萬一韓仙子動了真怒，毀去她的道力，逼使轉劫，那太可惜！能得妙一夫人再為從旁關說，就不致有大罪受了。」

乙休笑道：「山荊如不在白犀潭寒泉眼裡受這些年苦處，哪有今日成就？恐連這次道家四九重劫都等不到就墮輪迴了吧。她因劫難已過，不特四九之劫可以無慮，而她多年苦修結果，現在已成地仙，何況不久仍要原體復生呢！因禍得福，早已明白過來，恰值癡老兒自找無趣，正好借此引她出來，只一見面便無事。」

妙一真人道：「乙道友怎還不走？早到岷山與尊夫人相見商談應對，豈不好一些？」

乙休道：「山荊自上次我今司徒平投簡，曉以利害，雖已省悟，但她因我殺她家人不稍留情，終是有點介蒂，如先見面，不免爭論。只有等到癡老兒登門，她耐不住出來同仇禦侮之時再行相見，我再拿話一點，從此不提前事，豈不省去多少囉唆？」

妙一真人道：「天癡道友修煉多年，雖然夜郎自大，教規甚嚴，師徒多人並無過惡。道友保不予以難堪，偏是小弟等暫時無暇分身為雙方化解，最好還是請賢夫婦適可而止，勿為已甚吧。」

乙休笑道：「他今來意大是不良，我不傷他，他必傷我，管他銅椰島天羅地網，我先僭占一點上風，日後再說。」

妙一夫人道：「好在二位誰也不能致誰死命，不過他隨來門徒俱極忠心，如有忤犯卻不可與其計較。」

乙休道：「那是當然，誰耐煩與這些無知小輩一般見識！」

乙休說罷，便即起身。眾人送出平臺，乙休力阻勿送，道聲：「再見！」滿地紅光照耀，便自飛走。

玄真子道：「此人真有通天徹地之能，如非天生特性，便是天仙何嘗無望！」

白谷逸道：「此人可愛也在他這性情上，他和天癡老兒俱是煉就不死之身，便道家四九天劫也只不過使他略知戒慎，仍奈何他不得。如此雙方仇怨相尋，不知何時是了？」

妙一真人道：「此事已和大師兄熟計，此時誰也不肯聽勸，且等到了不可開交之日再想法吧。」正說到此，忽聞旃檀異香，隨著香風，一片祥光飛墮殿臺之上。白眉門下弟子「采薇僧」朱由穆、李寧，同了瑛姆唯一愛徒姜雪君已然現身。

眾仙互相略為禮敘，便說起「神駝」乙休和天癡上人鬥法之事。

「采薇僧」朱由穆道：「天癡老兒修到今日頗非容易，平日又無甚過惡，這次乙道友立意要他慘敗，一位韓仙子已是夠受，又在他來去路上設下二十六處埋伏，天癡老兒白犀潭挫敗回去，所有埋伏挨次發動，後面又有強敵追攝，如何抵擋？到了急時，天癡老兒至多受傷，還能脫身，隨行弟子一個也休想逃了回去！家師已命小師弟阿童沿途化解，幫天癡老兒度過埋伏，乙道友臉上也不致不好看！」

妙一真人聞言，點頭稱善。

眾仙言笑宴飲，光陰易過，不覺已是第三日午後。

妙一真人喚來諸葛警我，命傳諭門下男女諸弟子齊集前殿候命，分往左右二元洞內，通行火宅十三限兩處難關，以驗各人道力。男的由諸葛警我、岳雯為首，女的由「女殃神」鄧八姑、齊靈雲為首，老早便齊集殿前平臺之上，分班侍立，恭候傳喚。

到了亥時將盡，妙一真人先請玄真子升座。

玄真子道：「師弟不必太謙，此乃恩師天命，異日本門發揚光大，他人不克勝此重任，非你不可，前已言明，我再遲數十年飛升，必定助你完成大業好了。」

妙一真人又朝在座諸同門謙謝，然後居中端肅升座。上首玄真子，下首妙一夫人，其餘同門諸仙各依次第順序列坐。嵩山二老、「采薇僧」朱由穆、姜雪君、李寧、楊瑾、玉清大師等外客另在兩旁設有賓位，分別就坐。這時早有值班弟子先入殿中侍立聽命，妙一真人命傳眾弟子進殿。一聲傳呼，眾男女弟子立時整肅裳衣，肅恭而進，到了眾仙座前一同參拜。

妙一真人吩咐起立，男左女右，侍立兩側，溫語諭道：「凡志願首次下山行道者，左元十三限、右元火宅嚴關，任擇其一，通行無阻，始可重來前殿聽我傳授口訣。否則可前往左元洞外崖壁上，自擇可以容身的小洞閉關潛修，由各師長時往傳授指點，修到功候，二次仍要通行以上兩洞關口方得下山。這兩洞所設為修道人成敗關頭，雖然通行過去無異獲得異日成道之券，但是奧妙無窮，稍一不慎，輕則靈元耗損，身心兩傷，重則走火入魔，身僵如同木石，再重一些便須重墮輪迴，轉劫能否再來俱不一定！關係爾等本身吉凶，實非小可，如若自審道力不濟，盡可知難而退，不必勉強！」

（按：以下一大段文字，原作者借峨嵋眾男女弟子通行「火宅嚴關」和「左元十三限」的經歷，詳闡「心」、「魔」之間的互相關係，極其透徹，也是全書主旨所在，不可視作等閒。）

眾弟子隨同叩謝師恩，由諸葛警我等為首四弟子率領，先往右元洞走去。通過一道峽谷，諸葛警我令眾暫停，說道：「今日之舉關係我等成敗，適才掌教師尊恩諭已然言明，諸位師弟師妹當已謹記在心。我和岳師弟與鄧、齊二位師妹，奉命領眾往左右二洞通行。據我所知，這兩處難關神妙精微雖是一樣，內中卻有一點分別。火宅嚴關看似最難最險，但是關口只得一處。只要內火不生，外火不煎，道心堅定，能將元神守住，不為情欲雜念所擾，說過便過，脫險極快。雖也難到極處，容易起來也極容易。心情強毅堅忍的人比較相宜，心性柔弱，易受搖動，克制功夫稍差的人卻萬去不得，一有失足，立即走火入魔，後悔無及了！」

眾男女弟子因此舉關係自己太大，全都用心傾聽，諸葛警我又道：「左元洞難關雖有十三道之多，過完一道又是一道，六賊七害動念即至，防不勝防，但是勢較柔和，為害也輕。尤可僥倖是，哪怕身入困境，只要聰明靈慧，能知警覺，便可化險為夷，再往前進。能連耐過十三次魔頭侵擾，哪怕定力稍次，但能懸崖勒馬，臨機省悟，仍可勉強通過。即或不然，也不過元氣耗損，修煉些日即可復元，不似右元火宅不可收拾。心念雖不堅強而性情溫和聰明善悟的人均可一試，心性急躁沒有耐煩的人去了卻易壞事！」

諸葛警我說畢，又率眾向前走去，到了右元洞入口，洞門上刻「火宅嚴關」四個朱書古篆，兩旁另有好些符籙，門頗高大，整潔異常。諸葛警我將眾人領至門下分列，說道：「我忝為師兄，先進去走一遭，看洞中情形如何，再奉告諸位。」說罷，便朝洞門恭謹參拜起立，令眾留意，然後沉穩心神，運用玄功，從容往內走進。

眾人隔洞遙窺，見諸葛警我安然步入，先前並無異狀，進約丈許，忽見洞中雲煙變滅，晃眼仍復原狀，人也無蹤。跟著又見一片極淡薄的祥光一閃而滅，岳雯喜道：「今日才見大師兄的功力果自高深，這快便出險了！」

眾人聞言，有的尚在思忖，覺得太易，諸葛警我已駕遁光越崖飛來。眾人笑問：「洞中經歷如何？」

諸葛警我答道：「這火宅通行真非容易！我起初以為只要道心堅定、神智靈明，便可不為魔頭所擾，哪知即此一念，已落下乘！前半尚可，到了緊要關頭，忽生異相，如非發覺尚早，趕即湛定神思，返虛復明，縱不致為所敗，要想從容過去卻也費事呢！愚兄本意先試其難，略徇私情，將洞中虛實告知諸位同門以資參證，俾到時少有補益，照此看來，只好各憑緣福自然應付，別人是愛莫能助的了！」

眾人聽了，有的自加謹畏，別具會心；有的仍是將信將疑，俱覺全洞前後十來丈遠近，御劍飛行，瞬息過完，只要到時不起雜念，當無敗理！各有各的打算。正在尋思，底下該當岳雯進去。

岳雯也是照樣朝洞通誠禮拜，然後走進，卻不似諸葛警我那樣安步而入，一起步便身劍合一，化成一道金光飛將進去。那景象也不大相同，剛飛入內，滿洞忽起祥氛，遙望煙雲變滅，急漩如潮，將金光捲去不見。待了好一會也未見人回轉。

眾人見狀方自驚疑，諸葛警我笑說：「無妨，岳師弟功力不在我以下，又聽我那般說法，心有警覺。不求有功，先求無過，寧費一點心力，拼受艱困之苦，以本身法力和堅忍強毅戰勝魔頭。似此守定一心，雖然不覺身受一點苦難，卻較我的法子穩妥。此時他已十九完功，決無敗理，稍待一會也就來了。」語聲才住，一道金光自空飛墮，岳雯現身說道：「好險！」

眾人問他經歷，岳雯答說：「我無大師兄的道力，不能以玄門上乘功夫從容通行，只用飛劍法寶護身，守定心神，以下乘功夫冒險闖過，阻礙自所不免。但這走法與後諸位同門多半相同，而身經決不一樣，先有成見易添魔擾，故爾不能詳說。去時最好把心靈守定，不起雜念，雖在飛行，仍照日常入定，偶遇魔頭來襲，任何折磨艱難不去睬他，至多受點幻景中的痛苦，只道力堅定，便能熬煉過去了。」

當岳雯未出之時，鄧八姑便和齊靈雲說：「我二人道力俱不如二位師兄，通行兩處難關實非易事。我二人又忝居女同門之長，如有失陷，殊難為情。師妹一入門便是玄門正宗，根基先就紮好，尚可無礙。我雖修為年久，可惜以前走錯了路，自蒙師恩收錄，傳以心法，頓悟昨非，論起法術比師妹自不遑多讓，如論道力反倒吃虧。幸而有『雪魂珠』，占了不少便宜。我二人如學大師兄那樣以上乘功力通行，恐怕求榮反辱，還是照岳師兄那等走法，卻甚穩安。最好我二人聯為一體，我用『雪魂珠』變化元神將你護持，卻用你的道基定力助我過去，這樣相輔而行，萬無一失，也許連內中折磨還可少受許多，師妹以為如何？」

靈雲對八姑甚是敬服，知她用「雪魂珠」化身決能通過，但以劫後餘生，心存謹畏，深悉火宅玄關微妙，唯恐萬一有失，欲使二人合為一體，彼此助人助己，實為萬全。聞言喜諾，便和眾人說了。

諸葛警我笑道：「火宅玄機策妙，縱千百人進去，到了裡面如非同一功力心境，有一人稍有動念，便自分開，一切身經迴不相同。鄧師妹有『雪魂珠』化身，齊師妹年來道力精進，這等走法自是有利無害。別位少時學步無妨，但須謹記：到了緊要關頭，稍有異兆便須守定自己，不可再顧同行之人。看似自私自利，實則彼此如若同一心思，轉向兩全，至少也免兩敗！否則魔頭已然侵入，明明境中人已然分開，卻因念頭一動，又把魔頭幻相誤認作了同伴，再想安然通過卻是難了！」

八姑、靈雲行禮起立，八姑首化成一團冷瑩瑩的銀光飛起，罩向靈雲頭上。靈雲立即身劍合一，化成一道彩光與空懸的銀光會合，電掣星飛，往洞中飛去。那右元洞深只十丈，前後洞門相對，中間並無一物阻隔。由外望內卻溟溟一往，無底無限，不能透視過去。

八姑、靈雲飛入光景又自不同，先和諸葛警我一樣，一逕飛入，毫無異狀，只是銀光護著彩光，比初進時要小卻十倍以上，仿如一點帶著彩霞的寒星朝前飛駛，越飛越遠。照情理說這一會至少也百里以外，卻還未見出洞。

眾方詫異，岳雯嘆道：「想不到鄧、齊二位師妹竟有如此功力，雖仗著『雪魂珠』分化元神之功，有些取巧，難得兩心如一，道力如此堅定，真令人可佩了！」

李英瓊笑問道：「既然如此，為何還未通行過來？」

諸葛警我答道：「這便是魔！許是二人謹畏稍過，心情堅毅，明是用下乘功力通行，卻能反照空靈，魔頭無奈其何，只能以此為難。欲乘二人飛時一久，忽然動念時將她們分開再加侵害。這個齊師妹絕不上當，鄧師妹又與她合為一體，即使心念稍歧，也分不開，更不致為魔所侵！至多受點不相干的阻礙，終歸平安脫出。看這情形也許就快飛回也未可知。」

說還未完，忽然祥光一瞥而過，再看洞中空空依然原狀，銀光劍光俱無蹤影。緊跟著便見二人由洞頂越崖飛回降落下來，一問經歷，果如所言。除久飛不到，忽悟玄機，心智益發空靈，晃眼飛出外，別無所遇。眾人紛紛讚佩。八姑、靈雲自然推說全仗「雪魂珠」取巧，才能有此。

眾人互相略談幾句，諸葛警我便問：「是否等我四人將左元十三限走完再行選擇？」

眾人覺著右元火宅似難實易，不似左元十三限關口太多，稍一不慎，全功盡棄，又都自恃道心向還堅定，不畏苦難。何況還有飛劍法寶護身，內中更有急於趕往前殿去見師父，如李英瓊、廉紅藥等，多半願就地一試。另一半意存觀望，看人行事再定去留，諸葛警我逕問：「何人先往？」

英瓊性直，孺慕情殷，急於往見慈父，只為班行在後，未便搶先。見眾人互相謙讓，諸葛警我又說以下只憑各人心志，不按班次，便向眾人說道：「家父尚在前殿，妹子極欲往見。既是諸位師兄師姊謙光，妹子只好告僭罪替先了。」

英瓊說完，正要通誠向前行禮，眾中癩姑表面隨和滑稽，人卻俠腸剛直，又久在屠龍師太門下，頗悉佛道兩門奧妙，事前又聽屠龍師太和眇姑暗中詳示兩洞微妙以及通行之法。因和英瓊私交至厚，當時見眾多半意在觀望，卻令英瓊這樣道淺年幼的人當先去試頭陣，未免有點自私！心中不服，忙搶過去說道：「師尊既未禁人同行，我也想早到前殿，奉陪師妹同行如何？」

英瓊欣然喜諾。二人隨同參拜，起身入洞。

英瓊因自己年力太淺，格外戒慎，老早打定不求有功，先求無過之想。儘管近來修為勤奮，功力精進，毫不似前輕率自恃。一入洞門，便將佛家至寶「定珠」放起。只見十八團慧光，朗若日星，成一大圈，靜靜的環繞在二人頭上。

癩姑喜事，一見有佛家至寶護身，決無他虞，有恃無恐，便想借這火宅嚴關一試自己定力和法力高下，竟傍著英瓊向魔頭挑戰，故意觸動沿途禁制埋伏往前走去。經此一來，洞外諸人看去光景又與前三次迥不相同。先見英瓊、癩姑和諸葛警我一樣照直走進，好生驚訝。和二人交好的人本多，十九俱覺得二人過於好勝，癩姑修道年久尚還可說，英瓊入門才得幾時，如何敢以上乘功力犯此大險！個個代她懸心。

隨見忽從英瓊身畔飛起一環十八團明光，晶輝朗耀，緩緩前移，同時二人身影俱都不見。光環進不丈許，洞中忽然祥光亂閃，花雨繽紛，不時隱聞水火風雷之聲傳出，俱為前所未有景象。

那煙光花雨只管千變萬化，幻滅不休，異相雜呈，光環依舊朗耀，前行直若無事。眾人大出意外，有的驚喜欣慰，齊誇李師妹果自不凡，癩姑功力深厚，也高出儕輩，否則哪能有此境地！有那關心太過，尚不明究理如申若蘭、裘芷仙、朱文等，便向先進四人詢問眼前所見，是否佳朕？

諸葛警我笑答：「以我所見，李師妹不特持有佛門至寶護身，便自身定力智慧也勉強過得去。癩師妹功力自比她還高，照說早該通過，必是想借此試驗自身功力，故意犯險，觸動洞中禁網埋伏，所以走得如此遲緩。」

說時洞中忽然湧起一座火焰蓮臺，焰花蜂擁，如潮而起，晃眼便將光環遮沒，跟著一起隱去，全洞立成黑漆。眾人不知吉凶，多半懸念關切，紛向諸葛警我探詢。

諸葛警我尚未回答，已見洞中一片祥光閃過，又恢復原來無人進洞時光景。隨聽諸葛警我高聲道：「她二人見機真快，才一受挫便自省悟，此時業已大功告成，到前殿拜見師尊去了。還有何人前往，請過來吧。」

廉紅藥本不敢居先，英瓊一開頭，正合心意，忙答：「小妹也欲往見師，可否先行？」

諸葛警我笑答：「此事無分長幼，先後一樣，不論人數多少，哪怕所有在場同門一齊入內，也是各有各的景象，決不混淆。不過通行在後的人多少可以得到一點觀摩借鑒，那功力不逮的也可知難而退，少受一場險難罷了！」

易靜自從大鬧紫雲宮和紅藥訂交，便與交好，暗忖：「休看她從小出家，在瑛姆門下長大，道心毅力許未必能有英瓊那樣靈慧堅忍，不似英瓊得有至寶護身。此行艱難，我反正是要過去，何不結伴同行，助她度此難關，也不枉相交一場。」心念一動，忙趕過去道說：「我和紅妹結個伴吧！」

紅藥見有易靜為伴，自是心喜，連忙謝了。

易靜平素雖然性傲好勝，畢竟累世修為，見聞廣博，遇到這種緊要關頭，卻是深知利害輕重。未曾入洞，先將紅藥喚住，說道：「通行火宅玄關，心靈實為主宰，否則雖憑法寶護身，依然不免苦難，甚至遇險失陷俱不一定。以我二人，用上乘功力通行自不可能，還是拼受一點磨折，將紅妹的飛劍法寶同愚姊師傳七寶聯合一體，先將身子護住，然後守定心神往前闖過。到了重地一任何等身受不去睬他，全以毅力應付。由我主持進退，你只澄神定慮，藏身寶光之中，和往日入定一般，連我一起忘卻，不為幻相搖惑便無害了。」

紅藥連聲應了。二人一同拜禱起立，各人先將飛劍法寶放出，聯合成一個霞光萬道的光幢，將身籠罩在內，往洞中飛去。只見光幢飛行甚疾，所到之處，煙雲明滅，光焰四起，變幻不休，晃眼飛到出口左近，火焰蓮臺又復湧出。

這次與前不同，只現得一現，便有祥光一閃，光幢、蓮臺同時不見，洞中又復原狀。

諸葛警我、岳雯同聲喜道：「適才李師妹等妄將火宅乾焰引發，卻被易、廉二位學了乖去，稍受磨折便過去了。」

金蟬在旁問道：「蓮臺出現只眨眼的功夫，怎的還說易、廉二位受挫？」

（按：以下鄧八姑這一番話，解釋幻景與旁觀者之差別，精闢無比，人生本幻景，但身在幻景中皆不能知，唯旁觀者方清。）

鄧八姑笑道：「右元火宅神妙非常，一切相由心生。石火電光瞬息之間，便可現出百年身世。比起邯鄲、黃粱夢境，經歷還長得多！我們旁觀者清，只覺眨眼之事，如問幻境中人，正不知有多少喜樂悲歡、苦難磨折夠他受呢。」

金蟬隨拉石生道：「原來如此，我們也走走去。」諸葛警我方囑小心，易鼎、易震和南海雙童甄艮、甄兌也同聲應和。

男弟子中，嚴人英、石奇、徐祥鵝、莊易，女弟子中的朱文、周輕雲、凌雲鳳、余英男、申若蘭等人，俱在英瓊過去以後，便欲起身，見六個小師弟紛紛爭先，人數已多，不便再說，只得退下。

諸葛警我便問金蟬等六人：「是否各走各的？」

金蟬答說：「我們分開力弱，已然說好一齊。」

靈雲插口道：「蟬弟胡說，此行關係非小，豈可視同兒戲！兩人結伴已非容易，你和石生尚還勉強，如何強拉別位，萬一誤人誤己如何是好？」旁立諸同門也多勸說，六人堅持不允。

諸葛警我、靈雲無法。六人拜畢，各自身劍合一，飛入洞中。

靈雲等忙往洞內一看，只見最前面煙光滾滾，一隻白虎周身俱放毫光，口噴銀花，宛如箭雨。六人的遁光便附在虎身上面，頭上更有一片三角形的金光，每面各有千百層祥霞，反捲而下，恰似一匹鮹將遁光罩住，冉冉而沒，隨滅隨生，珠簾靈雨，毫不休歇。所過之處，洞中煙光霞彩前擁後逐，其勢甚盛，與前幾人不同，攔阻不住，這時業已過了中段。

白虎玉光閃耀，仍在前進，到了後段，洞中火焰蓮臺忽現，六人遁光到此便不再進，在蓮焰之上停有半刻，那境象也與前次不同，先是萬朵焰花騰騰直上，勢甚強烈，可是遁光也愈發鮮明。以後蓮焰漸弱，倏地祥光一閃，遁光蓮焰全都隱去，洞中又復原狀。

諸葛岳鄧三人齊稱：「難得！想不到小師弟們竟能眾心如一，道力也如此堅定。他們和癩姑一樣，到了緊要關頭躬冒危難以試道力，膽勇已是過人，最難是修為年淺，法力不如遠甚，偏能在火宅玄關乾焰包圍之中戰勝諸般欲魔，安然入定，清淨空靈，一絲不為魔擾！」

金蟬等六人，有的年力較淺，有的入門未久，眾同門見他竟安然通過，又是六人同行，好些都把事看容易。以為視此六人尚且能行，何況於我！雖說持有至寶，但那火宅玄關任何至寶到彼也要失去若干效用，即能勉強仗以通過，也必受些苦痛險阻，這六人怎會毫無阻難，並還以身試險，在火宅乾焰之上入定以試道力！彼我相較，不禁心雄膽壯起來。

一時之間，人人爭而入洞，各人都是御劍飛行，另有法寶護身，數十道金紅青白光華，或單或雙，蜂擁飛入。

靈雲等在洞外觀看，只見才一入洞，是白雲大師門下女弟子郁芳衡、李文衎、萬珍三人雁行當先。內中萬珍所用護身法寶更神奇，遁光之外另有金紅白三色奇光交織如梭環繞全身，每遇煙雲阻路，前頭便有金花爆散，化為萬點金星，衝蕩煙雲而進。入洞才一晃眼，便越出眾人之前。可是等到飛達蓮臺便即滯住，遁光立暗。萬珍似是被困發急，強欲掙脫，通身金花亂爆，紛飛如雨，可是無甚力量，與初進時大不相同！猛瞥見一片金霞自蓮臺前出口一面電掣飛來，只一捲便把萬珍裹起往入口電駛飛來，晃眼到了眾人面前，一閃不見，只見萬珍盤膝坐地，人已昏迷如死。

眾人知在洞中遇險，忙圍上來看救時，八姑首將「雪魂珠」放出向萬珍全身滾轉，靈雲又把身帶靈丹塞了一粒到她口內。萬珍原在洞中失陷，為魔頭所侵，備受苦難，喪失神智，吃八姑「雪魂珠」光一照，立即醒轉。見了眼前景況，覺著全身酥痛欲折，她先雖心驕自恃，看不起一干末學新進，終是內行，料知身已慘敗！不能下山還在其次，匆促之間更不知損傷了多少功行元氣，所持兩異寶也在洞中失去。

萬珍又見前後多人入洞無一失陷，獨自己落到這等結局，不禁又急、又悔、又愧、又惜，略一回思便吞聲飲泣起來！

諸葛警我知她心意，忙勸慰道：「萬師妹功力和護身之寶，本非不能通行，必是有了好勝之心，致有此失。照理火宅入定，妄念一生，魔頭立即侵入，受害決不止此！適見靈光一暗，乾焰正要焚身之際，忽有一道金霞由出口飛入，將師妹送回。必是師恩深厚，念在師妹多年修為不易，特賜矜全。師妹大器晚成，遲些時下山，正可去至左元洞壁勤修。所失法寶必是師長收去，異日下山自會發還，元氣雖不免略有損耗，尚喜並無大傷，復元自易，師妹應該更加勉勵立志修為，悲苦何益！」

萬珍聞言，始嘆息收淚，黯然不語。眾人因見萬珍受挫，同門關切，觸目驚心，向前勸勉，多未向洞中注視。

正談說間，又有幾道金光捲到，全是不能通過的各人，被金霞捲回。諸葛警我問道：「還有何人願行？」

眾人見接連好幾個人出險，尤其萬珍那樣法力高強，更有異寶隨身的人反而受害最烈，看來誰也不能定準，再又聽退回的人說起洞中所經奇險，俱各把僥倖之心收起，望而卻步，不敢再冒失請行了。秦寒萼平日信服萬珍，本定結伴同往，吃紫玲強行止住，心還不服。及見萬珍如此終場，好生警惕欣幸！

當下眾人俱覺還是左元通行比較平穩，正要請求，諸葛警我笑問紫玲姊妹道：「二位師妹和司徒師弟怎不由此過去？」

紫玲謙謝道：「功力太淺，恐有失墮，不敢冒昧涉險。」

八姑笑道：「玲妹道心最是堅定，左右均可通行無阻。司徒師弟也還可以闖過，寒妹為人情厚，走右元火宅雖然涉險，或者還能闖過，如走左元十三限，決過不去！休看那裡結局無甚凶危，少時從容通行的人恐沒幾個呢！以我愚見，最好用『彌塵旛』和伯母那粒寶珠連同師父飛劍護身入洞，到了裡面不可急進，恭謹向師尊求恩，請准你三人即日通行，隨眾同門下山，內外功行同時修積，一念虔誠，必能感動師恩，通行過去。」

這話如換別人在先前說，寒萼決不愛聽。一則八姑平日對人謙和誠懇，素來敬服，又當萬珍失險之後，不敢再涉狂妄。謝教之後，轉問紫玲。轉問紫玲如何，紫玲和司徒平最是謹慎，雖是信服八姑，心仍躊躇。嗣見諸葛警我也是這等說法，料無差失，忙即各謝教益，依言行事。

三人入洞後不久，也均通過。餘下眾人有的願試左元十三限，有的自度功力不濟，均願暫緩下山，各有前程不提。

這時在前洞，妙一真人升座，正向下山諸弟子訓示，分別傳授道法。有好些已經領命起立，手持錦囊仙示，隨侍左右。這時剛對徐祥鵝、趙心源、石奇、施林、悟修、尉遲火示完機宜，四人忙即入殿覆命。

妙一真人獎勵了兩句，吩咐起立，隨喚「女神嬰」易靜、李英瓊、癩姑三人近前說道：「依還嶺幻波池，洞天福地，久為妖女崔盈豔屍盤踞，再有年餘便可煉還真體，為害人間。除妖一事，在你們三人身上，一切須爾等自行打算，合力同心，相機行事。妖女本就是神通廣大，元神又在洞中苦煉多年，玄功幻化，更非昔比。我和各位師伯叔輕易不再出山，倘有疏失，卻是不能往援，千萬大意不得！還有苗疆紅髮老祖結仇一事，易靜、英瓊苗疆之行難免，也要小心應付。」說完又賜道書。

三人聞命感激，敬謹拜謝。真人命起，隨令齊靈雲、秦紫玲、周輕雲三人近前，命先修積外功，等時機到來再移往紫雲宮海底仙府同修仙業。所賜道書也和易、李等三人一樣，共用一本，三人領命起去。又喚八姑、陸蓉波、廉紅藥三人近前，命領道書，另覓仙府一同修煉。

眾人派定之後，妙一真人正看著岳雯，還未開口，忽見齊霞兒走進殿來，向眾仙一一行禮之後，向妙一真人躬身稟告道：「這次師父原命女兒回山，為爹爹效力。現在各位世兄世姊妹俱都奉命下山，不知女兒可有甚使命？」

妙一真人這才說起乙休和天癡上人之爭，對齊靈雲道：

「這兩人爭鬥，事後都難免受傷，如欲立即復元，非得大荒山無終嶺散仙枯竹老人的『巽靈珠』，和南星原散仙盧嫗的『吸星神簪』不可。但這兩位老前輩均在唐初先後得道，久已超劫不死，同隱大荒千餘年，自南宋季年起，便不與外人來往。前三十年我往大荒山採藥，曾與盧嫗有一面之緣，那枯竹老人卻是三訪未遇。我早想命人前往下書借此二寶，因大荒方圓二萬九千七百里，一在山陰，一在山陽，相隔幾四千里，又都常在洞天福地中享受清福，恐人去擾他，除卻沿途許多阻礙，並在所居方圓三百六十里內設有『顛倒五行迷蹤陣法』，以致他那裡言動心意，頗難推算周詳，好些不能預計，因此非法力根基俱優而又機智靈警、長於應變的人，不能成功。本意想命岳雯前往，但他應變之才稍差，又少一個助手，你如帶了新收弟子米明孃同往，當可勝任。不過二仙隱居大荒之後便為事反目，各不相投，千餘年未共往還，去的人得於此者必失於彼，難於兩全，全仗你師徒二人臨機應變，方有成功之望！」

霞兒看去年幼，實則從小就被優曇大師度去，得道多年，法力頗高，早聽父母師長說過這兩位散仙和事蹟，聞命大喜，立去殿外喚了米明孃進殿，拜謁師祖，領受大命。妙一真人又勉勵明孃兩句，賜了兩道靈符和兩封備交的書信。霞兒接過，知道事不宜遲，匆匆拜別父母和在座諸道長，帶了米明孃出殿，由凝碧崖紅玉坊駕遁光破空直上，電掣星飛，往大荒山南星原飛去，不提。

其時，白眉門下「小神僧」阿童，也已來到峨嵋。阿童原是白眉禪師門下小沙彌，久聽大師兄朱由穆說起峨嵋門下近年人才輩出，個個仙根道器，英俊靈秀，仙府景物又是如何靈奇清麗，心早嚮往。無如老禪師飛升期近，念他以童嬰入門，居然從小向道心誠，能持苦行戒律，禪門妙悟雖多精悟，尚未傳他以降魔法力，為此加意傳授。阿童靈慧，極知自愛，每日勤習法術、禪功，苦無暇晷，難得這次師父竟命他獨自下山。

阿童本奉白眉師之命，化解乙休和天癡上人之間的仇恨，事畢來到峨嵋，一見這些門人，果如師兄所言，只有過之，一心想要親近。

正想尋人言笑，遊玩仙府全景，嗣見眾人由左右兩洞脫險飛出，全部奉命習法，往太元洞走去。心方失望，忽聽妙一真人留下八人輪值，內中一個金蟬，一個石生，俱是年輕靈慧，平日聞名，是最嚮往的人。恰巧二人和癩姑、林寒又是第一班，時正無事，各在殿外平臺之上聚談，正好前往親近。便假作玩景，走了出來。

眾人均知白眉禪師不久飛升，除傳授護身降魔諸法外，再有年餘，連那根降魔錫杖和八部天龍寶藏都要賜與阿童，又都想從阿童口中得知白犀潭鬥法經過，齊來相見。

原來「神駝」乙休在白犀潭附近設下了埋伏，阿童奉命到時暗助天癡上人，免使各走極端。藏身不久，便見遙空雲影中飛來十餘道光華，晃眼飛近白犀潭上空，宛如十餘道白虹當空飛舞，看神氣似知下面有險，又不甘示弱，等查看出端倪再行下降之狀。知是天癡上人到來，不敢怠慢，忙把白眉禪師所賜靈符取出等候。

那十餘道劍光電掣也似在空中盤旋了三、五次，突然一齊下降。眼看離地不遠，倏地一蓬五色彩煙潮湧而起。為首一道白光擁著一個白衣老人，滿面俱是怒容，將手一揚便是震天價一個霹靂朝彩煙中打去。阿童知道彩煙後面還有無窮變化，見天癡上人發出「太陰元磁神雷」，立即乘機手指掐訣，將靈符往外一揚，一片金光雨雹也似隨著雷火打入陣內。跟著連聲迅雷過處，彩煙消散，現出五座旗門。天癡上人面上立現驚喜之容，將手朝天一拱，忙要收時，那旗門似有靈性，光華連閃兩閃便破空飛去，一晃不見。天癡上人師徒同時落到地上，白光閃處，各自現出身形。

阿童見那天癡上人貌相清秀，童顏鶴髮，長髯飄飄，一身白衣，外披鶴氅，極似畫圖上的古仙人打扮，周身俱有青氣環繞。隨來弟子十二人各著一件白短半臂，下穿白色短褲，赤足麻鞋，手內分持著一兩件法物兵器。都是道骨仙姿，英儀朗秀。除法物兵器外，各還佩有葫蘆寶囊之類，六人一面，左右雁行排列。

上人先朝谷內略看，冷笑道：「駝鬼不羞！我師徒應他之約來此，事前防他狡賴，並還通知，如今人不出面，反把牢洞峽谷重重封鎖，既然怕我師徒，為何沿途又設下許多詭計埋伏，難道暗算人不成，一縮頭就了事麼？」說完不聽回應，又用目四顧，好似未看出甚朕兆，越發有氣，便喝道：「樓滄洲過來！」

上首第六人應聲走過，恭立於側，上人怒道：「我原知駝鬼之妻因恨駝鬼無義，殺她娘家弟兄，以致恨同切骨，一向隱居在此，不與相見。駝鬼約我來此，又在沿途鬧鬼設伏，不是想藉此以便圓他舊夢，便是想移禍江東，使我與這裡主人成為仇敵。你不必下去。只在上面問詢，先問女主人在否？如在潭底靜修未出，你便說駝鬼約我來此鬥法，問她是否與駝鬼一氣，駝鬼是否在內潛伏？如與合謀，便出相見，只說一個不字，可向主人敬道驚擾，致我歉意，我自另尋駝鬼算帳好了。」

樓滄洲道：「遵法旨。」將身一躬，退行三步，回頭便往谷中走去。

阿童見狀，暗忖大師兄說過，這條峽谷除卻重重禁制外，還有兩種埋伏，天癡本人入內尚還十分勉強，這門下弟子怎走得進？念頭才轉，樓滄洲已縱遁光緩緩往裡飛入。

乙、韓夫妻反目，韓仙子事隔多年，已早明白丈夫昔年所為情出不已，並非太過，自己實是偏私。只為生性太傲，又把話說滿，認定丈夫的錯，急切間轉不過臉來罷了。及至乙休想起了多年患難夫妻，命司徒平白犀潭投簡之後，韓仙子為至情所感，心已活動。這次乙休約了天癡上人來此鬥法，楊姑婆趕來送信，韓仙子明白丈夫深心，為想夫妻復和，不惜身試奇險，樹此強敵，又經良友勸說，決計與丈夫言歸於好。乙休沿途埋伏，韓仙子也早在暗中佈置，準備應敵，峽谷內外設有好幾重禁制埋伏。

樓滄洲飛進不遠，猛覺頭上雪亮，匹練也似當空撒下百十道銀光。自恃法力高強，不但不避，忙即一面放出本門「神木劍」，一面放出「元磁真氣」，準備雙管齊下，總有一著。哪知全都無用，手中青光剛剛飛出，耳聽師父大喝：「此是妖物，徒兒速退！」心方一驚，待要飛遁，已自無及。

那一蓬百十道交織如網的銀光來勢急如電掣，已連人帶青光一齊網住。當時只覺周身皆被金光黏縛，越掙越緊，連運真氣，施展法寶，俱失靈效！晃眼便被裹成一團，高高吊起。

天癡上人大怒，厲聲大喝：「妖物敢爾！」手一指，便有一團栲栳大的青霞朝那銀光打去。眼看飛到谷口，似被甚東西一擋，震天價一聲巨響，炸裂開來，當時煙光迸射，地塌山搖，附近山石林木紛紛倒塌折斷，沙石殘枝滿空飛舞，半晌始歇。谷口以內是原樣，靜森森的連草也未見搖動一根。再看愛徒，已被那白光交織的光網低低懸在兩邊危崖當中。

天癡上人不由得怒火中燒，喝令左右門徒分出八人，連同自己，各按九宮方位立定。先走向谷口外，戟指怒喝：「乙休駝鬼鼠輩，韓三無恥潑賤，速出相見！」喊罵幾句不見回應，一聲號令，師徒九人一齊施為。各取一面三角旛擲向空中，立化為九幢五色奇光，將峽谷上空圍住。再同把手一搓，朝光幢上一揚，便有九股彩煙由光幢上蓬蓬飛起，宛如怒濤飛墮，晃眼全峽谷一齊籠罩在內。

天癡上人大喝道：「駝鬼夫妻再不放我徒弟，縮頭不出，我略一施為，你那滿潭中的精怪生靈，連你水中老巢，全都化為沸漿了！」

說完，谷中仍無應聲，天癡上人見對方始終不理，氣得兩道壽眉一豎，口喝聲：「疾！」師徒九人一同運用玄功，把手一指，千尋彩煙立化成五色烈焰，將峽谷圍罩燃燒起來。

那噴出銀絲、吊起樓滄洲的，原來是大金蛛。五色烈焰才起，一聲怪嗥，一隻奇形怪狀的大蜘蛛一閃即隱，樓滄洲身上銀絲也轟然著火燃燒。樓滄洲一脫身，立時飛回天癡上人身邊，但烈焰儘管猛烈，也燒不進谷內去。天癡上人怒喝一聲，將手一招，收了彩焰靈旗，去至谷口外，回手囊中取出一件其形如梭的法寶，手掐靈訣，待要往地上擲去。

忽聽遠遠空中厲聲大喝：「癡老兒作此無賴行為，不怕遭天劫麼？」聲到人到，一片紅光比電還疾，由遠而近，晃眼飛墮，現出一個身材高大的紅面駝背老者。

天癡上人屢受挫折，太過難堪，意欲施展毒手，由谷口外面禁制不到之處攻入地底，勾動地火，將岷山後山白犀潭一帶毀滅。明知此舉傷害生靈太眾，有犯天誅，也是一時情急，勢逼不已。一見仇敵飛到，忙即停手，收了法寶。阿童看出，乙休來時，身後似跟了一個矮胖少年，但乙休落地時，少年已然不見。

乙休原是隱身神羊峰頂遙望，欲俟老妻出谷與天癡上人鬥法之際，再行現身。等了好一會不見動靜，暗忖敵人尋上門來，哪有不出之理？嗣見敵人業已放火燒山，谷中仍是無人出敵，可見峽谷並無損傷，也未被敵人攻進。運用慧目定睛一看，全峽谷山石上面依稀似有一層極淡薄的煙痕蒙住，知是老妻的至寶「如意水煙羅」。此寶乃是天府奇珍，老妻昔年為了此寶費了十多年心力才得到手，乃是一面寶網，不用時折疊起來，薄薄一層，大只方寸，彈指展開，大小數百千丈，無不由心。妙在與別的法寶不同，毫無光華，也無形跡，多好的慧目法眼也只依稀辨出一片薄得幾非目力能見的煙痕，任多猛烈的水火風雷均攻不進！

乙休本待等老妻出門，再行現身，忽瞥見天癡上人將靈旗烈焰收去，降落谷外，待下毒手，毀滅後山，再如遲往，白犀潭水宮便毀！忙縱遁光趕前阻止。

天癡上人見敵人到來，便改變初衷，收了法寶，戟指大罵：「駝鬼無恥！我與你井水不犯河水，素無仇怨。上次無故多事，為人門下走狗，乘我不備，暗用詭計將易家兩小孽種劫走，又不敢和我明鬥，只吹大話，欲仗悍妻護符，約我來此鬥法，照理就該光明相見，比個高下！只在沿途遍設埋伏，我只當你夫妻長此縮頭，不出見我，原來也怕我毀卻你的老巢！現已相對，總須見個高下，我素來光明磊落，決不鬼祟行事，任是如何比鬥，由你挑選，只說出來，我便奉陪好了！」

乙休由他怒罵，只微笑靜聽，不加一言。等他說完，才答道：

「當初我救走易氏弟兄，只能怪你自己法力太差，略施障眼法，便將你引走。如此不濟，如何能是我對手？當時因是受人之託，與你無仇無怨；又憐你在海外多年，修為不易；又居一教宗主，未便當著許多令徒使你過於難堪；加以和小友岳雯殘棋未終，不欲為此擾我清興。這才沒有與你計較，只給你留話：如若不服，可來此間尋我。滿以為你有自知之明，必不敢來，一直沒把此事放在心上。哪知你仍不知進退，非來送死不可。自來兵不厭詐，你既敢尋我，難道不知我夫妻的厲害？適才我在神羊峰頂遙望，你師徒已將入我伏中，因有一片佛光隨同雷火飛下，才將我旗門破去。憑你萬無這樣法力，分明有人恐你難堪，暗中相助。如今由你先行施為，如真勝得過我，我從此避入深山，永不出世。你如不勝，力竭勢窮，無計可施，我並還隨你往銅椰島去，看你有什麼神通施展，免得你死不甘服，說我依著家門欺人，你看如何？」

天癡上人愈發怒不可遏，大喝：「這是你說的，我只好先得罪了！」說罷，兩肩搖處，四十九口「神木劍」化成四十九道冷冰冰的青虹飛舞而出。緊跟雙手一搓，往外一揚，又是無數「太陰元磁神雷」，發出碗大一團團的五色奇光，齊朝乙休打去。

乙休早已料到此著，知道一雷一劍相輔而行，厲害非常。一用金鐵製煉之寶去破「神木劍」，立被「元磁真氣」吸收了去。如用五行禁制，也是顧於此必失於彼。對方如非斷定自己是個勁敵，也決不會上來便使獨門看家本領！

乙休還待動作，說時遲那時快，當這來勢迅急、不容一瞬之際，猛聽當空中一女子聲音喝道：「何方老賊，敢來我白犀潭撒野！」

話未說完，那青光神雷本來一是夭矯如龍，出即暴長；一是飛出不遠，即發出震天價的霹雷爆裂開來。忽然被隔住，同停空中，此衝彼突，不能前進一步！同時二人面前飛落下一團青煙，簇擁著一個面貌清秀的道姑，凌空而立，朝著天癡上人戟指喝罵。

乙休忙道：「山妻來了，怪你放肆，必有處置，我夫妻素不喜兩打一，這裏又是她洞府，她是正主人，我不能越俎代庖，只好暫時下來，等候被山妻打跑時，我再隨你往銅椰島去搗你老巢！」

乙休說罷，身形已隱。

阿童在一旁，只見煙光萬丈，照耀崖谷，風雷之聲震撼天地，戰場上業已分出勝敗。原來天癡上人元磁神雷能發能收，能散能聚，對方如不能敵，中上固是形種皆滅，如與五金之寶相遇，立即由分而合化為元磁真氣吸收了去。偏生才一出手，迎頭便遇見剋星，也沒見對方有什麼法寶出現，好似在空中突然懸有一片堅強城壁，憑空便被阻住。只見青虹電舞，雷火星飛，上下左右任怎衝突，總是衝不過去。

韓仙子發話完畢，便先發動。手臂往上一揚，立由袖口內飛出十餘道形如玉鉤的碧色寒光往天心飛去，直沒入天際密雲之中不知去向。晃眼功夫重又在雲層中出現，光已增強長大，宛如十數條青虹，帶起極勁急的破空之聲，自天飛墮，由天癡上人師徒身後左右，每道光華各認一人，分三面環抄上來！這才明白敵我之間果有一層阻隔，連敵人的法寶也須經由上空越過，不能穿行無阻。

因寶光來勢太急，未容多作尋思，把一口神木劍收起抵禦，一面暗運元磁真氣吸收。但鉤光依舊電掣虹飛，毫不為動，仔細觀察，竟不知是何物所製，只覺變化神奇，精光強烈，眾弟子各運玄功全力抵禦，僅僅鬥個暫時不分高下。

韓仙子上來便看中這四十九口神木劍，立意收下來。但知此劍神奇，與敵人身心相合，又是四十九口成數，不可分拆，差上一口便要減去若干靈效威力，並且得了也保守不住，必須一齊收去。暗中想好主意，先用寶網隱在空中，跟著放出十三柄「碧鉤斜」，高空之上飛越過去，卻把兩柄主鉤向後發出，等到鬥到酣時，只見兩道碧虹陡然橫直，如經天長虹，鉤頭向外，先是兩頭平伸，突往空中略收，逕朝那空中的劍光雷火兜截上去！

天癡上人看出形勢不佳，想收神木劍，已自無及！只見兩道百十丈長的青虹將那四十九口飛劍光迎住一截，略一騰挪，便似被什東西扯緊，橫豎七八糾纏一齊，連那些未發的磁雷一窩蜂似朝對面敵人飛去，煙光變滅，兩三閃過去，便同失蹤不見，始終沒看出空中法寶是甚形相！

此劍乃天癡上人心血所煉，焉能不又急又恨，氣得他咬牙切齒，鬚髮皆豎，厲聲喝罵：「駝鬼、潑婦，今日有我沒你，與你拼了！」

說罷，將手一揚，飛起一團紅光。到了空中，一口真氣噴將上去，立即暴漲，約有畝許大小，紅光萬道，耀目難睜，比火還熱十倍。才一飛起，還未下落，附近山石突起白煙，所有林木花草全都枯焦欲燃。

眼看泰山壓頂般由上而下，正往對面敵人當頭打下，猛瞥見韓仙子冷臉微微一笑，也沒回答，只把手一揚，袖口內接連飛出金碧二色兩團光華，精芒四射，光甚強烈，卻不甚大，金光在前，只有丈許大一團，疾如流星，首先對準紅光中心打去。雙方勢子都急，一下撞個正著。先是「叭」的一聲，金光深陷紅光以內包沒不見。紅光只略停了停，仍往下打來。第二團碧光出手較慢，相繼迎擊上去。

天癡上人畢竟目力不比尋常，見敵人金光雖吃紅光包沒，並未消滅下落，也無別的異兆，與平日對敵，任是何等法寶飛劍遇上此寶，不是炸成灰煙，便被燒成汁化為紅雨飄散的情景迥乎不類，正覺有異，未容仔細觀察，就在這金光陷沒紅光以內，碧光快與紅光對撞的瞬息之間，猛聽紅光中炸音密如貫珠。剛覺不妙，緊跟著好似霹靂怒發，一聲猛烈的巨響，紅光忽然爆烈，化為萬千團烈火當空散將開來，同時敵人金光也自碎裂，化為無數金芒夾在烈火叢中四飛下射！

等到紅光爆裂，韓仙子將手一指，碧光突往平面展開，寒光凜凜往前一逼，同時再發出一股極猛烈的罡風，當頭的烈火遇上便即消滅，化為青煙，被風一吹即散。下餘的直似颶風捲黃沙，朝前湧去。

天癡上人枉用多年的苦功煉成此寶，平日隨心運用，一旦為人所破，再用相剋之寶一催動，化為千百丈無情烈焰，隨帶罡風猛撲過來！雖然法力高強，急切間也來不及制止。知道再不見機遁走，自己無妨，隨帶諸門弟子多半不死必傷，絕無倖免！沒奈何把腳一頓，大喝：「眾弟子隨我速退！」忙由袍袖內飛出一片黑光略阻火勢，同時運用玄功，連隨行十二弟子一齊攝起，縱遁光破空遁去！

那碧光乃千萬年凝寒之氣，為乾天罡氣所迫，日積月累凝煉成一團奇寒氣質，經一前輩仙人費了百年苦功煉成此寶，名為「寒碧珠」。後來傳與了玄龜殿散仙易周，是楊姑婆帶來交與韓仙子使用。

韓仙子本定是破敵以後，即將此寶經由空中發送回去，這裏如法催送，寶主人心靈相通，立即警覺，自會收去。萬里之隔，片刻即至，除卻佛門心光遁法和道家的靈光飛行，誰也追不上。天癡上人哪裏知道！只當法寶追來，忙催遁光加急飛逃而去！

天癡上人正縱遁光急駛，猛聽頭上破空之聲，天癡上人師徒飛本極高，一聽聲出己上，定睛一看，一道碧光挾著一溜其長經天的紅光，正由頭上極高空的雲層之上飛渡，分明是身後追逐的烈火和那碧光！自己飛行已極神速，竟比遁光還快得多！回門固是無顏，火光忽越向前面，不知敵人又鬧什玄虛！邊飛邊尋思，方覺進退兩難，遙望對面山頭上立著一人，手指自己大喝道：「癡老兒莫害怕，我那山妻是不會追你的！前面我還為你設有一關送別，只稍為低頭服輸，便能無事過去，否則難說！」

天癡上人仇人見面，分外眼紅，大罵：「千年壓不死的駝鬼！自己縮頭不敢和我對敵，卻支潑婦出頭，只鬧鬼祟行徑，視你這等無恥，也配稱作修道之士！你當我真個敗了不成？」乙休聞言一點也不生氣，哈哈大笑道：「我知你嫌我未和你交手，有些難過，故來此相候，怎說不肯見你！」

當初發現乙休時，兩下相隔看去約有三數十里，飛行神速，就這彼此傳聲對答之際，按理早該飛到。天癡上人雖覺飛近了些，總飛不到前面峰頭，猛然警覺，知已陷入埋伏以內！己雖不畏，這些門徒實是可慮！如全數被陷在此，剩己一人遁回島去，日後便能報得此仇，也是生平奇恥大辱！

上人估量乙休用移形換影借地傳聲之法，真身必隱一旁，對面山頭只是旁處移來的虛影。趕將過去不是上當便是撲空，念頭一轉，一面暗囑門徒小心戒備，不可離開自己一丈以外，隨自己行動，一面忙把遁光停住，辨明子午方位和五行向背，捨卻對面峰頭，面向西北冷笑道：「駝鬼無恥，現使用的鬼蜮伎倆，還敢說是和我相對麼？不必再鬼頭鬼腦暗算我門人，今日老夫誤中詭計，甘拜下風，你夫妻真有神通，敢去銅椰島相見，我便從此退出此島，隱居大荒，永不出世，你看如何？」

天癡上人說完，果聽西北方乙休哈哈大笑道：「癡老兒總算難為你，居然識得我這移形換影之法，雖還不能脫身，到底少吃一場苦頭，居然也肯輸口服我了麼？我早料定你黔驢之技，不過請我老人家去搗巢穴，賣弄你竊據多年的一點傢俬，作那孤注一擲。我不是上來就和你說答應準去的麼？何必再用那激將之法！曉事的，自己一人先行回去，由東南方煞戶飛出，以你法力，雖有一點阻礙，足可脫身。

令高足們也只屈留一日，我便親來護送，千萬不可攜帶同行！」說罷便沒聲息。

天癡上人聞言，為難了一陣，照敵人所說獨自遁回，以後如何見人？說不得只好硬著頭皮先把禁制引發，再行相機應付。

天癡上人想了又想，把隨行門人聚齊，遁光連合，先放起太乙天磁精氣和身帶兩件最得力的法寶，將師徒十三人全身護住，然後由自己向前開路，不照乙休的話，逕直往回路前飛，揚手一神雷發將出去。

乙休行時已將埋伏發動，一聲霹靂過處，立即煙嵐雜沓，天地混茫。上下四外杳無涯岸，跟著五行禁制一齊發動，光焰萬丈。一時金光電耀，大木雲連，惡浪排山，烈焰如海，加上罡風烈烈，黃塵滾滾，一齊環攻上來。雖仗元磁精氣至寶護身，未受其害，無如禁法神奇，玉行相生，循環不已，破了一樣隨又化生一樣，暗中又藏有乾坤大移挪法，諸般變化玄妙莫測，竭盡全力，僅可免害，脫身卻難！

師徒十三人正在咬牙切齒，痛恨咒罵，無計可施，猛瞥見身後現出一大圈佛光，懸在空中，四外五遁風雷只要近前，便即消滅。仔細一看，正與初來時沿途所遇佛光金霞相助脫險一般路數，知道仍是那人暗助。當時驚喜交集，如釋重負，對於暗中助力之人，感謝已極。暗忖乙休最不喜人干預他事，此人這等行徑，無異向他挑戰。出此大力，怎又不肯相見？

那佛光護送出陣，立時隱去。天癡上人方在回頭，欲向那人致謝，猛瞥見左側危崖上有一小沙彌，人影一晃，跟著一道金光迅疾如電，往峨嵋後山那一面飛去，年紀既輕，又是從未見過。乙休法術厲害，豈是常人能破，這樣一個小沙彌，竟有如此神通。看那飛遁情景，功力雖也不弱，如說高出敵人之上，卻絕不似。可是此行除每遇厲害埋伏，必現這類佛光金霞外，更不見別的跡兆，難道有師長隨來？仔細觀察，宛如神龍見首，微現鱗爪，一瞥即逝，更無端倪。只得感謝在心，加功急駛，往歸途趕去，自打復仇主意。不提。

請續看《紫青雙劍錄》第六卷　毒手・髑屍

天下第一奇書

# 紫青雙劍錄 5 血影・開府

作者：倪匡 新著 ／ 還珠樓主 原著
發行人：陳曉林
出版所：風雲時代出版股份有限公司
地址：10576台北市民生東路五段178號7樓之3
電話：(02) 2756-0949　　傳真：(02) 2765-3799
執行主編：朱墨菲
美術設計：許惠芳
行銷企劃：林安莉
業務總監：張瑋鳳
出版日期：2023年3月
版權授權：倪匡
ISBN ：978-626-7153-62-8
風雲書網：http://www.eastbooks.com.tw
官方部落格：http://eastbooks.pixnet.net/blog
Facebook：http://www.facebook.com/h7560949
E-mail：h7560949@ms15.hinet.net
劃撥帳號：12043291
戶名：風雲時代出版股份有限公司

風雲發行所：33373桃園市龜山區公西村2鄰復興街304巷96號
電話：(03) 318-1378　　傳真：(03) 318-1378
法律顧問：永然法律事務所 李永然律師
　　　　　北辰著作權事務所 蕭雄淋律師

行政院新聞局局版台業字第3595號 營利事業統一編號22759935


**定價：299元**　　

國家圖書館出版品預行編目資料

天下第一奇書之紫青雙劍錄／還珠樓主 原著；倪匡 新著. -- 臺北市：風雲時代出版股份有限公司, 2022.11
冊； 公分.
ISBN : 978-626-7153-62-8（第5冊 : 平裝）

857.9　　111016918